Angelika Immerath

Im Lügennetz

Bibliografische Information der Deutschen Nationalbibliothek

Die Deutsche Nationalbibliothek verzeichnet diese Publikation in der Deutschen Nationalbibliografie; detaillierte bibliografische Daten sind im Internet über http://dnb.dnb.de abrufbar.

© 2018 Angelika Immerath

Satz, Umschlaggestaltung, Herstellung und Verlag: BoD – Books on Demand
ISBN 978-3-7460-7090-2

„Wer in der Zukunft lesen will, muss in der Vergangenheit blättern.“

André Malraux

Vorbemerkung

Bei ihrem letzten Besuch vor einigen Monaten – genau weiß ich das nicht mehr, weil hier ein Tag dem anderen gleicht, ich nehme aber an, es war im Oktober, denn die Ahornbäume im Park glühten herbstlich unter einem geradezu unanständig blauen Himmel – damals also hatte sie zu mir gesagt:

„Warum schreibst du das eigentlich nicht auf, Lila? Ich meine, dass es dir guttun würde.“

Ich hatte ihr nicht geantwortet, weil mir damals einerlei war, was andere meinten.

Jetzt aber, ich kann vom Schreibtisch am Fenster aus die blühenden Forsythien vor der Eingangstür sehen, habe ich die Packung mit den 500 DINA4- Blättern geöffnet, die sie mir geschickt hat, den Drucker bestückt, mein Notebook samt Stick überprüft, die üblichen Vorbereitungen getroffen und angefangen mit der ersten sehr weißen, sehr leeren Seite, die mich höhnisch angrinst, solange ich sie noch nicht gefüllt habe mit meinen Erinnerungen. Das Grinsen wird ihr und all ihren Schwestern bald vergehen.

Schloss Herrentann,
im April 2014   Lisa Romeike

Im Lügennetz

1. Kapitel: Familienbande

Gelegentlich beginnen Tragödien im wirklichen Leben ähnlich banal wie die Filme von Alfred Hitchcock. Beispielsweise so:

„Ich glaub', der tickt nich' richtig!", verkündete Nicole beim Frühstück eines Samstags im Mai und tunkte ihr Butterhörnchen energisch in den Milchkaffee. Warum hätte ich mich über diese Bemerkung wundern sollen? Etwas in dieser Art bekam ich fast täglich zu hören. Nikki war eben noch zu jung für eine gewisse Ausgewogenheit im Urteil. Ich mochte sie trotzdem. Sogar, wenn sie wie jetzt beim Abbeißen ein Stück des durchweichten Hörnchens in den Becher platschen ließ und die frische Tischdecke mit einem guten Dutzend Kleckse sprenkelte.

Sie beachtete nicht, was sie angerichtet hatte, spann, nachdem sie genüsslich gekaut hatte, ihren Gedankengang weiter: „Was denkt sich dieser alte Kerl eigentlich? Dem sind vorhin die Augen bald aus dem Kopf gefallen, als ich mich im Liegestuhl gesonnt hab'!"

Alt! Nicht zu fassen! Der neue Nachbar ist, über den Daumen gepeilt, nicht einmal 50! Das war folglich eine Beleidigung. Auch für mich. Diese freche Göre brauchte dringend einen Dämpfer!

„Also erstens", fing ich an, als wäre sie bestenfalls 13, „erstens solltest du unbedingt diese ausgiebigen Sonnenbäder meiden. Willst du bald so faltig sein wie eine Galapagos-Eidechse? Oder später Hautkrebs kriegen?"

„Geschenkt! Diese Platte hatten wir doch schon mal, oder? Bleib' cool! Noch was?"

„Zweitens: Bist du das Anschauen nicht wert?"

„Na ja, wenn du die Sache so sehen willst … Aber trotzdem, ich mag ihn nicht!"

„Obwohl du noch nie ein Wort mit ihm gesprochen hast?"

„Du vielleicht?"

„Nein, das nicht. Aber ich lehne auch niemand ab, den ich gar nicht kenne. Du steckst voller Vorurteile!"

„Na und? Alle haben Vorurteile. Auch du!"

Ich schüttelte empört den Kopf und spielte meinen Trumpf aus: „Musst du immer das letzte Wort haben?"

Das war ein Fehler.

Nikki beugte sich zu mir herüber und drückte mir einen klebrigen Kuss auf die Wange. Mein Zorn schmolz dahin. Sie war meine Kleine, mein Hätschelkind, nachdem die Zwillinge das Haus zum Studieren verlassen hatten. Und sie nutzte diese Tatsache schamlos aus. Ich war ihr einfach nicht gewachsen.

„Tschüs, Muddi", säuselte sie – einer ihrer rohen Scherze, die sich Nikki auf meine Kosten leistete – wedelte flüchtig mit der Hand und verschwand. Zu irgendwem. Irgendwohin, wo ich sie nicht beschützen konnte.

Das kann man nie, sobald man einen anderen zu nah an sich heranlassen hat. Wer klug ist, verzichtet besser von vornherein auf derlei Bindungen. Im eigenen Interesse. Zu viel Schmerz, zu viele Niederlagen. Wer das nicht rechtzeitig einsieht, ist entweder ganz und gar unerfahren oder hat eine selbstquälerische Ader. Eines Tages wird er seine Entscheidung bereuen. So, wie ich sie jetzt bereue. Sie hat mich in die Sackgasse hineingetrieben, aus der ich vermutlich nicht mehr entkommen werde.

Ich stopfte die verkleckerte Tischdecke in die Waschmaschine, räumte das Frühstücksgeschirr ab, spülte, saugte, wischte Staub, erledigte all das, was die Woche über liegengeblieben war. Achim hatte seinen üblichen Termin im Fitness-Studio. Je älter er wurde, desto mehr achtete er auf seine Figur.

(Da behaupte bloß keiner, Männer seien weniger eitel als Frauen! Aber das ist nicht mein Thema.)

Beim Abendessen zu zweit gestand ich meinem Mann die Ängste, die mich plagten, sobald Nikki das Haus verließ.

„Mein Gott! Ständig bist du dem Mädchen auf den Fersen. Sie ist total überbehütet. Das wird sich noch mal rächen!", unkte er.

Wie hatte ich nur diese männliche Kassandra ins Vertrauen ziehen können! Ich hätte wissen müssen, dass nichts dabei herauskäme. Also lieber über Einzelheiten schweigen. Das aber brachte ihn erst so richtig in Fahrt. Was folgte, war ein echtes Horrorszenario, Nikkis mögliche Zukunft betreffend – ausgelöst durch meine „verdrehte" Erziehung (in die er sich bisher freilich nie eingemischt hatte). Er ließ nicht einmal das Näschen Koks und den Straßenstrich aus.

Als er fertig war mit seiner Tirade, lächelte ich ihn an und sagte: „Danke! Du hast mir sehr geholfen. Ich weiß jetzt, was ich falsch gemacht habe."

Seine Antwort: „Na also, Selbsterkenntnis ist der erste Schritt zur Besserung". Für Ironie hatte er kein Gespür.

Und ebenso wenig dafür, wann er mir zur Seite springen müsste. „Helfen" war ein Fremdwort für ihn. Er tat es nur, wenn ich ihn förmlich zwang. Darin ähnelte er Nikki aufs Haar.

Erstaunlich, denn schließlich ist er nicht ihr Vater. Nein, nicht, was man jetzt vermuten könnte. Ich bin auch nicht ihre Mutter – bloß ihre Tante. Allerdings eine Blutsverwandte. Also wenigstens ein Teil gemeinsame Gene.

(Obwohl die Wissenschaft … Aber was hat die schon alles behauptet! Beispielsweise über den gesundheitlichen Nutzen von Spinat oder fleischloser Ernährung oder auch über die angeblich von uns Menschen verursachte Klimakatastrophe, die uns eigentlich zum kollektiven Selbstmord veranlassen müsste, falls man ihre Prophezeiungen für bare Münze nähme.

An dieser Jahrhundert-Mär stricken tausend selbsternannte Experten fleißig weiter, auch wenn die Tatsachen jedem, der seine fünf Sinne beisammen hat, das Gegenteil beweisen. Es kann eben nicht sein, was nicht sein darf, das schrieb Christian Morgenstern schon vor rund hundert Jahren.)

Doch ich schweife wieder einmal ab, komme „vom Hölzken auf Stöcksken", eine meiner übelsten Angewohnheiten, die Achim furchtbar auf die Nerven fielen und die er mir bei passender Gelegenheit unter die Nase rieb. Mit dem, was mich an ihm störte, hielt ich, das kann ich nicht abstreiten, auch nicht hinter dem Berg. Wozu sind wir Frauen denn gleichberechtigt!

Wie zu erwarten wurden die Waffen durch den ständigen Gebrauch im Laufe der Jahre stumpf oder auch das Fell allmählich dicker. Das Gefecht jedenfalls verkam zu einem ziemlich lächerlichen Ritual, dessen Ablauf bis in die Formulierungen hinein festgelegt war, und keiner der Kontrahenten lernte mehr irgendetwas dazu. Warum auch?

Es funktionierte doch insgesamt durchaus befriedigend zwischen uns. Nicht besser, aber auch nicht schlechter als bei Millionen anderer, die den Sprung ins Ungewisse gewagt haben. Kurz gesagt, wir waren ein ganz normales Ehepaar. Steuertechnisch ausgedrückt, eine „Zugewinngemeinschaft" mit allen Vor- und Nachteilen.

Doch wieder zurück zu Nikki.

Das Leben meiner Nichte war nicht so geradlinig verlaufen wie das ihrer Klassenkameraden. Und trotzdem hatte sie unserer Meinung nach keinen gar so schlechten Start. Wir versuchten, soweit das überhaupt möglich ist, den Verlust zu ersetzen, den sie als kleines Mädchen erlitten hatte.

Meine Schwester Beate, zwölf Jahre älter als ich, trug schwer an der Last ihres Namens. Sie war keineswegs glücklich, sondern ein Trauerkloß und, was die Jungen anging, ein rechtes „Kräutchen-rühr-mich-nicht-an." Während ich unsere lärmempfindliche, an Migräne leidende Mutter mit meiner Beatles-Manie fast in den Wahnsinn trieb, regelmäßig in Discos verkehrte, was mein Vater auch mit drakonischen Strafen nicht verhindern konnte, da wir im Erdgeschoss wohnten, mit 16 meinen ersten festen „Lover" hatte, einen grünhaarigen Punker von mäßiger Intelligenz, den ich bald gegen einen Bäckerlehrling mit enorm abstehenden Ohren austauschte. Ihm folgte eine beachtliche Reihe anderer sonderbarer Typen, mit denen ich mich zu Hause nicht sehen lassen durfte.

Beate dagegen warf sich ganz aufs Lernen, war Klassenbeste beim Abitur und studierte, was meine Eltern ein Vermögen kostete. Nach 16 Semestern Biologie und Chemie mit Prädikatsexamen wurde sie als rechte Hand des Laborleiters in einer bedeutenden Pharmafirma eingestellt, verdiente gut, legte einen Großteil ihres Einkommens gewinnbringend an und verbrachte ihren Urlaub in immer derselben billigen bayrischen Pension. Mode und Kosmetik ließen sie kalt. Obwohl ganz und gar nicht reizlos, machte sie nichts von sich her, und Männer waren für sie Wesen von einem anderen Stern.

Ich blieb die „liederliche Lisa", wie meine sonst so sanfte Mutter mich beschimpft hatte, als ich mich mit einem Joint auf der Schultoilette hatte erwischen lassen. Zwar war ich allseits beliebt, aber mit meinen mäßigen Zeugnissen auch der Sargnagel meiner alternden Eltern.

„Sie ist begabt, aber scheut jede Anstrengung", so die taktlose Auskunft meines Klassenlehrers, die man mir nicht verschwieg. Wohl um mich anzuspornen. Ich hörte förmlich, wie es gelegentlich hinter Papas und bestimmt pausenlos hinter Mamas Stirn arbeitete – sie brauchten es nicht auszusprechen: „Was soll nur aus ihr werden?"

Zwei Schwestern also, wie sie unterschiedlicher nicht sein konnten.

Dann aber entschloss sich das Schicksal einzugreifen. Die Sekretärin ihres Chefs, die eine mütterliche Ader hatte, ließ Beate durch die Blume wissen, dass sie sich unbedingt ein angemessenes „Outfit" für den geplanten Kongress in Hamburg anschaffen müsse, klemmte sie sich nach Dienstschluss gewissermaßen unter den Arm und schleppte sie in ihre Lieblingsboutique, erteilte ihr einen Grundkurs im Gebrauch der wichtigsten Kosmetika und schickte sie zum Friseur.

Als ich Beate besuchte, öffnete mir eine ansehnliche junge Frau die Wohnungstür, die durchaus auf dem Jahrmarkt der Eitelkeiten bestehen konnte.

Ich erkannte meine eigene Schwester kaum wieder, wie sie sich da vor dem Spiegel hin- und her drehte, ihrem Abbild wohlgefällig zulächelte. Ich schloss sie in die Arme und sagte, als sei sie nach jahrelangem Exil nach Hause zurückgekehrt: „Na, endlich!" Und wir vergossen tatsächlich gemeinsam ein paar Tränen, was noch nie vorher passiert war.

Ich liebte meine Familie, aber verabscheute normalerweise jede Gefühlsäußerung, gab mich betont ruppig. So war ich nun mal zu dieser Zeit. „Cool" um jeden Preis. So ähnlich wie Nikki. Meine Eltern nannten das „schnodderig" oder auch „pampig", je nach Anlass. Sie waren eben durch und durch altmodisch. Fossile sozusagen. Ich verzieh ihnen das, obwohl ich ständig gegen sie opponierte. Das war ich schon meinen Freunden schuldig.

Einen Tag danach, spät am Abend, der Hamburger Kongress war längst beendet, klingelte das Telefon. Beate! Aufgeregt, hörbar animiert. Auch das war noch nie vorher passiert.

„Stell' dir vor, der Prof konnte seinen Vortrag nicht halten, war total heiser. Und ich durfte …"

„Und es war, wie ich dich kenne, ein voller Erfolg!"

„In jeder Hinsicht!" Das klang vielversprechend. Doch bevor ich ihr noch mehr Einzelheiten entlocken konnte, brach die Verbindung nach einem ungewohnt zärtlichen „Mach's gut, Schwesterchen" ab. Ihre geheimnisvolle Andeutung hatte ein Karussell von reichlich haltlosen

Vermutungen in Gang gesetzt, und daher schlief ich sehr unruhig in dieser Nacht.

Meine Mutter schüttelte den Kopf, als ich ihr Beates wundersame Veränderung schilderte und fragte sichtlich verärgert: „Das ist wohl wieder einer deiner albernen Scherze, mit denen du mich aufs Glatteis führen willst. Darauf falle ich diesmal nicht rein, nein, diesmal nicht! Denkst du vielleicht, ich wäre schon senil?", stand auf und verfügte sich in die Küche, um den Auflauf in den Herd zu schieben.

„Auch gut, dann eben nicht", dachte ich, „du wirst es schon mit eigenen Augen sehen!", und half ihr beim Tischdecken.

Meine Schwester war ein Muster an Pünktlichkeit. Jeden Sonntag. Eine Minute nach eins klingelte es. Ich reagierte nicht. Mit Absicht. Vater goss noch die Blumen auf dem Balkon.

Unsere Mutter war gezwungen zu öffnen. Eine lange Minute vollkommene Stille. Was für eine Enttäuschung! Dann ein ersticktes „Beate!" Ich lauerte in den halbdunklen Flur. Die beiden lagen sich wortlos in den Armen. Na also!

Auch mein Vater konnte es kaum fassen, wie gründlich sein hässliches Entlein sich gemausert hatte. Jetzt war er zum ersten Mal rundherum stolz auf seine Älteste.

Ich stimmte etwas halbherzig in das Loblied meiner Eltern ein, weil Beates elegantes Kostüm ganz und gar nicht meinem Geschmack entsprach. Doch warum sollte ich die gelöste Stimmung durch kleinliches Gemecker ruinieren?

Ach ja, – über die wirkliche Triebfeder für Beates Metamorphose zum schönen Schwan wurde nicht gesprochen. Sie ließ ein karges „Ihr werdet es noch früh genug erfahren" verlauten, als meine Mutter Anstalten machte, sie auszufragen. Auf diese Weise nährte sie allerlei beunruhigende Spekulationen, doch offensichtlich war ihr das gleichgültig. Was ihre Sturheit anging, ähnelten wir uns frappierend; das hatte ich bisher nicht gemerkt. Und nicht nur darin, wie sich bald herausstellte.

In den nächsten sechs Wochen tat sich nichts weiter, als dass sie uns mit immer neuen modischen Überraschungen verblüffte. Mein Vater beharrte darauf, man hätte sie zur Leiterin der Abteilung befördert, mindestens mit einer Verdoppelung des Gehalts. Mutter ihrerseits war nicht davon abzubringen, dass sie womöglich in „leichtlebige", also zweifelhafte Kreise geraten sei, in der man nur mithalten könne, wenn man sein Geld vorwiegend für aufwendige „Kledage" hinblättere. Sie sei in großer Sorge um Beate.

Ich selbst verkniff mir übrigens jede Äußerung zu solchen Spekulationen, hatte ich doch schon von Anfang an einen bestimmten Verdacht, der unseren Eltern fernlag, denn sie waren nach eigener Aussage ja schon „jenseits von Gut und Böse", was immer das genau bedeuten mochte.

Am siebten Sonntag schwänzte meine Schwester das gutbürgerliche Mittagessen und auch den hausgemachten Marmorkuchen. Sie verreise, erklärte sie am Telefon. Und ob sie vielleicht in der Woche danach jemanden mitbringen dürfe zum Kaffee.

Mein Vater, der sich oft langweilte, seitdem er seinen Schreibtisch als Leiter der Steuerfahndung mit der Pensionierung hatte verlassen müssen, sagte spontan: „Warum nicht?", wollte noch eine Frage nachschieben, doch die Leitung war schon tot.

„Mein Gott, Walter, wie kannst du nur? Wer weiß, wen sie uns da anschleppt! Vielleicht ihren Chef, den Professor. Die Fenster sind so schmutzig, dass man sich schämt, und die Gardinen müssten unbedingt gewaschen werden. Wie soll ich das denn alles nur schaffen in den paar Tagen?" So war sie, meine Mutter.

Na, sie brauchte sich nicht zu schämen an diesem Sonntagnachmittag. Der Gast sah weder Fenster noch Gardinen, nur seine strahlende

Beate. Er war nicht mein Typ, aber zweifellos ein attraktiver Mann. Blond und braungebrannt, durchtrainierter Körper. Ein angenehmer Bariton namens Harald mit Nelkenstrauß für die Dame des Hauses, vielleicht ein paar Jahre älter als meine Schwester, ganz locker trotz all der kritisch prüfenden Augen. Man sprach bei Schwarzwälder Kirschtorte von diesem und jenem, auch übers Wetter, aber weder über die Missgriffe der gegenwärtigen Regierung noch über das, was meine Eltern ausschließlich interessierte: seine finanzielle Lage. Immerhin waren sie höflich genug, ihre Neugier wenigstens beim Antrittsbesuch zu bezähmen.

Kaum aber hatte das „junge Paar" sich verabschiedet, fragte meine Mutter besorgt: „Verdient er überhaupt genug, um eine Familie zu gründen?"

„Aber Mama … ", setzte ich an.

Da griff mein Vater ein: „Lass deine Mutter! Sie meint es doch gut."

„Die moralisch wertvolle Absicht als Entschuldigung für dummes Gerede. Wieder mal typisch", dachte ich und versuchte es zum letzten Mal mit einem Appell an die Vernunft: „Ist das nicht egal, wer heutzutage das Geld verdient? Beate hat doch genug für beide. Hauptsache, sie lieben sich!"

Doch meine Eltern ließen sich durch nichts von ihren steinzeitlichen Vorstellungen abbringen. Nach diesem Muster verlief neuerdings jede Diskussion. Wut kochte in mir hoch.

„Wo lebt ihr eigentlich? Mit euch kann man nicht reden. Jetzt reicht's mir! ", schrie ich, knallte die Tür hinter mir zu, zog mich um und fuhr in die Disco. Das hatten sie nun davon!

Am nächsten Tag lag meine Mutter mit Migräne im abgedunkelten Schlafzimmer und durfte nicht gestört werden.

Ich unterstellte ihr, dass sie uns Kinder auf diese hinterhältige Art für unsere fortschrittlichen Ansichten bestrafen wollte. Dass Haralds

13

Besuch für sie zu belastend gewesen sein könnte, kam mir nicht in den Sinn.

Das folgende sonntägliche Familientreffen stand unter einem ungünstigen Stern. Unerträgliche Schwüle, aber kein reinigendes Gewitter. Mutter hatte sich wieder einmal besonders ins Zeug gelegt mit dem Kochen – umsonst. Wir beiden „Mädchen" mussten die Hälfte des Kalbsnierenbratens und der hausgemachten Roten Grütze in den Kühlschrank verfrachten.

„Es hat euch nicht geschmeckt", stellte Mutter beleidigt fest. Kein Widerspruch. Vater, der wie üblich unmäßig schwitzte, riss das Fenster auf. Eine heftige Bö fuhr herein, blähte die Übergardinen. Ganz fern grollte der Donner. Niemand machte Anstalten, das schmutzige Geschirr abzudecken. Nicht einmal Mutter ermahnte mich, meine Pflicht zu tun. Vier Augenpaare beobachteten gespannt eine fette Schmeißfliege, die sich an den Soßenresten gütlich tat.

„Also", sagte Beate plötzlich entschlossen in die Stille hinein, „nun fangt schon an mit der Ausfragerei. Ihr könnt euch ja kaum noch beherrschen."

Vater verlegte sich aufs Argumentieren: „Na, immerhin sind wir doch deine Eltern". Dagegen konnte man nichts einwenden. Obwohl es eigentlich im Klartext hieß: „Wir haben ein Anrecht darauf, alles zu erfahren, was diesen deinen Liebhaber und potentiellen Ehemann betrifft."

Jetzt gab es kein Halten mehr. Die Fragen prasselten nur so auf die arme Beate herunter wie die Hagelkörner auf den Gehsteig vor dem Haus.

Sie ließ den Schauer zuerst über sich ergehen, dann schaffte sie, wie es ihr als Wissenschaftlerin zukam, eine gewisse Ordnung in das Chaos, indem sie berichtete, was ihr wichtig erschien.

Ihr Harald verfüge, was die Familie bestimmt beruhige, über ein ansehnliches Vermögen.

„Und woher?", fragten die Eltern gleichzeitig.

Beates folgender Satz wirkte, als hätte ein Blitz eingeschlagen.

„Er ist ausgebildeter Taucher und Fachmann für Münzen und arbeitet für eine renommierte Gesellschaft, die die Hebung von Schätzen aus Schiffswracks finanziert. Wie üblich wird er auf Erfolgsbasis honoriert. Aber er *ist* erfolgreich. Hat einen sechsten Sinn für wirklich wertvolle Objekte."

„Ich habe es gleich gewusst!", stöhnte Mutter und fing an zu weinen. „Du bist einem Glücksritter in die Hände gefallen!"

„Einem Windhund ohne festes Einkommen, der nie zu Hause ist!", ergänzte Vater.

„Auch Künstler leben oft von der Hand in den Mund und haben trotzdem eine Familie. Es soll ja auch Frauen geben, die ordentlich verdienen. Habt ihr bestimmt schon gehört."

Mutter schaute missbilligend und mahnte „Ironie ist hier fehl am Platze, Beate! Es ist uns bitterernst."

Doch ihre Tochter war nicht zu bremsen: „Außerdem – was ist mit Monteuren, Lastwagenfahrern, Soldaten, Seeleuten und Forschern? Sitzen *die* ständig am heimischen Herd?"

Nicht einmal der Hinweis auf die enormen Schwierigkeiten, falls sie Kinder in die Welt setzen wollten, konnte sie von ihren Plänen abbringen.

„Für solche Probleme haben Millionen eine akzeptable Lösung gefunden", widersprach sie unbeeindruckt. „Ihr traut uns viel zu wenig zu."

„Du tust mir leid, mein Kind", war Mutters Antwort.

„Warum? Ich bin doch eher beneidenswert! Und wir werden heiraten, sobald Harald wieder zurück ist."

In dem Stil ging es noch eine Weile weiter. Konkretes erfuhren meine Eltern nicht, mit welchen Tricks sie es auch versuchten.

Ich nahm an, eine so rationale Person wie meine Schwester würde sich nicht sehenden Auges Hals über Kopf in eine Affäre stürzen, die mein Vater als „eine Wahnsinnsidee, ausgebrütet im Zustand verminderter Zurechnungsfähigkeit" bezeichnete. Allerdings – *unmöglich* war es auch nicht. Die Literatur ist voll von solchen Affären, die unglücklich enden – siehe „Anna Karenina".

Nach Stunden fruchtloser Diskussionen mussten meine Eltern einsehen, dass sie hier nichts mehr ausrichten konnten.

„Gegen die Liebe ist kein Kraut gewachsen", so Mutters Bilanz, als sei die Liebe eine besonders gefährliche Krankheit, die dringend behandelt werden müsste.

Zwischen den Alten und uns lagen Welten, das war offensichtlich.

Mich hatten Beates Offenbarungen übrigens nicht überrascht; denn sie hatte mich längst eingeweiht. Und ich hatte wochenlang dichtgehalten, auch wenn es mir schwerfiel. Zum Dank durfte ich in Hamburg als ihre Trauzeugin fungieren, was meine Eltern ihr nachhaltig übelnahmen.

Das früher so ungebrochene Verhältnis zu ihrer erfolgreichen Tochter hatte seit dieser Zeit einen Knacks.

Ein Gutes hatte die Heirat allerdings für uns Schwestern: Wir waren einander so nahegekommen wie nie zuvor.

Unsere Eltern sprachen nur noch selten offen über ihre Sorgen, aber man sah sie ihnen an: Sie alterten rapide. Nicht nur äußerlich. Mutter stieg nicht mehr auf die Leiter, um die Gardinen aufzuhängen, das überließ sie ihrer Putzhilfe. Immer öfter bestellte sie Essen auf Rädern. Den Rasen mähte ein junger Mann aus der Nachbarschaft. Sie rochen neuerdings seltsam, ein bisschen säuerlich. Ob das Nebenwirkungen der Medikamente waren, die sie Tag für Tag aus ihren dreigeteilten silbernen Döschen zu festgelegten Stunden schluckten und gelegentlich auch vergaßen? Oder auch nur der Geruch des Alters, ausgelöst durch den Rückgang der Hormonproduktion?

Selbstverständlich behielt Beate auch als verheiratete Frau ihre bisherige Stellung in der Pharmafirma. Das Ehepaar kaufte ein älteres geräumiges Haus zwischen Aachen und Mönchengladbach, genauer, am Rand der Kleinstadt E., mit direkter Bahnverbindung zu ihrer Arbeitsstelle, um Beate den täglichen Stress auf der Autobahn zu ersparen. Nach einer umfänglichen, sündhaft teuren Renovierung wurden wir zur Besichtigung gebeten. Meine Eltern, die sich bisher nicht für ihren Schwiegersohn hatten erwärmen können, fanden nichts Wesentliches an der neuen Bleibe auszusetzen, unterließen sogar abfällige Bemerkungen jeder Art. Nein, herzlich wurde ihr Verhältnis zu Harald trotzdem nicht gerade, eher schlossen sie mit ihm eine Art Waffenstillstand, der aber jederzeit aufgekündigt werden konnte, falls sich Beates Mann einen gravierenden Fehler zuschulden kommen ließe. Deshalb verliefen die traditionellen Einladungen zu hohen Festtagen oder Familienereignissen wie Vaters 75. Geburtstag eher unterkühlt, obwohl sich Harald jede Mühe gab. Er erwies den Alten den Respekt, den sie von ihm erwarteten, geizte auch nicht mit aufwendigen Geschenken, was leider besonders Mutters Misstrauen hervorrief. Sie hielt ihn unverändert für einen „Windhund". Welcher Mann mit Familie hat schon einen derart riskanten Beruf? Nur ein Hallodri!

Ich mochte ihn, nicht nur, weil er so spannend von seinen Expeditionen erzählen konnte, sondern weil er Beate liebevoll umsorgte und sie ganz zufrieden schien, auch wenn sie oft wochen- oder gar monatelang auf ihn warten und sich mit einem gelegentlichen Telefonat per Funk begnügen musste. Vielleicht bewahrten diese Trennungen die beiden vor der gängigen Eheroutine, hielten die Leidenschaft wach, die sie anfangs füreinander empfunden hatten. Nicht das schlechteste Modell für eine dauerhafte Beziehung zwischen zwei starken Charakteren, nahm ich an. Besser jedenfalls als der langsame Erstickungstod der Liebe unter Wäschebergen und Grünschnitt wie bei meinen Eltern.

Gesprochen habe ich mit meiner Schwester allerdings darüber nie;

denn sie gab keine Intimitäten aus ihrem Eheleben preis, auch nicht mir gegenüber.

Auf die Idee, dass sie aus der Not eine Tugend machte, kam ich nicht, weil mir die Erfahrung fehlte.

Mittlerweile hatte auch ich mein Abitur bestanden, nur mit 2,5, in erster Linie wegen Mathematik, und einer Aachener Buchhändlerin einen Lehrvertrag abgerungen. Sie brauchte es nicht zu bereuen: Hier war ich in meinem Element, legte die meisten meiner Untugenden allmählich ab und wurde bei der Prüfung Landesbeste. Jetzt konnte ich meinen Lebensunterhalt selbst bestreiten, und meine Eltern waren endlich einmal mit mir zufrieden.

Meine wilden Jahre gehörten der Vergangenheit an. Keine dubiosen Freunde mehr, sondern einen achtbaren Krankenpfleger als ständigen Begleiter, mit dem ich erst einmal für eine Weile in einem Ort mit dem sonderbaren biblischen Namen Baal probeweise zusammenzog und nach zwei Jahren ganz bürgerlich zum Standesamt ging.

Es hatte sich eben so ergeben – wie bei den meisten Ehen. Schon möglich, dass sich unter den Millionen männlicher Kandidaten einer gefunden hätte, den man in minderwertigen Romanen als „andere Hälfte" bezeichnet, aber die Wahrscheinlichkeit, ihm zu begegnen, wäre noch sehr viel geringer gewesen als ein Sechser im Lotto. Es war die alte Geschichte vom Spatz in der Hand, der besser ist als die Taube auf dem Dach. Wenn man sich einmal entschieden hat, sollte man mit dem Suchen aufhören. Es macht nur unglücklich.

Drei Monate, bevor unsere Frühchen per Kaiserschnitt zur Welt kamen, fiel mein Vater einem zu spät erkannten Schlaganfall zum Opfer. Und er hatte sich so auf seine Enkelchen gefreut! Mutter vergrub sich in ihre Trauer.

„Diese leere Wohnung bringt mich noch um", sagte sie jedes Mal, wenn eine von uns Töchtern kurz hereinschaute. Was also lag näher, als ihr den Umzug in ein sehr wohnlich ausgestattetes Seniorenstift zu empfehlen, wo sie geeignete Gesellschaft hätte? Doch damit hatten wir das Übel nicht an der Wurzel gepackt: Unsere Mutter glitt eines Morgens am Frühstückstisch lautlos vom Stuhl. Herzstillstand, obwohl sie vorher nie ernsthaft krank gewesen war.

„Sie hat den Verlust ihres Mannes nicht verkraftet", darauf bestand eine ihrer Betreuerinnen. „Das erleben wir hier sehr oft."

Vermutlich hatte sie recht. Meine Eltern waren sehr viel enger miteinander verbunden gewesen, als ich es mir hatte träumen lassen.

„Warum haben wir bloß nicht besser auf sie aufgepasst?", grübelte Beate mehr als einmal. Sie litt unter denselben Schuldgefühlen wie ich. Doch sie hatte ihren Beruf, der sie stark forderte. Und wie hätte ich mich auch noch um Mutter intensiv kümmern können? Die Pflege unserer anfälligen Zwillinge beanspruchte meine ganze Kraft.

Beate hatte ein „Händchen" für Kinder. Ina und Tina liebten sie so abgöttisch, dass ich regelrecht eifersüchtig wurde.

„Du solltest ein eigenes Baby kriegen, bevor deine biologische Uhr abläuft," schlug ich ihr eines Tages vor, als ich sie auf dem Sofa sitzen sah, Ina links neben sich und Tina rechts, alle drei begeistert grunzend, als wären sie selbst die dicken rosa Schweine aus dem Bilderbuch.

Obwohl meine Schwester zuerst ein bisschen beleidigt war wegen der boshaften Anspielung auf ihr Alter, befreundete sie sich doch mehr und mehr mit dem Gedanken, meinem Beispiel zu folgen.

„Es müssen doch nicht unbedingt Zwillinge werden, oder?", fragte Harald beklommen, als er erfuhr, dass Beate schwanger war. (Sie hatte die Pille, ohne ihn zu fragen, kurzerhand abgesetzt.) Wir konnten ihn beruhigen: Das sei eher unwahrscheinlich, denn so einen Doppelpack gäbe es außer bei mir in unserer Familie weit und breit nicht mehr.

Mein Schwager erwies sich, sobald er ein paar Wochen zwischen seinen Expeditionen zu Hause verbrachte, als Mustervater, was ich von Achim nun gerade nicht behaupten konnte.

Seine Begründung, die sich keinen Deut von der meines Vaters unterschied: „Du hast den Haushalt und die Kinder. Ich verdiene das Geld."

„Das ich ausgebe", ergänzte ich. Er nickte zufrieden.

Diese Arbeitsteilung würde sich ändern. Das schwor ich mir. Sobald wie möglich. Sollte Alice Schwarzer wirklich umsonst mit aller Kraft gekämpft haben?

Obwohl Beate beschlossen hatte, drei Jahre lang ganz für ihre Nicole da zu sein, gab es keinen Engpass wegen des fehlenden Gehalts: Harald hatte „einen fetten Fisch geangelt" – womit er die Ortung und Hebung eines tonnenschweren Goldschatzes aus einer spanischen Karavelle in der Karibik meinte – und eine beachtliche Prämie kassiert. Nichts war schiefgelaufen, wie meine Mutter das prophezeit hatte. Wir Erwachsenen verstanden uns gut, es gab keine außergewöhnlichen materiellen Sorgen, die Kinder gediehen, dass man nur seine helle Freude daran haben konnte – so hätte es getrost weitergehen dürfen, jahrzehntelang.

Im Sommer, bevor die Zwillinge in den Kindergarten gingen, entschlossen wir uns zu einem gemeinsamen Urlaub auf Borkum. Sie waren beide „ein wenig schwach auf der Brust", wie die Kinderärztin ihre ständigen Hustenattacken umschrieb. Der Juni ist nun nicht gerade der ideale Monat für eine solche Kur, aber die Ferientermine aller Beteiligten waren nur genau während dieser drei Wochen unter einen Hut zu bringen. Wir mieteten für uns sieben ein Häuschen mit zwei getrennten Wohnungen, und nichts konnte unsere gute Laune trüben, weder die völlig regellos auftretenden Wutanfälle unserer Dreijährigen, deren Trotzalter sich gerade dem Höhepunkt näherte, noch die zwei verregneten Tage, die wir nicht Burgen bauend am Strand verbringen konnten. Zwar hatte ich mir beim Einkaufen den Knöchel auf dem Kopfsteinpflaster verknackst (Unglaublich, welche Mengen an Nahrungsmitteln zwei Familien täglich vertilgen können!), doch der gute alte Inseldoktor, dem nach eigener Aussage „nichts Menschliches fremd" war, legte mir einen Verband an, und ich konnte mich kurzzeitig in der Rolle der Kranken sonnen, eine vollkommen neue Erfahrung. Achims Bilanz am letzten Abend der drei Insel-Wochen lautete „Friede, Freude, Eierkuchen!", und er sah, als er dieses Sprüchlein von sich gab, beifallheischend in die Runde. Doch keiner lachte. Er hatte wieder mal total danebengegriffen.

Am Morgen der Abreise, das Gepäck war schon in den beiden Kombis verstaut, und wir saßen beim Frühstück, klingelte das Telefon. Eine barsche Männerstimme, die Harald verlangte. Der riss mir den Hörer aus der Hand, raffte die lange Schnur zusammen und klemmte sie unter die Wohnzimmertür, die er anschließend fest zuzog.

So hatte ich ihn noch nicht erlebt: Nervös, laut, ja richtig aggressiv. Man konnte kein Wort verstehen, doch es war garantiert kein erfreuliches Gespräch.

„Mach' dir keine Sorgen, Liebes. War nur beruflich. Manchmal gibt es halt Ärger, sobald man nicht vor Ort ist", versuchte er Beate zu beschwichtigen, als Harald an den Frühstückstisch zurückkehrte, aber er war blass unter seiner Sonnenbräune. Sie schien trotz seiner beruhigenden Worte alarmiert. Wir enthielten uns der Stimme, mischten uns nicht ein, hielten uns für überaus diskret.

Wären wir weniger gleichgültig gewesen, hätten wir manches verhindern können, was unsere gemeinsame Zukunft bedrohte.

Ganz gegen ihre Gewohnheit blieben meine Schwester und ihr Mann für den Rest des Tages sehr einsilbig, und es wollte keine gelöste Stimmung mehr aufkommen.

Sobald wir wieder in unser heimisches Umfeld zurückgekehrt waren, fiel der Alltag über mich her. Die Mühsal hinterher, die die Erholung zunichtemacht, jede Frau kennt sie. Ich hatte einfach keine Zeit, mir den Kopf über dieses unerfreuliche Telefonat zu zerbrechen, und vergaß es irgendwann – um es nach Jahren aus dem Gedächtnis hervorzukramen. Es hatte sich, das ging mir schlagartig auf, dabei nur um die Spitze des des Eisbergs gehandelt. Wie damals bei der „Titanic":

2. Kapitel: Schicksalsschlag

Eines Nachmittags saß ich an meinem Schreibtisch, den ich vor das breite, nach Süden ausgerichtete Fenster gerückt hatte, und schaute hinaus in den Garten. Er wird beschattet von einem mächtigen Walnussbaum, von einem der früheren Besitzer in weiser Voraussicht gegen die pralle Sommersonne gepflanzt.

Achim, der sich nach zähen Verhandlungen zuletzt bereiterklärt hatte, die Pflege des Gartens zu übernehmen – ich musste erst mit einem totalen Putzstreik drohen – war zu Hause ein Minimalist, der nur das Nötigste tat, beispielsweise den Rasen erst mähte, wenn das Unkraut schon seine Samen ausstreute, und er den Einspruch der Nachbarn fürchtete. Im Krankenhaus dagegen schätzte man ihn wegen seines unermüdlichen Einsatzes und seiner Freundlichkeit. Ein Mann mit zwei höchst widersprüchlichen Seiten, die friedlich nebeneinander existierten.

Für Nikki war der Garten die „Grüne Hölle", womit sie erstens wie gewöhnlich maßlos übertrieb und sich gleichzeitig sozusagen legitim vor jeglicher Mitarbeit in diesem angeblich gefahrenträchtigen Gelände drückte. So konnten die Hecken, die das Grundstück einfrieden, ebenso ungehindert wuchern wie die blauen und rosa Hortensien, die Beate so liebte.

Meine Schwester war für mich noch immer gegenwärtig. Auch nach mehr als 15 Jahren.

Ich ignorierte den Stapel, der sich auf meinem Schreibtisch türmte: Rechnungen, Reklamen, Bittbriefe, Zeitungsausschnitte, inhaltsleere Postkarten unserer Zwillinge, Computerausdrucke, Fachzeitschriften und Bücher aller Art, die ich unbedingt in meiner Freizeit lesen müsste, starrte hinaus in das Grün, bis die Konturen der Blätter und Blüten vor meinen Augen verschwammen.

Unvermittelt tauchten dieselben Szenen eines Films aus meiner Erinnerung auf, die unserem Leben jedes Mal eine entscheidende Wendung gegeben hatten und die ich immer wieder neu zu ertragen gezwungen war. Niemand außer mir wusste, dass dieser Film existierte. Ich hatte kein Wort darüber verlauten lassen – man hätte ja vermuten können, ich sei nicht ganz richtig im Oberstübchen. Solche Verdächtigungen machen schnell die Runde, besonders in einer Siedlung wie unserer, wo die Leute recht eng aufeinandersitzen und jeder jeden beobachtet. Aus Langeweile vielleicht, weil das eigene Dasein so ereignislos dahinplätschert, oder auch, weil es einen freut, anderen Leuten möglichst viel am Zeug zu flicken. Dann schrumpfen logischerweise die eigenen Mängel.

Ich will nun nicht beschwören, es hätte sich alles haargenau so abgespielt, wie ich es hier erzähle. Im Laufe der Zeit hat sich gewiss manches verändert, ja verzerrt oder ist unwiederbringlich abgesunken auf die unterste Sohle meines Gedächtnisses. Warum aber sollte ich nicht trotzdem versuchen, die einzelnen Phasen der Tragödie so genau wie möglich abzubilden, an deren Ende ich mich in einer Lage befand, die ich mir so sehnlich gewünscht hatte?

Am Anfang stand ein Ereignis im Sommer kurz nach Nikkis erstem Geburtstag.

Kaum dass ich die Tür geöffnet hatte, stürzte die sonst so zurückhaltende Beate auf mich zu und rief empört: „Wie denken die sich das bloß? Erwarten von mir, dass ich Knall und Fall … Sind nur an ihrem Profit interessiert! Menschen sind ihnen total gleichgültig!"

Sie überflog das Blatt in ihrer Linken, deutete auf eine bestimmte Textstelle, die ich aus der Ferne gar nicht entziffern konnte, und fuhr aufgeregt fort:

„Hör' dir das bloß mal an! Glatte Erpressung ist das!"

„Muss das denn sofort sein?", wandte ich ein. „Ich möchte erst noch ganz schnell …"

Aber sie überging meinen Einwand und fing an, das Schreiben ihres Arbeitgebers vorzulesen.

Der bat sie höflich, aber kalt, sie solle so rasch wie möglich mit der Geschäftsleitung telefonischen Kontakt aufnehmen. Man hielte es für erforderlich, dass sie nach der Babypause zumindest halbtags an ihren alten Arbeitsplatz zurückkehre, um sich an einem Forschungsauftrag von besonderer Wichtigkeit zu beteiligen. Es täte ihnen außerordentlich leid, wenn es zu einer Absage ihrerseits käme. Sie sähen sich dann zum größten Bedauern gezwungen, die Suche nach einem geeigneten Nachfolger umgehend einzuleiten.

Ich setzte mich auf das Sofa, klopfte einladend auf den Platz neben mir und legte meiner Schwester den Arm um die Schultern. „So etwas hast du doch insgeheim erwartet, oder?", fragte ich und versuchte, ruhig zu bleiben. „Du solltest diesen Brief positiv sehen. Offensichtlich können sie auf eine erstklassige Spezialistin wie dich nicht mehr verzichten. Der Hinweis auf einen möglichen Nachfolger ist deshalb eine leere Drohung. Sie werden nicht so schnell, wenn überhaupt, einen finden, der dir das Wasser reichen kann. Wie ich die Sache sehe, rechnen sie auch gar nicht mit einer Absage; denn sie wissen genauso gut wie du, dass du dann raus wärst aus diesem Job, vermutlich für immer, und das nach der jahrelangen Plackerei auf der Uni! *Du* auf Dauer als Nur-Hausfrau – könntest du das aushalten?"

Wir schwiegen beide eine Weile. Man hörte nur den endlosen Westminster-Stunden-Schlag der verschnörkelten Standuhr, die meine Schwester von unseren Eltern geerbt hatte. Als der letzte Ton verklungen war, antwortete Beate mit einer Gegenfrage, die bewies, dass sie sich, gestützt auf meine Argumente, blitzschnell entschieden hatte: „Aber was wird aus Nikki, wenn ich nicht mehr für sie sorgen kann wie bisher?"

„Mach' dir keine Sorgen! Ich lasse dich doch nicht im Stich", versicherte ich. „Selbstverständlich kümmere ich mich um die Kleine. Ich habe ja jetzt viel Zeit, wo die Zwillinge bis mittags im Kindergarten sind. Du bringst Nikki morgens zu mir und holst sie wieder ab, sobald du aus Aachen kommst. Wo also ist das Problem?"

Ich gab meiner Schwester einen ermunternden Klaps auf die Schulter, und sie umhalste mich stürmisch, meine sonst so kühle Beate, und flüsterte gerührt: „Mir fällt ein Mount Everest vom Herzen. Lisa, du bist ein Engel."

Wenn sie gewusst hätte, welche Selbstsucht, Verlogenheit und Hinterlist in diesem „Engel" steckten! Der Gedanke, dass sie *mich* gerade ebenso manipuliert haben könnte wie ich *sie*, der schoss mir erst durch den Kopf, als ich mir diese Szene noch einmal durch den Kopf gehen ließ. Beate hatte sich für meinen Geschmack viel zu rasch entschieden. Warum aber sollte ich ihr meine diesbezüglichen Vermutungen darlegen? Das hätte nur Streit gegeben.

Beates Tochter war das entzückendste Kind, das mir je untergekommen ist. Ich liebte sie schon damals mehr als meine eigenen Mädchen. Aus Gründen, die kein anderer verstehen kann – ich selbst übrigens auch nicht. Gott sei Dank! So etwas muss es geben in einer Welt, in der nahezu alles erklärbar ist und das Geheimnis keinen Platz mehr hat.

Ich kostete meine Vorfreude auf das Zusammensein mit Nikki ungestört aus.

Und, das möchte ich der Wahrheit halber hinzufügen, auch auf das Taschengeld, das ich nun verdienen würde und nach Lust und Laune ausgeben könnte.

Achim stimmte diesem Arrangement ohne viel Federlesens zu. Seine Vorteile leuchteten ihm ein. Schließlich ist er Realist.

Harald jedoch versuchte, seine Frau umzustimmen und redete gegen eine Wand. Beate war das, was Feministinnen gemeinhin als „starke

Frau" bezeichnen, das heißt, ebenso halsstarrig wie ich, sobald sie sich einmal festgelegt hatte.

War wahrscheinlich genetisch bedingt.

Dagegen ist schwer anzukommen.

Bis zu diesem Zeitpunkt gleicht unsere Geschichte im Großen und Ganzen der von Millionen anderer, die man seit längerem als „Bildungsbürger" abqualifiziert. Sie nachzuerzählen war für mich unproblematisch, stellenweise sogar vergnüglich.

Seit heute habe ich jedoch Angst, mich mit dem zu befassen, was nun erzählt werden muss. So relativ glimpflich wie bisher sind wir nämlich nicht mehr davongekommen.

Manche von den Experten, die die Deutungshoheit für sich beanspruchen, raten mir, endlich „Trauerarbeit" nach der Methode Mitscherlich zu leisten, um die Vergangenheit und meine Schuld zu „bewältigen" (Was für ein scheußlicher Begriff!). Andere warnen davor, kaum vernarbte Wunden wieder aufzureißen. Wem soll ich denn nun glauben, welchen Weg einschlagen?

Wochenlang habe ich meinen Laptop nur gelegentlich angeworfen, begrüße im Moment sogar die Unterbrechungen, die mich vom Schreiben abhalten, obwohl ich gegen sie anfangs noch heftig, aber erfolglos protestiert hatte.

Nikki, die mich häufig besucht, hat mir jedoch den Rücken gestärkt: „Wenn du weiterschreiben willst, schreibe. Wenn nicht, lass' es bleiben. Es ist deine Entscheidung!"

Ich habe mich entschieden. Keine Ausflüchte mehr, keine schäbigen Tricks, keine Lügen – sondern nichts als die Wahrheit. Vor allem die Wahrheit über mich.

Der milde Herbsttag zwei Jahre nach der Rückkehr meiner Schwester in den Beruf ist in meiner Erinnerung so lebendig geblieben, als hätte sich alles erst gestern ereignet. Damals unterspülte eine dieser nicht voraussehbaren Fluten, von denen die Öffentlichkeit nicht das Mindeste erfährt, alle für unzerstörbar gehaltenen Fundamente von Beates Leben.

Unsere Mädchen, mittlerweile sechs und rund drei Jahre alt, tobten im Kinderzimmer, wir Schwestern gönnten uns am Küchentisch einen Cappuccino. Heute hatte ich Nikki ausnahmsweise nach Hause gebracht.

„Versuche lassen sich nun mal nicht immer nach der Uhr planen", entschuldigte sich Beate, aber ich winkte ab und griff, als es ungeduldig und anhaltend klingelte und sie zur Haustür eilte, nach einem Florentiner, einer Kalorienbombe, die ich mir unbedingt hätte verkneifen sollen.

Eine Männerstimme, die „Telegramm für Sie" schnarrte. Meine Schwester schlitzte hastig den Umschlag mit einem Küchenmesser auf, las die Nachricht, blieb stocksteif mitten im Raum stehen. Das Telegramm flatterte zu Boden.

Ich las die wenigen Zeilen, die die „Research Company", Haralds Auftraggeber, seiner Frau mitzuteilen hatte.

„Haben soeben von der „Cap Hoorn" die Nachricht erhalten, dass Ihr Gatte Harald Wiedeking gestern während eines Orkans über Bord gegangen ist. Rettungsversuche sind leider fehlgeschlagen. Mit seinem Ableben muss gerechnet werden. Näheres brieflich. Herzliches Beileid."

Wie tröstet man eine Frau, die vor Entsetzen zur Salzsäule erstarrt ist wie Lots Weib? Es gibt keinen Trost, nur tätige Hilfe.

Die wenigstens habe ich meiner Schwester geben können bei den zahllosen Gängen, die unsere Bürokratie den Angehörigen auferlegt. Und ich habe mich um meine kleine Nichte gekümmert, die Beate, eingesponnen in ihre Verzweiflung, Monat um Monat aus den Augen verlor.

Nikki erinnerte sich nicht mehr an ihren Vater, weil sie zu klein und er zu selten daheim gewesen war. Sie imitierte also einfach ihre Kusinen und nannte meinen Mann ebenfalls Papa. Ich aber war ihre „Lila", und dabei blieb es, auch als sie meinen Namen längst richtig aussprechen konnte.

Ich brachte ihr die ersten Wörter bei, badete, wickelte und fütterte sie, sorgte dafür, dass sie „sauber" wurde, spielte und sang mit ihr, hielt sie an beiden Händen, als sie die ersten Schritte versuchte, wachte an ihrem Bettchen, wenn sie Fieber hatte oder Bauchschmerzen – kurz, ich war ihre Ersatzmutter, wobei ich unter „Ersatz" durchaus keinen Notbehelf verstand. Sie wahrscheinlich auch nicht. Wenn sie ihre Arme um meinen Hals legte und ich sie an mich drückte, waren wir beide glücklich, ganz ohne Worte. Nikki schien nichts und niemand zu fehlen, auch nicht ihre Mutter.

Die war wieder ganztags im Labor beschäftigt und widmete sich geradezu besessen den so wichtigen Forschungen, mit denen man sie geködert hatte. Jeden Tag, den Gott werden ließ, kam sie später zurück aus Aachen, und Nikki wurde ständig aus dem ersten Schlaf gerissen. Das würde sich auf die Dauer gewiss zu einer Belastung für meinen Schützling auswachsen. Höchste Zeit für mich einzuschreiten.

Irgendwann, Harald war noch nicht für tot erklärt, aber es bestand nicht die mindeste Wahrscheinlichkeit, dass er überlebt haben könnte mitten im tobenden Ozean, zogen wir vier dann, auf meine Bitte hin, die schon eher ein Diktat war, in das Haus, das nun Beate allein gehörte.

Eine deutliche Verbesserung unserer Situation. Wir bewohnten das ganze Untergeschoss. Endlich gab es für jedes Kind ein eigenes Zimmer, ich konnte in der geräumigen Wohnküche wirtschaften, der Garten stand uns jederzeit offen. (Achim zimmerte wahrhaftig für Nikki einen Sandkasten und installierte eine Riesenschaukel, die mittlerweile total verrostet dem Sperrmüll überantwortet wurde.) Und was für mich am wichtigsten war: Wir hatten im Haus nur unseren eigenen Lärm zu ertragen. Der geht einem, kein Wunder, viel weniger auf die Nerven als der fremder Leute.

Für Beate änderte sich durch unseren Einzug nichts Wesentliches – außer dass sie sich nun ganz unbelastet ihrem Beruf widmen konnte.

Nicht, dass sie ihre Tochter, sobald sie sich ihr zuwandte, unfreundlich behandelt oder gar jemals gereizt auf sie reagiert hätte. Sie ging nur mit ihr um wie mit einem beliebigen Kind. Neutral, ohne Zärtlichkeit. Sie tat ihre Pflicht, mehr nicht.

Auch jeder andere hätte an meiner Stelle gegengesteuert.

Meine Schwester hatte sich bis zur Unkenntlichkeit verändert.

Und diese Veränderung hielt an, wurde nicht abgemildert durch die Zeit, die doch alle Wunden heilen soll. Sie gehörte zu denen, deren Trauer Wurzeln schlägt und zu einem Baum heranwächst, der bittere Früchte hervorbringt.

Manchmal betrachtete ich sie voller Sorge. Nie vorher war sie so blass und zerbrechlich gewesen und nie so verschlossen. Jeder Versuch, über ihre Nöte zu sprechen, scheiterte. Sie wich mir aus, speiste mich ab mit ihrem neuen Motto „Arbeiten und nicht verzweifeln!".

Damit betrat sie einen Irrweg, der direkt in den Abgrund führte. Es ist schon lange her, dass sie ihn freiwillig ging, aber daran wollte ich mich jetzt nicht auch noch erinnern. Ich war zu erschöpft.

Beates Hortensien waren sehr durstig nach diesem heißen Tag.

Ich wässerte sie reichlich, vernachlässigte auch die anderen Pflanzen nicht, genoss die Kühle des Abends, die blaue Stunde zwischen Tag und Nacht, und entschloss mich danach, aus Herzensgrund seufzend, doch noch die dringendsten Arbeiten zu erledigen, weil ich mit schlechtem Gewissen nicht einschlafen kann.

Achim hatte Nachtdienst, daher entfiel das Abendessen, übrigens auch für mich. Was nützt das schönste Sommerkleid, wenn man nicht hineinpasst?

Gerade hatte ich die letzte Rechnung geprüft und abgeheftet und wollte die Schreibtischlampe ausschalten, da nahm ich aus dem Augenwinkel eine flüchtige Bewegung zwischen den Büschen wahr.

Eine jagende Katze vielleicht oder ein Hund, der sich verlaufen hatte?

Oder womöglich jemand, der mich beobachtete, während ich so deutlich sichtbar hinter dem vorhanglosen Fenster saß?

„Wie kann man nur so leichtsinnig sein!", hatte ich besserwisserisch geurteilt, als vor Jahren der Manager Karsten Rohwedder unter den gleichen Umständen einem Attentat zum Opfer gefallen war, hatte aber trotzdem nichts aus diesem schlimmen Ereignis gelernt. Plötzlich aber fiel mir auf, wie unlogisch meine Überlegungen waren.

„Was soll der Blödsinn, Lisa?", ermahnte ich mich selbst. „Du bist zum Glück nicht prominent und deshalb auch nicht gefährdet."

Trotzdem wollte die Beklommenheit nicht weichen, und ich bestellte am nächsten Tag schwere Vorhänge für das Fenster zum Garten, die mich abends vor fremden Blicken schützen konnten – falls es die überhaupt gegeben hatte.

Achim erzählte ich mit verdrießlichem Unterton etwas von „zu kahl und ungemütlich", und er erhob, wie zu erwarten war, keinen Protest, weil ich den Dekorateur von meinem Gehalt bezahlen wollte. Das konnte ich mir als Geschäftsfrau leisten. Ich erwog sogar, einmal pro Woche eine Putzhilfe einzustellen, fürs Grobe, auch wenn meine Bücher nicht gerade so reißend weggingen wie die knackigen Brötchen von Meister Lennartz nebenan. Bäcker hätte man werden sollen oder Metzger – gegessen wird immer!

Sobald meine Töchter eingeschult waren und Nikki in den Kindergarten ging, hatte ich mich mit der Idee angefreundet, wenigstens halbtags wieder berufstätig zu sein. Warum hätte ich auch morgens zu Hause herumsitzen sollen? Nachmittags konnte ich mich ja ausgiebig um die drei kümmern. Sie vertrugen sich jetzt wesentlich besser, weil sich Nina und Tina im Vollgefühl ihrer Überlegenheit von Nikki, die, zugegeben, sich zu einem richtigen „Zornebock" entwickelt hatte, nicht provozieren ließen, sondern sie ablenkten oder schlicht warteten, bis der „Anfall" vorüber war. Das fiel ihnen sehr viel leichter als mir. Ich wollte meine Kleine vor jedem Schmerz bewahren und ließ ihr zu viel Leine. Die Folgen zeigten sich schon bald.

Die Kindergärtnerin beklagte sich ständig über Nikki, wenn ich sie abholte. Sie nähme anderen die Spielsachen weg, mit erstaunlicher Gewalt, heule öfter anscheinend grundlos und schreie, sobald man ihr eine Anweisung erteile, durchdringend „Nein, nein, nein!", werfe sich, ohne auf Verletzungen zu achten, mit Wucht auf den Boden und trete um sich, so dass man sie vorübergehend in eine andere Gruppe schicken müsse. Das sei nach ihrer Erfahrung – schließlich sei sie seit 25 Jahren in diesem Job tätig – nicht mehr im Rahmen des Üblichen (Trotzalter hin oder her) und könne daher nicht geduldet werden. Nicht nur im Interesse des Kindes selbst, sondern auch mit Rücksicht auf die Gruppe.

Zum Glück ließ sich die liebe Tante Corinna (ich konnte sie nicht ausstehen, sie mich auch nicht), einstweilen beruhigen, weil ich den plötzlichen Tod von Nikkis Vater ins Feld führte.

Und tatsächlich – die aufgezählten Unarten meiner dritten Tochter verschwanden von selbst oder wurden von weniger auffälligen abgelöst. Ich fand, es gab keinen Grund, wegen ihr übermäßig besorgt zu sein oder gar meine eigenen beruflichen Pläne aufzugeben.

Also bewarb ich mich, es ist schon mehr als ein Dutzend Jahre her, in der nahen Kleinstadt bei der Buchhandlung., die *keine* Schreibwaren im Angebot hat, sondern eben nur Bücher, was finanziellem Harakiri nahekommt.

Bei Katharina Matzerath, von ihren Freunden Käthe genannt. Deren Namen fanden literarisch gebildete Kunden erstaunlich bis lächerlich und fragten niederrheinisch direkt: „Ach, genauso wie Oskarschen in der ‚Blechtrommel'?‟"

„Jenauso", antwortete sie ungerührt. „Der Jünter Jrass hat eben mal in seinen Atlas jekuckt und dort das Dorf jefunden, von wo meine Vorfahren stammen: Matzerath. Das hat ihm sofort jefallen, und jetzt bin isch weltberühmt." Das verschlug jedem Spötter die Sprache.

Ihr Hochdeutsch hatte leichte „Streifen", das heißt, die ortsüblichen kleinen Eigenheiten, an die ich mich schon lange gewöhnt hatte. Obendrein schmückte sie ihre Äußerungen mit einer beachtlichen Zahl von nahezu ausgestorbenen, bildhaften Redensarten und Zitaten, was ihr den Ruf eines Originals eingetragen hatte.

Als ich mich persönlich vorstellte, gab sie nach flüchtigem Durchblättern meiner Zeugnisse folgende Einschätzung zum Besten: „Diese jungen Dinger, die isch beschäftje, haben doch in der Rejel von Tuten und Blasen keine Ahnung, auch die mit Abitur nischt. Kaum hat man denen die Jrundsätze des Buchhandels einjetrischtert, finden sie ein Studium plötzlisch viel spannender als eine Lehre, und im Hui sind se wech, auf Nimmerwiedersehn! Isch nehme mal als jejeben an, dass Sie als Ehefrau und Mutter wissen, wie der Hase hüpft. So jemand kann isch brauchen."

Da stimmte eben „die Chemie" von Anfang an, wie man das heutzutage prosaisch ausdrückt. Ich hatte meinen Wunschjob ergattert, halbtags, von Montag bis Freitag.

Es war ein Vergnügen, mit Käthe Matzerath zu arbeiten. Ein paar Jahre später hat sie sich aufs Altenteil zurückgezogen und mir die Buchhandlung verkauft, zu moderaten Bedingungen. Ich vermisste sie sehr, meine zweite Mutter. Dass man doch nie aufhören kann, nach Geborgenheit zu suchen.

Wenn ihr die Decke auf den Kopf fiel, besuchte sie mich im Laden, und wir schwätzten ein bisschen über dies und das. Sie wohnte in einem winzigen alten Häuschen am Park, dem einzigen, das den Krieg in der kleinen Stadt unversehrt überstanden hatte.

Ab und zu sagte sie, bevor sie ging: „Es ist nischt gut, dass der Mensch allein sei!", und ich wusste, sie dachte dabei an ihren Verlobten, der 1942 in Russland gefallen war. Nein, nicht gefallen, sondern krepiert war. Unschuldig. Mit 21. Trotzdem beneidete ich sie. Das klingt absurd, ist jedoch in meinen Augen folgerichtig. *Ich* könnte niemals einen Mann *so* lieben.

Eines Tages kam Achim erst gegen Mittag zum Vorschein. Unausgeschlafen und deshalb brummig. Ich bezog das schon lange nicht mehr auf mich.

„Hat es Ärger gegeben auf der Station?", fragte ich ihn.

„Ärger? So würde ich das nicht nennen. Zwei Notfälle, und einen konnten wir nicht retten. Er war erst 25. Das geht einem an die Nieren!"

„Jeder Beruf hat seine Schattenseiten", sagte ich verständnisvoll. „Willst du denn nicht wenigstens den Nachtdienst endlich …"

„Hör' auf zu bohren! Mein Limit liegt bei 50 Jahren, und dabei bleibt es! Ende der Diskussion!"

Achim griff zu den „Rheinischen Nachrichten", vertiefte sich in den Sportteil.

Dieser Nachtdienst brachte den ganzen biologischen Rhythmus durcheinander. Gesund *konnte* das nicht sein. Außerdem verließ ich nahezu jeden Morgen das Haus, nachdem er heimgekommen war. Ein flüchtiges Küsschen, ein paar Sätze über wichtige Termine oder Ereignisse, und das war's auch schon mit der ehelichen Gemeinsamkeit – bis auf das späte Mittagessen, das ich zauberte, wenn die Buchhandlung geschlossen war. Das alles schien ihm nichts auszumachen. Mir schon. Er war von Natur aus stur wie ein Panzer. Beratungsresistent. (Soweit ich das aus der Ferne beurteilen kann, hat sich daran auch nichts geändert.) Keines meiner Argumente gegen seinen einsamen

Entschluss fruchtete. Ich nahm an, dass der Nachtschicht-Zuschlag die entscheidende Rolle bei ihm spielte. Den hielt er wohl für unbedingt erforderlich – zur Stärkung seines Egos, seitdem auch ich mein Scherflein zum Unterhalt der Familie beitrug.

Das war nicht die einzige Triebfeder seines Handels. Mittlerweile bin ich besser informiert.

Erstaunlicherweise, so scheint es, lassen sich die seit etlichen Jahrtausenden in die männlichen Gene eingeschleusten Überzeugungen und Verhaltensweisen auch nur in ebenso vielen Jahrtausenden wenigstens minimal in Richtung Einsicht verändern, ausmerzen wahrscheinlich nie. Inzwischen haben zwar die Gleichstellungsbeauftragten sogar die Rathäuser jeder Kleinstadt erobert, und es sieht so aus, als sei alles in Butter zwischen den Geschlechtern. Auf dem Papier!

*Gelegentlich hatte ich deshalb erwogen, mich einer radikal-feministischen Frauengruppe anzuschließen, doch erstens gab es bei uns in der Provinz keine, und zweitens hatte ich für derlei Luxus absolut keine Zeit. Viel zu viel Aufwand, nur um Dampf abzulassen. Ein rascher Spaziergang übers Feld tat es meistens auch. Oder eine Freundin **im gleichen Alter** mit annähernd gleichen Erfahrungen. Leider war die mir trotz jahrzehntelanger Verwurzelung und zahlreicher beruflicher Kontakte weder am Niederrhein noch bisher während meines jetzigen Aufenthalts im Badischen über den Weg gelaufen. Könnte es denn sein, dass ich mich auf der Suche nach einer weiblichen Ergänzung ganz und gar auf dem Holzweg befände und vielleicht auch in fortgeschrittenem Alter noch zu retten wäre, wenn mir einer begegnete, der sich infolge einer spontanen Gen-Mutation eben nicht wie ein Macho verhielte?*

Leider lässt sich diese Frage vorläufig nicht schlüssig beantworten.

Also in Gedanken zurück ins vor-vorige Jahr.

„Mist!", ließ mein Mann gerade eine seiner Schimpftiraden vom Stapel:

„Diese Gladbacher Flaschen haben doch gestern schon wieder verloren! Ein Trauerspiel! Wenn sie so weitermachen, steigen sie ab. Das ist sonnenklar."

Ich enthielt mich der Stimme. Fußball war (und ist) für mich ein Buch mit sieben Siegeln.

Achim legte die Zeitung beiseite und fragte so, als wüsste er die Antwort schon im Vorhinein: „Hat Nikki angerufen? Da bezahlen wir nun Monat für Monat ihre horrenden Handygebühren …"

Ich versuchte, seinen aufkommenden Verdruss zu beschwichtigen. „Sie hat sicher allerhand zu tun. Wie man hört, müssen die jungen Leute ein strammes Lernprogramm bewältigen, wenn sie einen Feriensprachkurs belegen."

„Na, wenigstens für eine Ansichtskarte wird die Zeit ja wohl reichen, oder? Sie ist undankbar. Und es ist ihr egal, wenn man sich Sorgen macht. Aber *du* verteidigst dein Schätzchen natürlich", nörgelte er weiter.

Er tat mir leid, wie er da in seinem ausgebeulten Hausanzug auf dem Sofa saß, die dichten braunen Haare zu Berge stehend, weil er sie dauernd mit den Fingern „kämmte", über der Nase die tief eingeschnittene Zornesfalte – mit allem und jedem unzufrieden, auch mit sich selbst. Ob ich es mal mit einem Thema versuchen sollte, das positive Vorstellungen bei ihm wecken würde?

„Was meinst du denn: Sollen wir diesmal im Oktober wieder nach Fuerte Ventura fliegen? Oder lieber nach Ägypten? Mit Nilkreuzfahrt und Besichtigung der Pyramiden?"

Auch das war ein Schlag ins Wasser. Achim schnappte sich erneut die zerfledderten „Rheinischen Nachrichten" vom Couchtisch und ließ ein unwirsches „Muss das jetzt sein?" verlauten. „Ich möchte *einmal* friedlich meine Zeitung lesen! Also lass' mich bitte in Ruhe mit deinen Urlaubsplänen!"

Ich kapitulierte. An Tagen wie diesem kriegte man bei ihm „kein Bein auf die Erde", so sagen hier die Einheimischen, die Nikki „Eingeborene" nannte. Sie hatte wirklich ein loses Mundwerk. Das dürfte ihr noch irgendwann gewaltige Unannehmlichkeiten einbrocken, darin musste ich ihrem Ersatzvater recht geben. Ich würde ihr diese Aussichten sehr nachdrücklich vor Augen stellen müssen. Aber ich vermutete damals schon, der richtige Zeitpunkt für derartige Erziehungsversuche sei längst verpasst.

Dieser Gedanke deprimierte mich nicht weniger als Achims Zurückweisung. Ich zog mich in meine Fluchtburg, mein Arbeitszimmer, zurück. Streckte mich eine Weile auf dem Sofa aus, bevor ich das Mittagessen zubereiten musste. Ich kochte gern, aber hätten wir nicht mal ausnahmsweise beim Edel-Italiener einen Tisch bestellen können? Nur für uns zwei?

Achim aber wollte seine Zeitung lesen, im Hausanzug!

Merkte er nicht, wie unser Leben vorüberrauschte, ohne Bewegung, ohne Erregung, langweilig, aber dafür wenigstens anstrengend? Meine Haare gingen aus und kehrten nicht mehr zurück, die Falten aber blieben und vermehrten sich täglich. Wirksame Anti-Aging-Kosmetik? Krasse Lüge, ich hatte sie ausprobiert!

Aber das war es gar nicht, was mich eigentlich ständig plagte. Es war die unselige Vergangenheit, die sich in die Gegenwart hineingefressen hatte wie ein Tumor in gesundes Gewebe. Ich konnte sie nicht loswerden, so sehr ich mich auch bemühte. Es gab kein anderes Gegenmittel, als sich ihr auszusetzen, immer und immer wieder, in der Hoffnung, sie dadurch zu schwächen und am Ende auszulöschen.

Wie hatte Achim gesagt? „Lass' mich in Ruhe!" Ich hasste diesen Satz, weil er einem den Wind aus den Segeln nimmt, einen hilflos macht. Gegen ihn kann man nicht angehen, wenn man kein Rohling ist. Er erinnerte mich an meine vielen vergeblichen Bemühungen, Beate nach

Haralds Tod aus der Reserve zu locken. Sie endeten stets mit dieser Floskel.

Bis ich die Ungewissheit eines Abends nicht mehr aushielt und meine Schwester stellte, als sie im Bett lag, offensichtlich geschwächt, meinen Fragen wehrlos ausgeliefert.

Ich setzte mich auf den Bettrand, rückte so nah wie möglich an sie heran, legte meine Hand auf ihre abgezehrte und sagte leise, aber entschlossen: „Beate, wir müssen endlich miteinander reden wie vernünftige, erwachsene Menschen."

Obwohl sie statt einer Antwort die Lippen aufeinanderpresste und den Kopf schüttelte, ließ ich mich nicht beirren.

„So geht das nicht weiter. Du wirst jeden Tag weniger, siehst jammervoll aus. Ich muss endlich wissen, was mit dir los ist. Versuche nicht wieder, mich abzuwimmeln. Du weißt, wie hartnäckig ich bin, wenn es sein muss."

Ihre großen blauen Augen, viel zu groß in dem kleinen Gesicht, sahen mich einen Moment starr an, dann flüsterte sie:

„Was soll denn schon los sein? Ich habe pausenlos gearbeitet und zu wenig gegessen, das ist alles."

„Zu viel gearbeitet hast du, solange ich denken kann. Und du hast nie reingehauen wie ein Scheunendrescher. Das ist doch beides nichts Neues. Meinst du, ich ließe mir von dir einen Bären aufbinden? Sag' die Wahrheit, bitte! Du bist krank, nicht wahr?"

Nicken und Schweigen, das sich hinzog. Und dann, noch leiser:

„Leberzirrhose."

„Was sagen deine Ärzte? Kann man denn gar nichts dagegen tun?"

„Nein, nichts! Es ist zu spät. Irreparabel!"

„Und eine Spenderleber?"

„Darauf warten Tausende. Die meisten sterben, ehe eine passende gefunden wird."

„Ich kann das nicht verstehen! Warum hast du nicht frühzeitig etwas unternommen Und was war die Ursache? Eine Hepatitis oder trinkst du vielleicht heimlich?"

Wieder Schweigen. Und dann sehr zögernd und kaum vernehmbar: „Es war das Medikament, an dem wir arbeiten. Es gab keine Freiwilligen, die es testen wollten."

„Willst du damit sagen, dass du …"

„Solche Versuche hat es schon öfter gegeben. Wie den von Werner Forßmann, der den Herzkatheter an sich selbst ausprobiert hat und den Nobelpreis dafür bekam."

„Du wolltest also berühmt werden und hast dafür dein Leben riskiert – wie willst du das vor Nikki rechtfertigen?"

„Sie braucht mich nicht – sie hat ja dich. Und ich wollte nicht nur einen Preis gewinnen, sondern kranken Menschen helfen, das darfst du mir glauben." Beate schloss erschöpft die Augen und schlief unvermittelt ein.

Ich saß auf ihrem Bett und weinte lautlos, um sie nicht zu stören.

„Deine Schwester hat den wahren Grund für diesen unverantwortlichen Leichtsinn auch jetzt noch vor dir verheimlicht. Sie hat aufgehört zu leben, als Harald starb", sagte Achim ungewohnt einfühlsam, als ich ihm alles erzählt hatte. Dann nahm er mich fest in seine Arme.

Wir wussten es beide: Ich hatte versagt. Jedes meiner Worte war falsch gewesen, zu roh, zu zornig, zu vorwurfsvoll. Sie würden sich nie mehr auslöschen lassen. Ich würde sie mit mir herumschleppen für den Rest meines Lebens.

Ich nahm Urlaub, pflegte Beate, die sich weigerte, in ein Krankenhaus zu gehen. Ihre Ärztin kam täglich. Sie gab mir Anweisungen, versuchte es mit einer Kombination neuer Medikamente, setzte Spritzen. Nichts half nachhaltig, auch keine Bluttransfusion. Meine Schwester, noch immer geistig hellwach, machte sich keinerlei Illusionen über ihren Zustand.

Eines Morgens, ich war gerade dabei, mir einen Tee zu kochen, hörte ich sie stöhnen.

Ein Blutsturz aus der Speiseröhre, der sich nicht mehr stillen ließ.

Das Ende kam schnell.

Als sie starb, hielt ich ihre Hand.

Es dauerte lange, sehr lange, bis ich diesen sinnlosen Tod annehmen konnte.

Vergessen habe ich nichts. Bis heute nicht.

Der Dichter Jean Paul schrieb: „Erinnerung ist das einzige Paradies, aus welchem wir nicht vertrieben werden können."

Er irrte sich. Manchmal ist sie die Hölle.

3. Kapitel: Konsequenzen

Beate hatte frühzeitig gewusst, was ihr bevorstand. Deshalb hatte sie vorgesorgt, klug geplant, wie es – außer bei der Wahl ihres Partners – ihre Art war: In erster Linie für Nikki, aber auch für uns. Hatte an alles gedacht, jede Einzelheit festgelegt, auf Jahre im Voraus.

Wir erhielten kostenloses Wohnrecht in ihrem Haus bis zum Lebensende. Es existierten ein Fonds für Reparaturen, über den wir nach Bedarf frei verfügen konnten, und ein üppig ausgestatteter für Nikkis Unterhalt, obendrein ein sicher angelegtes Vermögen mit breiter Streuung – soweit es auf diesem Feld überhaupt eine Sicherheit gibt, wie die augenblickliche Welt-Finanzkrise befürchten lässt – und außerdem ein Schließfach nicht beschriebenen Inhalts, bei Volljährigkeit in den Besitz ihrer Tochter übergehend.

Hatten wir vor Eröffnung des Testaments erwogen, meine Nichte so schnell wie möglich zu adoptieren, so hatte meine Schwester dieser doch sehr naheliegenden und vernünftigen Lösung einen Riegel vorgeschoben, denn sie bestand darauf, ihr Kind müsse den Namen Wiedeking behalten, zur Erinnerung an seinen „wunderbaren Vater", so wörtlich im Testament begründet.

Dieser Passus irritierte uns anfangs sehr. War nicht Beates Liebe zu ihrem toten Ehemann eine gedankenlose zusätzliche Benachteiligung ihrer Tochter gegenüber anderen Kindern? Doch bald stellte sich heraus, dass keiner wegen der unterschiedlichen Nachnamen stutzig wurde, auch nicht bei der Anmeldung in der Schule, wo man sich mit der Geburtsurkunde meiner Nichte begnügte und nicht nach einem amtlichen Schriftstück fragte, das eine Adoption oder auch nur eine offizielle Pflegschaft dokumentiert hätte. Nach Beates Tod kreuzte zwar eine Sozialarbeiterin des Jugendamts bei uns auf, überzeugte sich, dass wir in geordneten Verhältnissen lebten und es dem Kind an nichts fehlte, verfasste einen diesbezüglichen Bericht und ließ nie wieder etwas von sich hören. Wir verstanden das. Sie hatte sicher ihre liebe Not mit all den problematischen Fällen, die man ihr aufgehalst hatte.

Mag sein, dass dieser und jener sich so allerlei dabei dachte, wenn er den Mangel an erforderlichen Unterlagen entdeckte, vielleicht sogar hinter unserem Rücken üblen Klatsch verbreitete, aber uns war das egal. Zu unserer klammheimlichen Befriedigung siegte im Alltag die Realität über die Bürokratie.

Als wir herausfanden, dass Nikki sogar stolz war auf ihren aparten Nachnamen, der ihr einen gewissen Sonderstatus unter den vielen Jansens, Essers und Meurers in ihrer Klasse verlieh, verziehen wir Beate großzügig ihren Mangel an Einfühlung. Doch damit nicht genug: Nikkis Mitschüler, schon seit der Grundschule mit englischsprachiger Pop-Musik und ihren Idolen innig vertraut, deuteten zunächst den zweiten Teil von „Wiedeking" laienhaft als einen offenkundigen Beweis ausländischer, vielleicht sogar edler Herkunft. Um den Aberwitz auf die Spitze zu treiben, wurde Nikki seit Beginn der Oberstufe des Gymnasiums der Einfachheit halber „King" genannt, was ihr irgendwie schmeichelte, obwohl sie wusste, dass die Klügeren das durchaus ironisch meinten.

Irgendwann gab ich es auf, ihre Eitelkeit zu kritisieren, die ich so lange gehegt hatte, sondern lachte darüber. Später, mit 17, lachte sie mit. Ein gewisser Fortschritt, auf beiden Seiten.

„Ab und zu sind ja auch Erwachsene lernfähig. In Grenzen natürlich", wie Nikki das ausdrückte. Mit diesem Selbstbewusstsein könnte sie es, so vermutete ich, wahrscheinlich weit bringen in diesem unserem Lande – möglicherweise sogar global. Als Ministerin für Gender Mainstreaming oder bei Greenpeace.

Doch das war Zukunftsmusik. Die Gegenwart wollte bewältigt werden. Das traf es genau, sobald ich mir vorstellte, was der Tag von mir fordern würde. Nämlich einen Ringkampf mit einem haushoch überlegen Gegner. Ich seufzte automatisch – dieses Seufzen wurde allmählich ein Zwang, den ich in der Regel kaum noch wahrnahm, ähnlich dem männlichen Griff zum Cognacschwenker, wenn die Ehefrau sich in immer enger werdenden Kreisen dem Komplex „mangelnde Beachtung ihrer Person" nähert. Wobei das Seufzen glücklicherweise nicht gesundheitsschädlich, sondern für mich eindeutig entlastend wirkte.

„Im Atemholen sind zweierlei Gnaden, die Luft einholen, sich ihrer entladen". Soweit ich mich erinnerte, Goethe. Der passt immer, in welcher Lage und Umgebung man sich auch befinden mag. Man fühlt sich verstanden, über Jahrhunderte hinweg. Besseres kann weder einem Leser noch einem Dichter widerfahren.

Gegen Abend würden unsere Zwillinge hier aufkreuzen. Munter wie stets und voller ausgefallener Einfälle, wie sie die drei Monate herumbringen wollten, die sie als „vorlesungsfreie Zeit" bezeichneten. Damit deuteten sie wohl diskret an, sie hätten auch diesmal keine ordinären „Ferien", sondern eine umfangreiche Hausarbeit anzufertigen. Die ließe sich nur mühsam unterbringen zwischen dem geplanten Extremklettern in der nahen Eifel, einem Praktikum in einer Glasbläserei und dem Stöbern auf diversen holländischen Flohmärkten nach nur leicht beschädigtem Geschirr aus Bunzlauer Keramik, auf das sie versessen waren. Sie studierten synchron, wie es sich für eineiige Zwillinge gehört, in Göttingen Sozialwissenschaften und Sport auf Lehramt.

Wir, die zahlenden Eltern, hofften, dass der augenblickliche Mangel an Pädagogen anhalten möge, bis sie ihre beiden Staatexamen hinter sich gebracht hätten, und dass hinterher sämtliche Schulleiter im Umkreis von 500 Kilometern um sie buhlen würden.

Als kleine Kinder brauchten sie keine Freunde, waren sich selbst genug. Sie hatten ja ihr zweites Ich stets zur Hand.

Sie zankten sich selten, blieben (ein kurzes Zwischenspiel im Trotzalter ausgenommen) pflegeleicht für Eltern und sonstige Erzieher, genossen es mit diebischem Vergnügen, wenn man sie dauernd verwechselte.

Bis zur Pubertät. Eines Tages stellten sie fest, dass ihnen dieses Dasein als Spiegelbild des anderen allmählich auf die Nerven ging. Nina ließ sich zu meinem Entsetzen einen radikalen Kurzhaarschnitt verpassen, während Tina weiterhin ihre Lockenmähne zur Schau trug. Ende des Doppelpacks? Nur rein äußerlich. In Wirklichkeit waren meine Mädchen auch weiterhin ein Herz und eine Seele, zwei Menschen mit gleichen Vorzügen, gleichen Fehlern.

Ach, ich ahnte es schon: Sie würden auch diesmal keine hilfreiche Hand für uns rühren, sondern bei ihrer Abreise chaotische Zimmer hinterlassen, die ich mit reichlich Wut im Bauch in bewohnbaren Zustand zurückversetzen müsste, bereit für den nächsten Überfall. Aber ich wollte nicht ungerecht sein: Nina und Tina waren zwei liebe, nicht allzu kluge Mädchen, ganz hübsch anzusehen, wenn auch nicht mit Nikki zu vergleichen. Wenn sie wieder abgereist waren, hatte ich sie stets vermisst.

Diese und ähnliche Überlegungen, denen ich nachhing, „machen im Grunde keinen Sinn", so Achim, der in den letzten Jahren eine Vorliebe für modische Ausdrücke entwickelt hatte, die sich, erst einmal in Umlauf gebracht, ebenso rasch und unaufhaltsam verbreiten wie Schnupfenviren. Anscheinend wollte mein Mann damit demonstrieren, dass auch ein Beinahe-Fünfziger „sein Ohr stets am Puls der Zeit" haben könne.

Ehrlich gesagt, ich finde diese Marotte auch jetzt noch pubertär, auch wenn ich ihm im Fall meiner Grübeleien, die mich nur von der Arbeit abhielten und zu nichts Greifbarem führten, recht geben muss.

Kaum hatte ich mich an meinem Schreibtisch niedergelassen und betrachtete missmutig die Papierhaufen, die, so scheint es, über Nacht Junge bekommen hatten, klingelte es. Hartnäckig, fordernd. Am Sonntag um diese Zeit! Ich angelte nach meinen Schläppchen, fand in der Eile nur eins und hinkte zur Haustür, am Spiegel der Flurgarderobe vorbei, der zu mir sagte: „Du siehst lächerlich aus! Fett und alt! Eine Beleidigung fürs Auge!"

Erneutes Geklingel, zwei-dreimal hintereinander, als stünde der Dachstuhl in Flammen. Ganz gegen jeden polizeilichen Rat und meine Gewohnheit riss ich die Haustür auf. Eine Delegation, bestehend aus zwei Abgeordneten, die ich nur zu gut kannte.

Ich registrierte, dass es diesmal nicht um das Eintreiben einer Geldspende gehen konnte. Keine Sammelbüchse zu sehen und keine Liste.

Am liebsten hätte ich die beiden draußen stehenlassen. Trotzdem bat ich sie ins Wohnzimmer, das forderte meine gute Erziehung.

Der Nachbar Kipke, zwei Häuser weiter links wohnend, an seinem Akzent eindeutig als Berliner zu identifizieren, den man im Dritten Reich womöglich zum Blockwart befördert hätte, ergriff gleich das Wort.

„Sie wissen wahrscheinlich, dass wir in diesem Jahr ein Straßenfest veranstalten wollen. Am Sonntag, dem 1. September, also noch in den Sommerferien." Er legte eine Pause ein und schaute mich mit seinen Schweinsäuglein erwartungsvoll an.

Ich presste ein zweifelndes „Ach ja?" heraus, weil ich von nichts wusste. Außerdem: Wer war „wir"? Der Besucher fühlte sich zu näheren Erklärungen genötigt.

„Wie man hört, gibt es hier im Dorf seit Jahren schon in jedem Viertel ein solches geselliges Beisammensein."

Ja, das hatte ich auch gehört. In der Nacht zuvor. Aus mehreren Himmelsrichtungen. Bis 2 Uhr früh. Dann hatte jemand, der auch nicht schlafen konnte, die Polizei gerufen. Ich hatte das ebenfalls erwogen, aber aus kaufmännischen Erwägungen darauf verzichtet. Außerdem war ich allein im Haus, ohne männlichen Schutz. Man weiß ja nie, wie angesäuselte, frustrierte Festgäste reagieren, wenn sie zur Ordnung gerufen werden wie Schüler, die sich danebenbenommen haben.

Weil ich stumm blieb, schaltete sich Frau Kipke, ausgestattet mit reichlich Hüftspeck, aber gutmütig und ihrem Ehemann ergeben bis zur Unterwürfigkeit, in die etwas schleppende Debatte ein.

„Das fördert die nachbarlichen Beziehungen", sagte sie lockend.

Feige oder auch nur vorsichtig, bezog ich keine Stellung.

Was man mir von solchen Festivitäten berichtet hatte, war wenig motivierend. Zerschlagenes Porzellan, im wörtlichen oder übertragenen Sinn. Prügeleien unter Alkoholeinfluss, sexuelle Belästigung verschiedener Intensität, eheliche Zerwürfnisse mit nachfolgender Scheidung, wuchernde Gerüchte, besonders hinterher.

Wieso sollte man eigentlich seine Nachbarn mögen? Man hat sie sich ja nicht ausgesucht. Ebenso wenig wie früher seine Klassenkameraden. Solche Zwangsgemeinschaften sind nur in den seltensten Fällen harmonisch.

Ich überlegte krampfhaft, ob wir am 1. September nicht einen dringenden auswärtigen Termin hätten, am besten mehrtägig, den wir nicht absagen könnten. Eine Taufe vielleicht, einen 80. Geburtstag oder eine fest gebuchte Reise, aber mir fiel auf die Schnelle nichts ein.

„So können wir uns alle noch viel besser kennen lernen", legte Frau Kipke nach.

Als hätte jeder dieses unabweisbare Bedürfnis. Ich, dreifach belastet, jedenfalls nicht. Und Achim mit seinem anstrengenden Dienst wollte auch liebend gerne von solchen Aktivitäten verschont bleiben.

Ich bemühte mich um einen neutralen Gesichtsausdruck. Man muss Leuten, die überzeugt sind, das Richtige zu tun, ja nicht unbedingt vor den Kopf stoßen.

„Der neue Mieter von nebenan, den sie wahrscheinlich noch gar nicht kennen, hat auch schon zugesagt", sekundierte ihr der Ehemann. „Was für ein netter Mensch! So fürsorglich. Stellen Sie sich vor, er klingelt sogar abends bei uns, wenn wir mal vergessen haben, die Mülltonne rechtzeitig rauszustellen! Wer tut sowas heutzutage, wo jeder nur an sich denkt?"

Jetzt war ich auf einmal ganz Ohr. Aha, Kipke meinte offenbar den Nachbarn, den Nikki nicht leiden konnte, obwohl sie noch kein Sterbenswörtchen mit ihm gewechselt hatte. Den „alten Kerl", dem angeblich „die Augen bald aus dem Kopf gefallen sind", als sie sich im Bikini im Garten sonnte.

Meine Phantasie begann sich wie üblich gleich zu regen, sobald das richtige Stichwort gefallen war, entwickelte das, was man landläufig als ein „Szenario" bezeichnet. Hätten wir hier nicht eine wunderbare Möglichkeit, diesem Kindskopf ganz diskret eine Lehre zu erteilen, die ihn von seinen Vorurteilen abbrächte? Na ja, die Nikki zumindest nachdenklich machen könnte. Wir sollten also versuchen, sie für dieses Straßenfest zu begeistern. Vielleicht mit der Begründung, es kämen unseres Wissens auch tolle Typen, also Boys, die im Alter zu ihr passten. Irgendwen würde es da doch wohl in unserer Siedlung geben, auf den diese Beschreibung zutraf. Falls nicht, würden wir unsere Hände in Unschuld waschen. Wir hätten ja nichts versprochen.

Kipkes, die wahrscheinlich als Rentner zu wenig zu tun hatten, versprachen großzügig, für alles Notwendige zu sorgen, für „Speis und Trank" in Form eines kalten Buffets, für das Geschirr, die Bestuhlung, das Zelt und auch für die Musik. (Ich zuckte zusammen, protestierte aber nicht, obwohl ich noch immer unter den Folgen der gestrigen Beschallung litt: oft muss man die Faust in der Tasche ballen, um des lieben Friedens willen.) Hinterher könne man ja ohne Probleme die Kosten auf die Teilnehmer umlegen, wurde mir auch noch zugesichert. Na fabelhaft!

„Das ist doch selbstverständlich", stimmte ich zu, um sie endlich loszuwerden. „Ich muss zwar erst mit meinem Mann sprechen, aber ich denke, wir werden kommen, falls es möglich ist." Damit waren wir nicht festgelegt. Doch das merkten die beiden gar nicht. Sie buchten uns bestimmt unter der Rubrik „Zugesagt".

Ganz klar, sie wollten endlich mal im Mittelpunkt stehen. Und auch Dankbarkeit einheimsen. Jeder will das. Nur nicht ganz so offen.

Als sie gingen, drückten sie mir warm die Hand und lächelten befriedigt. Ich konnte ihnen nicht böse sein, obwohl sie mich so lange aufgehalten hatten.

Achim reagierte unwirsch auf das Kipke'sche Projekt, knurrte „Muss das sein?", ließ sich jedoch umstimmen, als ich ihm nachdrücklich den möglichen pädagogischen Ertrag vor Augen stellte. Meine bewusst am Schluss der längeren und lebhaften Diskussion gewählte Formulierung, wir sollten endlich einmal bei unserem dritten Kind „die Zügel erheblich fester anziehen", gab den Ausschlag. Das war der Beweis: Er hatte insgeheim eine brutale Ader.

Die Ankunft von Nina und Tina verdrängte diese im Grunde nebensächliche Episode. Es kam Leben ins Haus, man könnte auch sagen, Unruhe. Das mühsam ausbalancierte Gleichgewicht zwischen seinen Bewohnern, bei dem jeder eine feste Position einnahm, geriet, zumindest vorübergehend, ins Schwanken und musste erneut austariert werden, eine Aufgabe, die traditionell mir zukam.

„Frauen können sowas besser als wir Männer", hatte Achim vor Jahren befunden und sich damit elegant aus der Affäre gezogen.

Ich rannte den lieben langen Tag treppauf, treppab, räumte und regelte, gab Anweisungen wie in Kindertagen, die mindestens zur Hälfte entweder überhört oder absichtlich torpediert wurden und war abends total erledigt, während die drei Mädchen sich bester Stimmung in die neue Kleinstadtdisko verzogen, um „abzutanzen", was immer das genau bedeuten sollte. Wenn ich mich recht erinnere, war ich in ihrem Alter auch nicht einfühlsamer.

Zur gewohnten Zeit kochte ich weiterhin für alle Mann – das Risiko, diese verantwortungsvolle Aufgabe unserem Trio anzuvertrauen, war mir zu groß. Außerdem finden die jungen Damen nie rechtzeitig aus dem Bett – die Disko, klar! Nachmittags setzten sich die Zwillinge zwecks wissenschaftlicher Studien an ihre Computer, so beteuerten sie jedenfalls. Kontrollieren konnte ich das nicht. Nikki schwang sich aufs Rad und ging im Städtchen „shoppen", das hieß, Überflüssiges kaufen, oder traf sich mit einem ihrer Freunde. Zu welchem Zweck, danach fragte ich vorsichtshalber nicht.

Als ich die Haustür öffnete, roch ich förmlich, dass bei uns dicke Luft herrschte. Ninas Computer sei „abgestürzt", teilte man mir mit. Alles, was sie bisher geschrieben habe, sei „futsch". Konnte ja nicht viel gewesen sein, nahm ich an, denn jeder vernünftige Mensch speichert den Text, sobald er einen bestimmten Umfang erreicht hat. Nikki, die ausnahmsweise mal pünktlich zum Essen eingetrudelt war, zog hilfsbereit ihr Handy aus der Hosentasche und tippte rasend schnell mit dem Daumen irgendeine Botschaft an irgendjemand.

„Aha", sagte sie nach einigen Sekunden, „das haben wir gleich. Eine Kleinigkeit für Mike."

Der, IT-Student im 4. Semester, ein Allerweltstyp in Sneakers, Jeans und T-Shirt, seinen zerzausten Schopf kunstvoll gegelt (Gott allein weiß, was Nikki an ihm fand), werkelte eine Zeitlang in Ninas Zimmer und äußerte dann knapp: „Alles okay!". Nina strahlte vor Dankbarkeit. Mike strahlte zurück. Anschließend lud er sie „auf ein Eis" ein. (Ob's dabei bleibt? Heutzutage hielte man sich nicht mit langwierigen diplomatischen Vorverhandlungen auf, habe ich mir sagen lassen. So bliebe mehr Zeit zum Ausprobieren.)

Nikki kochte vor Wut. „Scheißkerl!", schimpfte sie unmissverständlich. Das war das Ende einer wunderbaren Beziehung. Ich unterließ jeglichen Kommentar. Jetzt war sie sowieso muttertaub. Am nächsten Tag ideales Wetter, und die Zwillinge verabschiedeten sich. Die Eifel wartete. Sie hatten offenkundig kein Sitzfleisch. Und kein Interesse an einer Fête mit Leuten, die sie kaum kannten.

Am Mittwoch, dem 29. August brachte ich das Gespräch auf das angekündigte Straßenfest. Meine dritte Tochter dachte einen Moment nach und fauchte, noch immer wütend: „Diesem Idiot werd' ich's zeigen."

„Idioten", verbesserte ich besserwisserisch, aber sie ging darauf nicht ein, sondern fügte hinzu: „So einen habe ich nicht nötig. *So einen schon mal gar nicht!"*, und musterte sogleich ihren Kleiderpark, schnitt eine Grimasse, als hätte sie soeben eine besonders langbeinige Spinne auf ihrem Lieblingspulli entdeckt und verkündete: „Ich hab' nix zum Anziehen. Wartet nicht mit dem Mittagessen auf mich." Und schon war sie weg. Ich wusste, was sie vorhatte.

Die Kampagne „Späterziehung" konnte steigen.

Ein strahlender Morgen, nachdem der Nebel sich verzogen hatte. Windstill und ein „Lüftschen wie Samt und Seide", wie Käthe Matzerath das beschrieben hätte. Die wichtigste Voraussetzung für jede Freiluftparty in unseren Breiten, wo Seeklima herrscht und jede frisurbewusste Frau vorsichtshalber ständig einen Knirps in der Handtasche spazierenführt.

Gegen acht sollte das straff organisierte Beisammensein dieser zusammengewürfelten Gesellschaft beginnen. Noch immer 25 Grad, also Gelegenheit für mein neues Sommerkleid, das nun endlich dank einiger Fastentage nicht mehr in der Taille spannte. Hinterher würde der Jojo-Effekt einsetzen, unweigerlich, aber was wäre der schon gegen ein einziges männliches Augenpaar, das wohlgefällig auf eben dieser Taille ruhen würde? Diesmal grinste ich frech in den Spiegel und hielt mich nicht damit auf, was der möglicherweise an mir zu bemängeln hätte, wollte gerade die Haustür öffnen, als Achim zum Vorschein kam. Er hatte sich in einen weißen Blazer mit dunkler Hose geworfen, auch auf einen Schlips nicht verzichtet – ein ganz ungewohnter Anblick. Ich hatte tatsächlich vergessen, wie attraktiv er aussehen konnte ohne diesen schlabberigen Hausanzug. Beinahe zum Verlieben.

„Wir sollten ruhig öfter mal ...", sinnierte ich laut.

„Was sollten wir öfter mal?", wiederholte Nikki, und ich hörte, wie sie klick-klack, klick-klack die Treppe herunterstieg. Oh, mein Gott! High Heels!

„Na, wie sehe ich aus?", fragte sie und drehte sich gefallsüchtig um sich selbst.

Die garantiert sündteuren italienischen Schuhe, das zartblaue, mit stilisierten grünen Ranken bedruckte Kleid, ich glaube, im Empire-Stil, das vollendet zu ihrem sonnenbraunen Teint und den kunstvoll hochgesteckten blonden Haaren kontrastierte – mit einem Wort: umwerfend! Nur nicht dem Anlass entsprechend.

„Mit diesen Schuhen wirst du keine drei Schritte auf Kipkes Rasen gehen können!", äußerte ich mühsam beherrscht. „Zieh doch lieber diese hübschen weißen Ballerinas an, die ich dir zum Geburtstag geschenkt habe!"
Verbissenes Schweigen. Die Zornesröte stieg ihr ins Gesicht. Zum Glück brummte Achim bestätigend: „Lisa hat vollkommen recht."
Gegen solche geballte Elternmacht konnte sie sich nicht zur Wehr setzen. Sie trollte sich widerwillig.
„1:0 für die Vernunft", kommentierte Achim.
Als Nikki zurückkam, fragte sie aufsässig: „Jetzt zufrieden?"
Ich lenkte meinen Blick auf ihren Ausschnitt.
Sie deutete ihn sofort richtig und bemerkte von oben herab: „Du bist vielleicht sexuell verklemmt, Muddi! Sowas ist doch total angesagt! Siehe ‚Wetten, dass'! Und ich kann mir das leisten! Im Gegensatz zu vielen anderen!", wobei sie mich erbarmungslos von oben bis unten musterte. Das war die Rache für ihre Niederlage bei den Haxenbrechern.
Warum können Kinder, die man wegen ihrer zarten Seele doch liebevoll erzogen hat, nur so gemein sein und einem jede unschuldige Freude verderben? Ich hob hilflos beide Hände, dachte etwas in Richtung „Schlange, die ich am Busen genährt habe". Sollte ich nun eine halbstündige Debatte mit ungewissem Ausgang über unanständig tiefe Einblicke vom Zaun brechen? Wir waren sowieso schon ziemlich spät dran. Ich gab nach, auch weil Achim allmählich ungeduldig wurde.
Das Straßenfest würde nach diesem Vorspiel garantiert ein rauschender Erfolg.

Die Kipkes hatten an nichts gespart – kein Problem, wenn hinterher alle zur Kasse gebeten werden! Im Garten (ihr Grundstück ist das größte weit und breit) ein Sarazenenzelt, auf dem Profi-Elektrogrill schmurgelten Bratwürste und Lammkoteletts, ein Fässchen Bier war angezapft, Wein, Wasser und Saft, Baguettes und Salate in Hülle und Fülle, Süßes für Leckermäuler zum Nachtisch – alles perfekt vorbereitet.

Wir waren wieder mal die Letzten. Das muntere Gespräch verstummte schlagartig. Man starrte uns an. Waren wir vielleicht Avatare? Nikki tänzelte durch die Menge, als nähme sie an der Endausscheidung von „Germany's Next Topmodel" teil. *Mir* war das furchtbar peinlich.

Schließlich hatten wir drei einen freien Plastikstuhl in froher Runde erobert. Allerdings nicht nebeneinander. Ich leider ganz hinten, so weit wie möglich entfernt von all den kulinarischen Genüssen. Mir knurrte der Magen. Vorsichtshalber grüßte ich irgendwohin, irgendwer nickte zurück.

Merkwürdig, wie wenige Anwohner ich nach so vielen Jahren mit Namen kannte. Nur die Kipkes und das Ehepaar Borowski von rechts neben uns mit ihren beiden halbwüchsigen Jungen, die uns ständig ihren Fußball über den Zaun kickten. Den warfen wir gerne mit einem Scherzwort zurück, voller Dankbarkeit, dass sie unsere Fensterscheiben diesmal noch verschont hatten.

Am Buffet, wo sich jeder selbst der Nächste ist, versuchte ich, nicht allzu gierig zuzulangen, balancierte meinen überquellenden Teller vorsichtig um die Stühle herum, die im Weg standen, und schaufelte alles stumm in mich hinein – mit welchem Nachbarn aus der Lindenstraße hätte ich auch reden sollen? (Wo, bitte schön, gibt es hier eigentlich Linden? Keine einzige! Jemand bei der Stadtverwaltung hat wohl sämtliche Baumarten durchdekliniert, anscheinend nach dem Alphabet und ohne Rücksicht auf die örtlichen Gegebenheiten.)

Mich ärgerte die Fliege an der Wand, eine Folge von Nikkis Herzlosigkeit. Ich genoss es förmlich, missgelaunt zu sein. Als änderte das etwas an den Realitäten!)

Übrigens – Nikki! Wohin hatte sie sich bloß verzogen? Aha, sie hockte ziemlich isoliert zwei Tische seitlich von mir, ihren leeren Teller vor sich, sichtbar gelangweilt, weil die in Aussicht gestellten Boys nicht aufgekreuzt waren. Nur Halbwüchsige und jede Menge Opas um die 50. Und dafür der ganze Aufwand!

Als der Geräuschpegel zufällig einen Augenblick abebbte, hörte ich eine angenehme Männerstimme fragen: „Ist dieser Platz noch frei?" Meine dritte Tochter bestätigte desinteressiert.

Ich beobachtete den Ankömmling aus den Augenwinkeln. Er ließ sich mit seiner kulinarischen Ausbeute neben ihr nieder, lächelte sie an und begann, manierlich zu essen. Frau Kipke eilte spornstreichs herbei und begrüßte ihn lautstark. Wenn mich nicht alles täuschte, war das der neue Nachbar, der fürsorgliche mit den Mülltonnen. Sah nicht schlecht aus, soweit ich das aus meiner Perspektive beurteilen konnte. Nein, vielmehr sogar gut, falls man diesen Typ mag. Unauffällig in seinem dunkelblauen Sommer-Jackett, die kurzen braunen Haare sauber geschnitten, das schmale Gesicht – wie soll ich das ausdrücken? – wirkte freundlich und darum sympathisch. Wohl kein Gramm Fett zu viel, was für Disziplin sprach. Ich mag Disziplin, grundsätzlich. Achim neigte dazu, sich gehenzulassen. Wie ich.

Obwohl ich den Unbekannten noch nie vorher bewusst gesehen hatte, kam er mir irgendwie bekannt vor.

Um die Lage zu peilen, genehmigte ich mir eine Portion Mousse au Chocolat als Dessert, viel zu üppig für meine guten Vorsätze, streifte wie zufällig an Nikkis Tisch vorbei.

Sie war ins Gespräch mit dem Fremden vertieft.

„Alles in Ordnung?", erkundigte ich mich.

„Klar", antwortet sie knapp, was wohl so viel heißen sollte wie „Ver-zieh' dich! Du störst."

Hätte gerne gewusst, was sich die beiden zu sagen hatten. Vielleicht war er, weil das genaue Gegenteil des verflossenen Mike, anziehend für Nikki? Ein Mann, kein Bürschchen!

Mittlerweile war es dämmrig geworden. Auf den Tischen flackerten bunte Windlichter, Flasche auf Flasche wurde geleert, aus den Laut-sprechern quoll Tanzmusik, und die Gäste, die sich trauten, ihre Künste vor aller Augen darzubieten, erklommen die Terrasse. Auch Achim fand sich ein, und wir absolvierten einen Walzer „für die äl-teren Jahrgänge". Wie gewöhnlich kriegte ich den Drehwurm und zog mich schleunigst auf meinen Stuhl zurück. Von hier aus – meine Eltern hätten diesen Platz in ihrer Jugend wahrscheinlich als „Dra-chenburg" bezeichnet – beobachtete ich erstaunt, dass Nikki sich von dem geheimnisvollen Nachbarn, diesem „alten Kerl, der nicht richtig tickt", führen ließ und überhaupt nicht, wie in der Disco üblich, auf Abstand zum Partner solo vor sich hin zappelte. Wenn ich mit allem gerechnet hatte, *damit* nicht!

Sie zumindest, das lag auf der Hand, würde diesen Abend als Erfolg verzeichnen.

Irgendwann vermutete ich, mein Lippenstift hätte eine Auffrischung nötig. Als ich endlich einen Platz in der Gästetoilette ergattert und mich zu meinem Tisch durchgekämpft hatte, war Nikki verschwun-den. Keine Spur von ihr auf der Tanzfläche, nicht an der Bar oder im nächtlichen Schatten der Bäume. Beunruhigend. Man musste ja nicht gleich Übles vermuten, aber trotzdem ... Wo war sie geblieben? Und wo der Nachbar, der namenlose?

Achim, der keinen Tanz ausgelassen hatte (ich neige nicht zur Eifer-sucht), gab meinem Drängen nach. Wir verabschiedeten uns herzlich von den Kipkes, versicherten ohne Absprache wie aus einem Munde:

„Vielen Dank für Ihre Mühe! Wir haben uns großartig unterhalten! Ein sehr gelungenes Fest!"

Ich hatte in diesen drei Stunden sage und schreibe kaum zehn Sätze mit einem der Nachbarn gewechselt.

Als wir in unser Grundstück einbogen, erfasste mein Mann die Lage sofort. „Na bitte! Ich habe es doch gewusst Du hast dir wieder mal umsonst Sorgen gemacht!", sagte er schulmeisternd.

Unser Haus war hell erleuchtet. Vor lauter Erleichterung verzichtete ich auf eine Antwort, die er verdient hätte.

Nikki stand in der Küche, im Bademantel, die Frisur aufgelöst, das Make-up verschmiert. Auf dem Tisch ihr Festkleid, den Rock verschandelt durch einen handtellergroßen Fleck, den sie mit einem Tempo betupfte. Sie fing augenblicklich an, herzerweichend zu schluchzen.

Achim murmelte „Frauensache" und verzog sich. Ich hielt mich gar nicht erst mit Trösten auf, sprintete ins Bad, fahndete nach der Fleckfibel, wurde unter dem Stichwort Rotwein fündig. Traf meine Entscheidung unter den drei angegebenen Möglichkeiten.

Kurz danach badete der Fleck in Buttermilch.

Meine dritte Tochter putzte sich die Nase, verfolgte das absonderliche Experiment misstrauisch, schniefte noch ein paar Mal und stellte das Weinen ein. Ich hatte ja wie erhofft gespurt.

Jetzt fehlte nur noch die Frage, die sie zweifellos erwartet hat: „Wie ist denn *das* passiert?".

Und schon öffneten sich die Schleusen.

„Er hat es bestimmt nicht mit Absicht gemacht!"

„Wer hat was nicht mit Absicht gemacht?"

„Na, Henry!. Er hat mein Rotweinglas umgestoßen. Aus Versehen."

„Bitte, wer ist Henry?"

„Na, Henry Ackermann! Unser neuer Nachbar!"

„Aha! Und was kann er noch – außer anderer Leute teure Kleidung ruinieren?"

„Toll erzählen. Von Amerika", schwärmte Nikki mit glänzenden. Augen.

„Und das ist alles?"

„Woher soll ich das denn wissen? So genau kenne ich ihn doch gar nicht!"

Was hörte ich da? Ganz neue Töne! Meine Anstrengungen, diesem Kindskopf mehr Ausgewogenheit im Urteil über andere beizubringen, schienen doch späte Früchte zu tragen.

Achim, dem ich dieses Zwiegespräch Wort für Wort wiederholte, dämpfte meine Begeisterung: „Mag ja sein, dass Nikki etwas dazugelernt hat. Trotzdem ist und bleibt sie ein Schäfchen. Ganz gleich, was sie annimmt, für mich sieht es eher so aus, als hätte der liebe Henry das alles eingefädelt. Er hat die günstige Gelegenheit genutzt. So simpel ist das!"

„Aber sie besteht darauf …"

„Ich bitte dich! Sie hat sich bis jetzt doch nur mit grünen Jungs abgegeben. Glaubst du im Ernst, dass *die* solche Kniffe auf Lager haben? Einem Mann mit viel Erfahrung ist sie auf keinen Fall gewachsen."

Als ich stichelte: „Du musst es ja wissen, wie Männer in reiferen Jahren sind", grinste er selbstgefällig.

Deshalb fügte ich mit erhobener Stimme hinzu: „*Ich* jedenfalls glaube ihr!" und eilte, ehe er mir widersprechen konnte, ins Bad, um den Erfolg meiner gestrigen Reinigungsaktion zu überprüfen. Tatsächlich – die Buttermilch hatte den Rotweinfleck weitgehend aufgesogen. Die Waschmaschine würde den Rest erledigen.

Nikki strömte über vor Begeisterung. Sie schlang mir die Arme um den Hals, wobei sie mir fast die Luft abschnürte und jubelte: „Du bist die allerbeste Lila von der Welt!"

Wer würde da nicht lachen? Ich lief doch außer Konkurrenz. Keine andere Frau hat einen derart albernen Namen.

Höchste Zeit, das Straßenfest und seine Nachwehen zu den Akten zu legen. Nur, so leicht sollten wir nicht davonkommen. Eines schönen Abends, ich war gerade nach einem anstrengenden Tag damit beschäftigt, den Abwasch zu erledigen, den meine zwei Lieben wie gewöhnlich „übersehen" hatten, da sprachen die Kipkes vor. Diesmal *mit* einer Liste und einer differenzierten Rechnung ausgerüstet. Leicht verlegen begründeten sie jeden einzelnen Posten. Nichts hatten sie vergessen, buchstäblich nichts: Weder die Partyhäppchen noch die Würstchen, nicht das Bier oder den Wein, nicht einmal die Windlichter und auch nicht die Kosten für die Erneuerung des zerstampften Rasens. Ich überflog die Aufstellung, registrierte nur den Endpreis pro Nase: 28,70 EURO. Ein Hunderter wechselt den Besitzer.

„Für Ihre Mühe", sagte ich großzügig und wies das Wechselgeld zurück. Man lässt sich ja nicht lumpen. Herr Kipke hakte unseren Namen auf seiner Liste ab und drohte: „Eine solche Party sollten wir im nächsten Jahr unbedingt wiederholen." Ich schaute ihn ausdruckslos an und begleitete das Paar zur Tür. Ende der Vorstellung!

Doch nicht für Nicole. Sie strapazierte ihr Handy in stundenlangen Gesprächen mit ihrer besten Freundin, die auf einmal wieder hoch im Kurs stand, doch grundsätzlich außer Hörweite. Hinterher lief sie herum wie eine Schlafwandlerin, erschrak, wenn ich sie plötzlich ansprach. Die Schule hatte gerade wieder angefangen, und sie kriegte die vielen Neuerungen, die damit verbunden waren, nicht unter einen Hut. Unordentlich ist sie ja auch normalerweise, doch so chaotisch wie in diesem Jahr waren die ersten Tage noch nie verlaufen.

Achim befand: „Sie ist neben der Spur. Und ich kann mir denken, warum."

Ehrlich gesagt, ich wollte es gar nicht wissen. Schlimm genug, dass es sich so entwickelt hatte. Auch für mich, denn ich war, trotz bester

Absichten, schuld an ihrer Verwirrung. Das kommt davon, wenn man etwas mit *einem* Schlag nachholen will, was man in Jahren versäumt hat.

Am nächsten Abend wollte ich, wie von meiner Ärztin dringend empfohlen, eine halbe Stunde durch die Felder laufen. Kaum hatte ich einen Schritt durchs Gartentor gesetzt, öffnete sich die Haustür nebenan und der Mann, der sich laut Nicole so gut aufs Erzählen verstand, trat mir beinahe auf die Füße.

„Guten Abend, Frau Romeike", sagte er unvermittelt, „darf ich mich vorstellen? Ich heiße Henry Akkermann. Übrigens – Akkermann mit zwei K".

„Ja, bitte?", antwortete ich möglichst gleichgültig.

„Wie Sie vielleicht wissen, habe ich während des Straßenfests das Kleid Ihrer Tochter …"

„Daran sollten Sie keinen Gedanken mehr verschwenden. Ich habe den Fleck entfernt, und damit ist die Sache für uns erledigt."

„Oh, das ist erfreulich. Aber trotzdem habe ich ein schlechtes Gewissen."

„Das ist *absolut* nicht nötig!" Dieser Satz klang genauso ablehnend, wie er gemeint war.

Doch Henry gab nicht auf. „Ich möchte den Ärger, den Sie hatten, wieder gutmachen! Geben Sie mir eine Gelegenheit dazu. Darf ich Sie und Ihre reizende Tochter zum Essen einladen? Bitte, sagen Sie nicht nein!"

Dieser Mann war ein Charmeur, einer von der Sorte, der man nur schwer eine Bitte abschlagen kann. Nicht unsympathisch, aber aufdringlich. Distanzlos!

„Also meinetwegen", gab ich nach, um das Gezerre zu beenden. „Rufen Sie mich an, und wir werden einen Termin vereinbaren."

„Wunderbar! Ich freue mich!"

Dass sich *meine* Freude sichtbar in Grenzen hielt, schien ihn nicht zu stören.

Nun war es mehr als nur ein Gefühl – ich war mir nahezu sicher, dass ich diesen Henry schon früher mal gesehen hatte.

4. Kapitel: Mutmaßungen

„Und du bist überzeugt, dass es richtig ist, wenn ihr euch von einem flüchtigen Bekannten zum Essen einladen lasst?", fragte mich Achim am nächsten Tag und sah mich prüfend an.

Seine Zweifel waren, subjektiv gesehen, berechtigt, denn ich hatte ihm meinen nebulosen Verdacht bewusst unterschlagen. Er neigte nämlich dazu, mich für überspannt zu halten, sobald meine Überlegungen aus dem Rahmen fielen, den er selbst gezimmert hatte.

„Hundertprozentig überzeugt!", so meine Antwort.

Einmal auf die Fährte gesetzt, würde ich diese Sache allein durchfechten, bis zum Ende. Wie das aussehen könnte, davon hatte ich nicht einmal den Schimmer einer Vorstellung. Meine Devise: „Kommt Zeit, kommt Rat". Damit war ich bisher eigentlich ganz gut gefahren. Ich schätzte solche Herausforderungen ebenso wie die verzwickten Krimis einer Ruth Rendell, die sich in meinem privaten Bücherregal drängten.

„Du musst ja wissen, was du machst!", entgegnete mein Mann beleidigt, weil ich ihn nicht um Rat gefragt hatte, und wandte sich wieder seiner Zeitung zu.

„Das wäre nicht schlecht", sagte er nachdenklich, nachdem er die Anzeigenseiten studiert hatte, ließ sich aber nicht darüber aus, was genau er damit meinte. Wie gewöhnlich mussten solche Überlegungen erst in seinen „grauen Zellen" reifen, ehe wir darüber reden konnten. Also ignorierte ich sie vorläufig.

Ich kramte damals, sobald ich eine freie Minute herausschinden konnte, wie besessen in den vollgestopften Schubladen meiner Erinnerung nach den Umständen meiner allerersten Begegnung mit Henry. Diese Suche war quälend, vor allem in meinen einsamen Nächten. Ich stolperte blind durch meine Vergangenheit, bewegte mich im Kreis.

Ähnelte dieses Gesicht, mit dem ich nichts anfangen konnte, womöglich einem namenlosen Darsteller in einer Endlos-Fernseh-Serie, die ich mir beim Bügeln „reinzog"? Oder glich es einem Oberstufenschüler, in den ich mich als Siebtklässlerin verliebt hatte? Sogar ein flüchtig wahrgenommenes Autorenfoto auf einem Klappentext könnte es gewesen sein oder, wie absurd, das Gesicht irgendeines jungen Mannes, der sich vor Jahrzehnten einen Augenblick lang aus dem Zugfenster gebeugt hatte, um mich anzulächeln. Vieles, ja alles war möglich. Nirgendwo ein fester Anhaltspunkt. Also keine Aussicht auf Lösung des Rätsels. Ich gab es irgendwann auf, mich gewaltsam erinnern zu wollen. Manchmal, das lehrt die Erfahrung, dämmert die Erleuchtung von selbst.

Nach einer Woche – Achim hatte an diesem Tag frei, weil er für einen Kollegen von der Tagesschicht eingesprungen war, – rückte er mit seinen Plänen heraus, die schon sehr weit gediehen waren.

„Was hältst du denn davon, wenn wir diesmal einen Teil unseres Urlaubs in Balkonien verbringen?", fing er ganz harmlos an, um gleich danach, damit ich nichts einwenden konnte, fortzufahren: „Und mit dem gesparten Geld was für die Umwelt tun?"

Alle Achtung! Diese Einleitung war, psychologisch gesehen, klug, schaffte eine Wir-Gruppe und sprach auch das ökologische Gewissen an. Ich wartete stumm auf seinen Vorschlag. Mir schwante Unangenehmes.

„Wie du weißt, haben wir im vorigen Jahr, weil der Winter derart hart war, viel Heizöl verbraucht. Das können wir uns eigentlich nicht leisten. In der Zeitung habe ich gelesen, dass es für energiesparende Maßnahmen staatliche Zuschüsse gibt. Dazu kommt die Steuerersparnis bei haushaltsnahen Dienstleistungen, ausgeführt von Handwerkern. Und im Reparaturfonds ist auch noch ein Bodensatz vorhanden. Über die Kosten brauchst du dir also keine Sorgen zu machen, wenn wir keinen Rundumschlag veranstalten. Wir können ja ganz klein anfangen, beispielsweise mit dem Dach. Das bringt auch schon einiges und ist preiswert. Ich habe schon alles durchgerechnet; es ist eine lohnende Ausgabe. Was meinst du dazu?"

Im Grunde fand ich seine Idee gar nicht übel, nur wurde mir angst und bange, wenn ich an die Plackerei dachte, die so eine Sanierung verursacht. Seit mehr als 30 Jahren hatte jeder nämlich alles, was ihn gestört hat oder zu gut zum Wegwerfen schien, einfach unters Dach verfrachtet, in der Erwartung, dass man es vielleicht später doch noch mal brauchen könne. Keiner hatte es danach auch nur angeschaut oder gar heruntergeholt. Na ja, um genau zu sein, keiner außer den Kindern, die während einer bestimmten Phase ihrer Entwicklung voller Spannung in Omas altmodischen Kleidungsstücken herumstöberten, wenn sie sich zu Karneval verkleiden wollten. Wir nannten dieses Chaos über unseren Köpfen, in dem es im Sommer brütend heiß und im Winter eisig war, kurz „Kraut und Rüben".

Jetzt durfte ich Achims Vorschlag nicht rundweg ablehnen, das wäre unfair gewesen. Er meinte es doch gut und hatte sich auch so ins Zeug gelegt für sein Projekt, dass ich ihm eigentlich dankbar sein sollte. Trotzdem wollte ich die Umsetzung so lange wie möglich hinauszögern, denn ich brauchte (und brauche!) stets eine Weile, um mich auf unangenehme Ereignisse einzustellen, mich mit ihnen gewissermaßen zu befreunden.

Warum sollte ich meinem Mann eigentlich nicht ausnahmsweise offen zeigen, wie ich mich fühlte – nämlich eher verzagt als widerborstig?

Deshalb sagte ich: „Gut, die Kosten sind also zu tragen, und ich kann auch vielleicht einen Obolus beisteuern, wenn die Buchhandlung genügend abwirft. Aber wie soll ich die ganze zusätzliche Belastung nur bewältigen neben all dem, was ich jetzt schon am Hals habe?"

„Hast du nicht neulich gesagt, du wolltest jemand einstellen, der dir bei der Hausarbeit hilft? Ich weiß, dass es nicht leicht ist, eine zuverlässige Frau zu finden. Das ist die Suche nach der Nadel im Heuhaufen. Aber wir wollen doch nicht morgen mit einer solchen Aktion loslegen!

Können wir gar nicht, wegen der Handwerker. Die brauchen auch Zeit zum Planen."

Das Wörtchen *auch* bewies, wie gut er mich kannte. Wer würde da nicht milde? Mir fielen jetzt selbst bei schärfstem Nachdenken keine Gegenargumente ein, mit denen ich die Aktion noch hätte stoppen können, und ich sagte lammfromm: „Na ja, wenn du nicht drängst, werde ich mich um die Haushilfe kümmern. Unter einer Bedingung: Du übernimmst die Verhandlungen mit den Handwerkern." Damit waren die Aufgaben verteilt.

Ich würde in den sauren Apfel beißen, den er mir so lockend hingehalten hatte.

(Übrigens, wie war das eigentlich damals im Garten Eden? Genau umgekehrt, wenn ich mich recht entsinne. Und süß wird der Apfel wohl gewesen sein, sonst hätte Eva schon den ersten Bissen ausgespuckt und Adam logischerweise nicht davon gekostet. Wie überraschend anders wäre die Geschichte dann verlaufen, die der beiden und auch der ganzen Welt. Ist es möglich, dass sich noch kein Satiriker vor mir eine solche Version des biblischen Vorfalls ausgedacht und bis zum Ende durchgespielt hat? Grotesker Einfall, ich weiß. Aber auch erheiternd, wenn man sich die Folgen ausmalt. Bestimmt lustiger als eine Renovierung.)

Mein Adam nahm erstaunt zur Kenntnis, dass ich anscheinend grundlos grinste. Kopfschüttelnd verließ er die Szene.

„Verstehe einer die Frauen!", hörte ich ihn noch murmeln, ehe er sich zu seinem Fitnessstudio absetzte.

Damit hatte ich schon gerechnet, dass ich mich in den kommenden Wochen zerteilen müsste zwischen meinen Pflichten. Doch es kam noch viel schlimmer. Ich wurde zerrieben zwischen ihren Mühlsteinen.

Im „Buchjournal" hatte ich in einer Broschüre des Sortimenter-Buchhandels eine Statistik über den Lesehunger der hiesigen Bevölkerung entdeckt. Der schien schon länger bundesweit auf Diät zu sein. Nur neuerdings in unserem Städtchen nicht. Tag für Tag stellten wir, meine zuverlässige Mitarbeiterin und ich, fest, dass die Berge billiger Taschenbücher, die aufzustapeln ich gezwungen war, dahinschmolzen wie die arktischen Gletscher. Tja, und bei den Bestsellern mit festem Umschlag, die etwas einbringen, sah es kaum besser aus. Unmöglich, die Diebe zu stellen. Die gefüllten Regale gaben ihnen idealen Sichtschutz. Ein Griff, und schon verschwand die Beute in der Tasche.

Der Polizist, zuständig für solche Delikte, nahm zwar eine Anzeige auf, „gegen Unbekannt", aber machte mir keine Hoffnung auf Erfolg.

„Damit müssen Sie leben", sagte er tröstlich.

Beinahe hätte ich darauf geantwortet: „Ich danke Ihnen sehr für Ihre wirksame Hilfe!" – wenn ich nicht im letzten Moment bemerkt hätte, wie frustriert er sowieso schon war.

Meine monatliche Bilanz in der Buchhandlung würde diesmal traurig aussehen. Viel zu wenig Gewinn, mit dem Achim bestimmt gerechnet hatte. Das war ein Schlag ins Kontor. Jedenfalls, ich würde tun, was ich konnte. Dann gäbe es vielleicht doch noch eine Möglichkeit, die Diebe zu erwischen. Es war ja nicht nur die finanzielle Einbuße – man kommt sich so unglaublich dumm vor, wenn man reingelegt wird.

Eins war klar: Ich musste besser aufpassen und auch länger im Geschäft bleiben. Das war aber nur mit einer tüchtigen Hilfe möglich, die einen Teil meiner Hausarbeit erledigte. Eine Art Schuster-Voigt-Situation. Der bekommt nur eine Arbeitsstelle, wenn er eine Aufenthaltsgenehmigung vorweisen kann. Und die ist nicht ohne feste Arbeitsstelle zu haben.

Also Prioritäten setzen, die Diebe einstweilen gewähren lassen, während ich auf die Pirsch nach einer Putzfrau ginge.

Was mir zuerst einfiel, war eine Anzeige in einem der örtlichen Gratis-Blättchen, dem „Kreisanzeiger". Nicht zu fassen, was man dabei für Erfahrungen sammeln konnte.

Die erste Kandidatin bestand auf einer wöchentlichen Arbeitszeit von dreimal vier Stunden. Ich verzichtete dankend.

Die zweite, eine alleinerziehende Mutter, war zwar mit insgesamt sechs Stunden einverstanden, wollte aber ihr zweijähriges Töchterchen mitbringen.

„Und wer soll auf die Kleine aufpassen?", fragte ich.

„Selbstverständlich ich!", antwortete die Mutter.

So leid es mir tat, unter diesen Umständen *konnte* ich sie nicht einstellen.

Den Vogel schoss die Anruferin ab, die pro Stunde 15 Euro verlangte, „bar auf die Kralle", wie sie das ausdrückte. Also schwarz. Es fiel mir schwer, höflich zu bleiben bei dieser Zumutung.

Das Gespräch mit der letzten dauerte eine Minute. Sie bot mir einen General-Hausputz an, zu 150 EURO. Als hätte ich den brauchen können.

Diese Anzeigen waren eindeutig keine zielführende Methode.

„Und wie wäre es mit einer richtigen Firma aus dem Internet, die Reinigungskräfte verleiht?", schlug Nikki vor, weil sie merkte, wie niedergeschlagen ich war.

Nach mindestens zehn Versuchen sah ich ein, dass ich solche Löhne nicht zahlen könnte, auch nicht, wenn alles rundum legal wäre, mit Steuer und Versicherung und reinem Gewissen dem Staat gegenüber.

Weil ich nun mit meinem Latein am Ende war, rief ich Käthe Matzerath an. Sie hob ab und sagte sofort: „Ich höre, dass du ein Problem hast." So war sie, meine Ersatzmutter.

Und wieder einmal half sie mir aus der Patsche, ohne viele Worte.

„Warum in die Ferne schweifen? Sieh, das Jute licht so nah!", zitierte sie postwendend.

„Ab und zu bin ich vollkommen vernagelt!", stöhnte ich und schlug mir an die Stirn.

Käthe lachte und nahm mir noch das Versprechen ab, sie so bald wie möglich zu besuchen, bevor sie auflegte.

Ich würde also Frau Schnibbe beknien müssen, das Faktotum, das schon zu Käthes Zeiten die Buchhandlung gesäubert hatte. Immer zuverlässig, aber auch ein wenig ehrpusselig, man könnte auch sagen, leicht beleidigt, sobald man nur den Anschein erweckte, sie hätte womöglich etwas nicht ganz perfekt erledigt.

Sie suchte zunächst allerhand Ausflüchte, wies beispielsweise auf ihr Alter hin, obwohl ich nur wenige Jahre jünger war als sie, und auf den eigenen kleinen Haushalt, der nicht vernachlässigt werden dürfe, versäumte auch nicht, die steigenden Energiepreise und Mieten zu erwähnen, aber am Ende war sie, als ich zwei Euro pro Stunde drauflegte, bereit, auch bei uns zu Hause für Sauberkeit und Ordnung zu sorgen. Ohne Anmeldung bei der Knappschaft, also schwarz. Darauf hatte sie bestanden. Man wird förmlich gezwungen, Steuern zu hinterziehen, sonst kriegt man keine Hilfe. Ach, wir sind ja alle kleine Sünderlein …

Am nächsten Tag würde ich sie also einweisen, mit ihr gemeinsam ein Probeputzen veranstalten, und damit wäre dieses Thema abgehakt.

Doch kaum hatte ich Atem geholt, um der lieben Frau Schnibbe die Pflege des Parketts ans Herz zu legen, klingelte das Telefon.

Warum folgt man eigentlich diesem Ton wie am Bändchen gezogen, ganz gleich, womit man gerade beschäftigt ist? Aus welchem unerfindlichen Grund schaltet man, wenn man seine Ruhe haben will, nicht den Anrufbeantworter (im Familienjargon „Anrufverhinderer" genannt) ein und lässt so den Störenfried ins Leere laufen? Aus Höflichkeit vielleicht oder auch aus Angst, etwas Wichtiges zu verpassen?

Zum letzten Mal, das schwor ich mir, wäre ich Sklavin eines technischen Geräts und sprintete durch den Flur, wobei ich beinahe über den vollen Putzeimer stolperte.

Henry! Ich konnte mich beim besten Willen jetzt nicht mit ihm befassen, auch wenn er noch so bescheiden um einen Termin für das versprochene Sühnemahl bat.

(Er versteht es, sich einzuschmeicheln. Kein Wunder, dass Nikki „hin und weg" war, wie sie ihren Zustand beschrieben hätte, *falls* sie das überhaupt getan hätte. Sie gab sich mir gegenüber absolut zugeknöpft über ihre neue Bekanntschaft. War das nicht verdächtig? Sogar sehr verdächtig?)

Zunächst ihn erst einmal abwimmeln, *das* hielt ich bei Henry für die richtige Methode. Sonst bildete er sich womöglich noch ein, wir hätten auf seinen Anruf schmerzlich gewartet.

„Im Augenblick haben wir eine Menge um die Ohren. (Wie ich diesen blöden Ausdruck hasse!) Außerdem muss ich Nicole erst fragen, wann sie Zeit hat", dämpfte ich aufkeimende Hoffnungen.

Seine Antwort triefte vor Verständnis: „Aber gewiss doch! Wäre es Ihnen recht, wenn ich mich nächste Woche noch einmal meldete?" Was hätte ich auf diese in korrektestem Deutsch vorgetragene Bitte anderes erwidern können als: „Tun Sie das. Bis dahin." Kühler ging es nicht. Er würde daraus schon seine Schlüsse ziehen.

Frau Schnibbe stand noch da, wo ich sie verlassen hatte, zog aber einen „Flunsch", wie man einen so verdrossenen Gesichtsausdruck hierzulande bezeichnet. Sie fühlte sich nicht genügend gewürdigt. Da musste ein Tässchen Kaffee her, ein paar Kekse und persönliche Zuwendung in Form von Fragen nach ihren zahlreichen Enkeln. Dabei taute sie auf. Solche Irritationen wie vorhin gäbe es zum Glück nur noch selten, denn ich wäre ja nicht zu Hause, wenn sie loslegte. Besser für beide Teile.

Ich konnte mit mir zufrieden sein: Erstens meinen Teil des Vertrages erfüllt, den ich mit meinem Ehemann geschlossen, nein, ihm aufgedrängt hatte.

Zweitens Henry (wenigstens vorläufig) abgeschmettert. Mit Nikki wollte ich über diese Einladung erst reden, wenn es gar nicht mehr zu vermeiden wäre. Also vielleicht am Donnerstag oder Freitag. Mir wäre es am liebsten gewesen, wenn sie in den nächsten Wochen und Monaten „total ausgebucht" und die Sache somit sanft entschlafen wäre. Einerseits fand ich die Einladung sehr unangenehm, anderseits jedoch wollte ich mehr über diesen Mann erfahren, den ich zu kennen glaubte. Wieder so ein Fall, in dem zwei Strebungen gegeneinander arbeiten. *(Das soll, wie Psychiater beteuern, Neurosen, also krankhafte Verhaltensstörungen hervorrufen. Aber die beteuern ja so allerhand, was mittlerweile schon im Kabarett durch den Kakao gezogen wird.)*

Übrigens, damit ich es nicht vergesse zu erwähnen – wie Achim mit den Handwerkern und der Finanzierung im Einzelnen zurande käme, fragte ich nicht, und von selbst ließ er die Katze nicht aus dem Sack. Es genügte mir, dass er sich in Ninas Zimmer ein Büro eingerichtet hatte und das Internet fleißig nutzte. Noch vor dem Winter würde der erste Teil der energiesparenden Maßnahme erledigt sein, darauf konnte ich bauen.

Und richtig, beim Mittagessen – Nikki hatte Nachmittagsunterricht, blieb also in der Schule, und Frau Schnibbe war längst wieder abgezogen – eröffnete Achim mir nicht ohne Stolz, dass er dem Dachdecker, der vor Ort als zuverlässig und relativ preiswert galt, den entsprechenden Auftrag erteilt hatte. Als „sorgsamer Hausvater", wie er sich selbst charakterisierte, hatte er auch nicht versäumt, vorher mehrere andere Angebote einzuholen.

„Prima", sagte ich erleichtert, „dann kann es ja losgehen!"

„Irrtum! Du glaubst doch nicht im Ernst, dass ein Handwerker in diesem Chaos da oben arbeiten kann! Zuerst muss der Speicher entrümpelt werden."

„Und wer …" warf ich ein.

„Stell dein Licht nicht unter den Scheffel! Du weißt doch besser als ich, was das Aufheben lohnt oder besser gleich in den Sperrmüll wandert."

Mein Ehemann hatte die unangenehmste, schmutzigste Aufgabe für mich vorgesehen, mit einer Begründung, die zwar überzeugend klang, doch tatsächlich fadenscheinig war. Bevor ich aber meine Empörung in Worte fassen konnte, lenkte er ein.

„Keine Sorge! Du sollst doch nicht Schweres die Treppen hinunterschleppen. Dafür bin ich zuständig. Und Frau Schnibbe kann dir helfen. Dann wird eben *einmal* nicht geputzt, davon werden wir wohl nicht sterben, oder?"

Ich hatte keine Lust, auf eine solche rhetorische Frage zu antworten. Außerdem war ich vollauf damit beschäftigt, mir vorzustellen, wie mein Urlaub aussehen dürfte: Mit Kopftuch und Uralt-Hausanzug müsste ich tagelang (wie viele Tage, bitte?) Schrott in verschiedene Kategorien von brauchbar bis wertlos einordnen, die Nase voll Staub, schwarz die Nägel, das Gesicht verschmiert wie Oliver Twist, und statt mittags Semmelknödel mit Gulasch und Rotkohl zu schmausen, würden wir lauwarme Fertigpizza mit Analogkäse aus dem Pappkarton hinunterwürgen. Und hinterher gäbe es Streit mit Nikki wegen eines nahezu haarlosen, einäugigen Teddybären, dessen Existenz ihr längst entfallen war, aber plötzlich ihre Kindheit symbolisierte und deshalb ab sofort einen Ehrenplatz auf dem Bücherregal neben ihrem Bett einnehmen sollte. Ach ja, und Frau Schnibbe würde permanent über Rückenschmerzen klagen und eine Schmutzzulage verlangen, die ich ihr nicht abschlagen könnte.

Das alles nur, um – vielleicht – ein paar Liter Öl einzusparen! Ich seufzte, was mein Mann mit Stirnrunzeln zur Kenntnis nahm. Das war mir egal. Alles war mir im Augenblick egal. *Sowas nennt man, soviel ich weiß, eine depressive Verstimmung, aber in meinem Fall exogen, das heißt, ausgelöst durch missliche äußere Umstände, beispielsweise Arbeitsüberlastung. (Diese Art Depression ist auszuhalten, weil man sich erstens nicht die Schuld dafür geben muss und zweitens auf günstigere Entwicklungen hoffen kann.)*

Von weither hörte ich, wie mein Mann sinnierte: „Gar nicht schlecht, wenn wir endlich mal radikal mit der Vergangenheit aufräumen. Ist doch Schnee von gestern. Vorbei ist vorbei!"

Ich wies ihn nicht darauf hin, dass er sich irren könnte. Er zweifelte nie an seinen Überzeugungen, ruhte, wie man so sagt, „in sich selbst". Bisweilen brachte mich das gegen ihn auf, aber ich brauchte wohl einen solchen Partner.

Fünf Minuten danach stürmte Nikki in die Küche, wo ich gerade einen Einkaufszettel für die kommende Woche aufstellen wollte, griff sich einen ungewaschenen Apfel aus der Obstschale, biss mit ihren Prachtzähnen kräftig hinein, bevor ich das verhindern konnte, und rief vergnügt : „Na, irgendwelche News?"

„Setz' dich erst mal hin!", befahl ich streng, „Wir haben was zu besprechen."

Sie sagte verdächtig brav: „Bin ganz Ohr, Lila", und guckte aufmerksam, während sie den Apfel abnagte.

„Wie sieht's denn bei dir aus? Viel zu tun für die Schule?"

„Irre viel, seitdem sie diesen G8-Scheiß eingeführt haben! Keine Zeit für Privates, jeden Tag pauken bis zum Umfallen! Lauter Zeug, was keiner brauchen kann. Da hattet ihr es früher viel besser!'"

Auf eine Stellungnahme verzichtete ich. Die hätte nichts bewirkt.

Stattdessen bestätigte ich ihre Klage: „Wenn du so belastet bist, hast du vermutlich auch keine Zeit für Henry Akkermann mit zwei K."

„In echt? Ist ja geil! Zweimal K wie in Nikki!"

„Ich denke, du wolltest *nie mehr* so genannt werden!"

„Quatsch! War 'ne falsche Eingabe. Ist schon gelöscht! Hat Henry etwa angerufen?"

„Ja, und er wollte einen Termin für dieses Abendessen ausmachen."

Stille. Ich schaute meine dritte Tochter prüfend an. Die schien sich ausschließlich für das Kerngehäuse des Apfels zu interessieren, stand auf und befördert es in den Restmüll. Ich schenkte mir den automatischen Tadel, um die friedliche Stimmung nicht zu trüben. Dieser ewige Eiertanz mit solchen Pubertanten!

Nikki setzte sich wieder betont langsam und sagte gemessen: „Irgendwie werd' ich das schon unterbringen." Sie verzog keine Miene, doch ihr Gesicht war deutlich gerötet. Glaubte sie denn, sie könnte mich hinters Licht führen?

„Also, wann?", drängte ich.

„Was hältst du von Freitag um 8?"

Erstaunlich, diese plötzliche Rücksichtnahme auf meine Wünsche!

Ich nickte und ging zu der Frage über, was sie gerne gleich zum Abendessen hätte.

„Etwas Joghurt, Magerstufe", sagte sie. „Ich muss unbedingt abnehmen!"

Dieses Mädchen leidet an einer ausgeprägten Wahrnehmungsstörung. Doch war jetzt nicht der rechte Moment, sie darauf hinzuweisen. Also deutete ich auf den Kühlschrank und wandte mich wieder meiner Liste zu. Lätta oder mal Butter, den Cholesterinhysterikern zum Trotz? Fritten oder nur Kartoffeln, vorwiegend festkochend? Und was war mit der Thüringer Leberwurst, die Achim so gerne aß? Nein, diesmal würde ich nach Gefühl und Wellenschlag einkaufen müssen und womöglich das Wichtigste vergessen.

Ich konnte mich einfach nicht mehr richtig konzentrieren, seitdem der Termin feststand, spekulierte haltlos über das, was ich am Wochenende herausfinden könnte.

Litt ich etwa unter einer fixen Idee?

Am Nachmittag vor dem bewussten Tag eröffnete mir Nikki, sie sei fest entschlossen, dasselbe Kleid wie beim Straßenfest zu tragen. Begründung: „Damit Henry sehen kann, dass der Fleck tatsächlich weg ist."

Das konnte ich nicht einfach so hinnehmen.

„Wir haben Mitte Oktober, das ist dir doch nicht entgangen, oder? Morgen wird es in Strömen regnen. 12 Grad, sagt der Wetterbericht für den Niederrhein voraus. Willst du dir unbedingt eine Lungenentzündung holen in diesem Aufzug? Ich fasse es nicht!"

Sie schwieg verstockt. Ich würde schwereres Geschütz auffahren müssen.

„Soll Henry denn annehmen, du wärst nicht ganz bei Trost?"

Damit hatte ich in ein Wespennest gestochen.

„*Nie* kann ich machen, was *ich* für richtig halte! Du behandelst mich wie ein Kleinkind! Warte nur, in neun Monaten bin ich volljährig, dann kannst du mir gar nichts mehr vorschreiben."

„Aber Nikki!", versuchte ich sie zu beschwichtigen, „du musst doch nicht gleich übertreiben!"

„Lass' dieses dämliche ‚Nikki' endlich bleiben! Ich heiße Nicole! *Nicole!* Und du bist eine herrschsüchtige alte Frau und bloß meine Tante, aber nicht meine Mutter! Die hätte mich anders behandelt! Ganz anders!"

Und dann rauschte sie hinaus und knallte die Tür hinter sich zu, dass die Gläser im Küchenschrank klirrten. Ich blieb zurück, voller Entsetzen, welcher Zorn sich da gegen mich angesammelt hatte.

Achim nahm kein Blatt vor den Mund: „Wenn du mich fragst, so hast du einen Kontrollzwang. Dagegen wehrt sie sich. Sie ist 17, vergiss das nicht!"

„Ich habe es doch gut mit ihr gemeint! Schließlich hat Beate sie mir ans Herz gelegt!", verteidigte ich mich.

„Irgendwann kommt der Moment, wenn die Kinder erwachsen sind und uns nicht mehr brauchen!", belehrte mich mein Mann, als wäre ich ahnungslos wie ein neugeborenes Kindlein. Dabei hatte es bei unseren Zwillingen doch auch gelegentlich solche Konflikte gegeben.

„Und warum hast du nie eingegriffen, wenn du über alles so genau Bescheid weißt?", schlug ich erbost zurück.

Er gab keine Antwort, wohl, weil ich ins Schwarze getroffen hatte, und floh in den Keller, um dort an seiner Werkbank zu bosseln.

Weit war es mit uns gekommen! Wir bezichtigten uns jetzt schon gegenseitig charakterlicher oder psychischer Defekte, verdeckt oder offen, und ruinierten leichtfertig, was wir in Jahrzehnten aufgebaut hatten. Wie sollten wir nur wieder herausfinden aus diesem unerträglichen Zustand?

Als ich an Nikkis Zimmer vorbeiging, hörte ich sie schluchzen.

„Jetzt oder nie!", dachte ich und klopfte, öffnete die Tür.

Meine Kleine lag bäuchlings auf dem Bett, das Gesicht ins Kissen gedrückt. Ich setzte mich ans Fußende und wartete. Das Schluchzen wurde heftiger. Ein Appell an mein Mitleid.

Vorsichtig legte ich meine Hand auf ihre Schulter. Ein rotes, verquollenes Gesicht sah mich an.

„Wollen wir uns nicht wieder vertragen?", fragte ich versöhnlich. Schließlich hatte ich den Streit vom Zaun gebrochen.

Sie nickte, richtete sich auf und warf mir die Arme um den Hals, versicherte, es täte ihr alles so leid und versprach, eine warme Jacke über das dünne Kleid zu ziehen – ein Kompromiss, der beiden das Gesicht wahrte.

(Beinahe sah es nun aus, als wäre nichts gewesen. Aber etwas würde zurückbleiben in der hintersten Ecke unseres Gedächtnisses, und es würde sich nicht entsorgen lassen, sondern bei passender Gelegenheit wieder herausgezogen werden ans Tageslicht, als Basis für neue Angriffe. Wäre man stumm, gäbe es nicht so viele Gelegenheiten, einander ohne besondere Anstrengung zu kränken.)

Wir fuhren also am Freitag, als es schon dunkel wurde, gemeinsam zu einem Restaurant in der Nähe der niederländischen Grenze. Es galt im weiten Umkreis als renommiert, nicht nur seine Küche, war geschmackvoll eingerichtet und hatte gut geschultes Personal, überraschend in einem so kleinen Dorf. Woher Henry das wohl wusste? Auf den Kopf gefallen war er jedenfalls nicht.

Die Nervosität, die während der Fahrt für eine unnatürlich verkrampfte Stimmung gesorgt hatte, verflog. Henry erwies sich als wortgewandt und aufgeschlossen. Ich spielte die Rolle der aufmerksamen Beobachterin – oder treffender, des Anstandswauwaus. Nicht, dass er mich übersehen hätte: Er gab sich augenfällig Mühe, mich in die Unterhaltung einzubeziehen, aber ich ließ mich nicht täuschen. Seine Aufmerksamkeit galt in erster Linie Nikki. Sie sonnte sich förmlich in ihr, lachte zu laut und zu oft, trank zu rasch zu viel Rotwein, den sie nicht gewöhnt war, kurz, sie führte sich auf wie eine verliebte Gans. Mein Gott, war mir das peinlich! Und wie sollte ich etwas über diesen Menschen erfahren, wenn sich das Gespräch ausschließlich um ihre ungerechten Lehrer, Dieter Bohlens rüde Sprüche, den tragischen Tod des armen Jacko oder den letzten Harry-Potter-Film drehte? Entweder war Henry ein allseitig interessierter Mensch, oder er hatte sich intensiv vorbereitet, um meiner Nichte zu imponieren. Letzteres hielt ich für wahrscheinlicher.

Nach dem üppigen „Fünf-Gang-Menü auf ländliche Art", eigentlich zu aufwendig für diesen Anlass, – es würde mir garantiert ein zusätzliches Kilo bescheren – verschwand Nikki, um ihr Make-up aufzufrischen. Ich nutzte die Gunst des Augenblicks und stellte die Frage, die mir schon stundenlang auf der Zunge gelegen hatte:

„Ihr Nachname schreibt sich, wie Sie betont haben, mit doppeltem K. Stammen Sie etwa von der Insel Borkum, wo, so geht die Kunde, beinahe jeder Zweite Akkermann heißen soll?"

Henry lachte – sein spezielles, auf Wirkung berechnetes Lachen tief aus der Brust.

„Gratuliere! Sie haben es erraten!"

„Stammt er etwa aus dem Niederländischen?", wagte ich mich weiter vor.

„Tja, das ist schwer zu sagen. Es gibt tatsächlich auch heute noch eine Reihe niederländischer Namen auf Borkum. Unsere Familienlegende will wissen, einer meiner Vorfahren wäre der Kapitän eines Walfangschiffs gewesen, der in Borkum hängengeblieben sei, aus Liebe zu einer hübschen blonden Friesin."

„Wie romantisch!", flocht ich ein, um ihn zum Weitererzählen zu animieren.

„Na ja, wie das mit Legenden so ist – es könnte auch ganz anders gewesen sein, viel nüchterner. Ahnenforschung habe ich jedenfalls nicht getrieben, denn ich war frühzeitig im Internat auf dem Festland, habe Abitur in Esens gemacht und bin dann zur Ausbildung nach Hamburg gegangen."

„Ach ja? Sehr interessant! Und dort haben Sie gearbeitet?"

„Nur einige Jahre. Als Angestellter. Hinterher bin ich herumgezogen in der Welt, war überall und nirgends."

Dabei schaute er mir tief in die Augen und lächelte traurig. Setzte er grundsätzlich auf den Heimatlos-Trick, um Mitleid bei Frauen zu erwecken, oder verfolgte er in diesem besonderen Fall ein ganz anderes Ziel?

Mein Misstrauen ließ sich nicht einschläfern. Er hatte zu viele Worte gebraucht, um so wenig Konkretes preiszugeben. Was könnte ungenauer sein als die Angabe, er habe als „Angestellter" gearbeitet? Und warum sagte er nicht unmissverständlich statt „überall und nirgends" einfach „in Amerika"? Er redete um den heißen Brei herum – reine Verschleierungstaktik. So verhält sich jemand, der etwas zu verbergen hat. Ein Dunkelmann mit dubioser Vergangenheit. Henry womöglich Mitglied der Mafia? Oder Agent des BND, der CIA, des FBI oder auch des MI5?

(Na ja, ich fürchte, die Phantasie ging in der Nacht ein wenig mit mir durch, eine Folge des schweren Bordeaux, mit dem dieser Mensch mich traktiert hatte oder auch der übermäßige Konsum düsterer Spionage-Filme in „arte" gegen Mitternacht, wenn Achim nicht zu Hause war.)

Im hellen Licht des Morgens, sobald derlei Spintisiereien sich verflüchtigten wie die Oktobernebel vor meinem Fenster, konnte ich nur ein ernüchterndes Fazit der gestrigen Zusammenkunft ziehen, und das nach einem besonders sorgfältig geplanten Manöver. Wenn das kein Anlass war für eine Minidepression!

Die verlief zu jener Zeit bei mir in der Regel dreistufig.

Stufe 1: Selbstmitleid.

Ich sagte beispielsweise zu mir, falls ich alleine war: „Es gibt niemanden, mit dem ich meine Enttäuschung teilen kann." Diesmal weinte ich tatsächlich auch noch ein bisschen, weil ich schlecht geschlafen hatte.

(Mir liegt ein spätes Abendessen jedes Mal wie ein Klumpen Blei im Magen.)

Stufe 2: Selbstvorwürfe.

Die lauteten etwa so:„Das habe ich nun von meiner Geheimniskrämerei!"

Ich schlug mit der Faust auf meinen Schreibtisch, wenn mich keiner hörte. Ansonsten beschränkte ich mich darauf, tief zu seufzen und die Hände zu ringen.

Bevor ich „am Tag danach" mit Stufe 3 beginnen konnte, erschien Nikki. Wie zu erwarten, leicht verkatert und auch nicht ganz glücklich mit dem Verlauf des so ungeduldig herbeigesehnten Ereignisses.

„Henry hat nicht mal gemerkt, dass der Fleck weg ist!", maulte sie, „und dafür hab' ich die halbe Zeit gefroren wie ein Schneider! Echt ätzend!"

Ich tätschelte beruhigend ihren Arm und fühlte mich miserabel. Natürlich hatte unser Gastgeber mit einem Seitenblick, den ich meinerseits *rein zufällig* beobachtet hatte, Nikkis makellos sauberes Kleid plus Inhalt registriert. Doch ich fand es erforderlich, ihr diese Tatsache vorzuenthalten, ebenso wie seine frühere Aussage, sie sei „reizend". Sie war sowieso schon ziemlich eingebildet. Man muss doch nicht Öl ins Feuer gießen, oder?

Als sie sich schmollend ins Bett zurückgezogen hatte (es war erst halb 11!), ging ich zu Stufe 3 über:

Hilferuf an Käthe Matzerath. (Sie war ja schon in Rente, hatte daher wenig zu tun und ließ sich gerne von mir als Notnagel benutzen. So betrachtet, erwies ich ihr noch einen Gefallen, wenn ich sie in meine heiklen Angelegenheiten hineinzog.)

Kein Zweifel, mein Verhalten bewegte sich etwas außerhalb der Norm. Doch ich schaffte es nicht, dagegen anzukämpfen. Dieser oben beschriebene Dreischritt lief automatisch ab. Wie das Programm einer Spülmaschine, sobald man die Start-Taste gedrückt hat. Ein Trost blieb mir – niemand würde vermuten, was ich manchmal so trieb. Bestimmt war ich da gar keine Ausnahme. Seine Marotten hütet ja jeder geflissentlich.

Einige Wochen zuvor hatte ich das Buch eines Psychiaters gelesen, in dem er behauptete, nicht die Gestörten seien das Problem, sondern die sogenannten Normalen. Ich neigte dazu, ihm mit gewissen Einschränkungen zuzustimmen.

(Kleine Anmerkung am Rand: Gegenwärtig bin ich vollständig seiner Ansicht und sage das auch ungeschminkt, was mir schon allerhand Verdruss eingebrockt hat. Alexandra, die Frau eines Staranwalts, hat mich doch gestern wahrhaftig vor versammelter Mannschaft als „Psycholehrling" beschimpft!)

Ob ich diesem originellen Autor gleich hätte schreiben und um seinen Rat oder sogar um einen Termin in seiner Praxis bitten sollen? Wer will schon, allein auf sich gestellt, das Ausmaß seiner eigenen Absonderlichkeiten beurteilen? Doch war anzunehmen, dass er, weil seine Erkenntnisse schon in zig Talkshows verhackstückt worden waren und er daher als Kapazität galt, in den nächsten Jahren nur noch eine Audienz für prominente Privatpatienten gewährt hätte.

Deshalb gab ich diesen kühnen Gedanken auf. Der selbstlose Rat meiner Freundin war schließlich auch nicht zu verachten.

5. Kapitel: Planspiele

Käthe hob sofort ab, als hätte sie auf meinen Anruf gewartet.

„Brennt et wieder mal bei dir?", fragte sie scherzhaft.

Mein Lagebericht war kurz und klar, beschönigte auch meine unrühmliche Rolle nicht.

„Also, wenn isch disch rischtisch verstanden habe, jeht es dir im Moment wie dem Doktor Faust", sagte sie und zitierte dann, weil Goethe auf Niederrheinisch in ihren Ohren eine Entweihung bedeutet hätte, in reinem Hochdeutsch: „Hier steh ich nun, ich armer Tor, und bin so klug als wie zuvor!"

Ich nickte heftig, obwohl das unsinnig war. Käthe verstand mein Schweigen als Zustimmung und beendete das Gespräch mit einem knappen „Dann also bis gleisch!"

Ich schaute aus dem Fenster. Es regnete, normal für diese Gegend, nicht nur im Herbst. Trotzdem beschloss ich, mich zu Fuß auf den Weg zu machen. Einerseits, weil ich meinen Führerschein wegen des möglichen Restalkohols nicht verlieren wollte und auch, weil es gesund sein soll, sich im Freien zu bewegen. Bei jedem Wetter. Das jedenfalls behauptete Frau Doktor Sulz, meine Hausärztin, die auf Öko schwor.

*So sieht sie, das nehme ich wenigstens an, auch jetzt noch aus: Schlabberlook, womöglich aus Hanf, die grauen Haare zu einem mageren Pferdeschwanz gebunden, das Gesicht ledrig und braun. Vermutlich verschmäht sie es noch immer, das Wort Kosmetik auch nur zu **denken**.*

Doch was bedeutete schon ihre äußere Erscheinung? Meine Ärztin verabscheute die Fünf-Minuten-Medizin vieler Kollegen und hatte folglich einen Arbeitstag wie ein Manager, jedoch bestimmt ein schwindsüchtiges Bankkonto.

Ihre Patienten reagierten positiv auf diese Zuwendung und wurden schneller wieder gesund. Auch ich, die ich mich aber nur an ihre

Ratschläge hielt, wenn sie mir gefielen. Warum sollte ich kein Fleisch essen, wo mein Gebiss doch beweist, dass wir Menschen Allesfresser sind? Und wöchentlich nur ein Ei, wegen des Cholesterinspiegels? Ich war doch nicht Präsident Reagan, der sich von seinem Koch jahrelang hat tyrannisieren lassen und trotzdem Alzheimer bekam. Nein, ein so entsagungsvolles Leben lag mir nie. Ich konsultierte Frau Doktor Sulz vor allem, weil sie mir zuhörte, nicht nur mit ihren erstaunlich großen Ohren. Wobei ich sie, weil sie ja nicht Psychologie studiert hatte, selbstverständlich nicht in meine privaten Schwierigkeiten einweihte, sondern nur in die medizinischen, die sich im fortgeschrittenen Alter häufen. Ich erwähne nur den Begriff „Möhnespeck", den versteht am Niederrhein jeder.

Als ich die Haustür öffnete, goss es. Ich stieg halsbrecherisch in die blauen Gummistiefel, die in der Garderobe für solche Fälle bereitstanden und zerrte unter diversen anderen Überjacken den gefütterten Anorak hervor, der „total regendicht" sein sollte „von wegen Gorotex", wie die Verkäuferin bei C&A in Mönchengladbach beteuert hatte. Weil mir da gewisse Zweifel kamen, musste auch der Maxi-Schirm mit, den Achim früher mal in einem Anfall akuter Verliebtheit für uns beide gekauft hatte und der seit Jahren in einem schwarzlackierten, auf Schmiedeeisen getrimmten Ständer in der Ecke vor sich hin staubte. Weshalb ich ihn nicht längst entsorgt hatte? Aus Sentimentalität.

Kein Mensch weit und breit außer mir. Ich bog in die Landstraße ein und näherte mich der sogenannten „Schikane", als ein Mercedes, dieses Hindernis ignorierend, in voller Fahrt an mir vorbeipreschte. Sollte ich nun nicht besser umkehren mit meinen klitschnassen neuen Kordhosen?

„Lisa hat einen starken Willen", hörte ich meine Mutter sagen. „Sie gibt nie auf, wenn sie sich mal was in den Kopf gesetzt hat."

„Wie recht du doch hast", antwortete ich und machte mich entschlossen auf den Weg durch die Felder.

Mir gefiel diese Landschaft mit dem weiten Blick über die Rübenäcker, auf denen Trecker hin und her hummelten und die sogenannten

„süßen Knollen" (hochdeutsch Zuckerrüben) ernteten. Die gedeihen prächtig auf dem fruchtbaren Lössboden, den die Eiszeiten längst vergangener Jahrtausende uns so großzügig beschert haben. Wald im herkömmlichen Sinn sucht man hier umsonst, nur hie und da eine Baumgruppe, aber es muss ihn gegeben haben. Denn zahlreiche Ortsnamen enden auf -rath, siehe Matzerath, was beweist, dass man ihn ehemals rücksichtslos gerodet hat, um das wertvolle Ackerland zu gewinnen. Ökologisch korrekt haben sich unsere Vorfahren, gleich ob Landesherren, Kleriker oder Bauern, nun mal nicht verhalten in den Jahrhunderten ohne grünes, d. h. schlechtes Gewissen, sondern ungehemmt sachlich.

Wie sehr ich diese unverstellte Aussicht bis zum Horizont vermisse und wie gern ich in Gedanken dorthin zurückkehre! Die Berge hier bedeuten mir nichts, und ich kann die Touristen nicht begreifen, die mühsam hinaufklettern, um von oben zu sehen, wie schön es unten ist.

Ich erinnere mich nicht einmal ungern, wie ich an einem regnerischen Herbsttag durch die glitschigen geriffelten Lehminseln schlitterte, die die Traktoren auf den asphaltierten Wirtschaftswegen hinterlassen hatten, und ab und zu unter meinem Doppelschirm hervor zum Himmel schaute, der tatsächlich die Berieselung in dem Maße einstellte, wie ich mich der Stadt näherte. War es eine optische Täuschung, oder ragte der Turm von St. Valentin, dem in dieser Gegend einige Kirchen geweiht sind, wirklich ein wenig schief in den Himmel hinein? Nie habe ich mich getraut, jemanden, der es eigentlich wissen müsste, beispielsweise den Stadtarchivar, den ich nicht kannte, danach zu fragen, aus Angst, ihn als Zugereiste womöglich in Schwulitäten zu bringen oder gar zu beleidigen. Und wer klärte mich darüber auf, ob die Kernstadt, deren Straßen trotz Bombenkrieg und Artilleriebeschuss noch immer so verlaufen wie im Mittelalter – was am Niederrhein gar nicht so selten vorkommt – auf der Landkarte mehr einer Niere gleicht oder eher einem anatomisch korrekten Herzen, wie ich sie lieber sehen wollte?

Mit solchen Mutmaßungen vertrieb ich mir die Langeweile während meiner einsamen Wanderung und auch das Unbehagen, das mich befiel, sobald ich an das Gespräch mit Käthe dachte.

Kaum hatte ich die Gartenpforte ihres putzigen Häuschens im Schatten der Burg geöffnet, stand meine Freundin schon in der Tür und breitete begeistert die Arme aus, als wäre ich vor zehn Jahren ausgewandert, beispielsweise nach Australien, um Opale zu schürfen, und gerade erst in die Heimat zurückgekehrt. Sie war mindestens zwanzig Zentimeter kleiner als ich und hatte Knochen so zart wie ein Vögelchen, die zu brechen man fürchten musste, wenn man derb zu Werke ging bei der Begrüßung.

Ich parkte die schmutzigen Gummistiefel neben der Haustür, als Käthe mir die Hüttenschuhe hinhielt, die seit Jahr und Tag auf mich warteten.

Ihr Wohnzimmer glich einer Bücherhöhle und war zum Glück mollig warm. Auf dem runden Tisch summte ein echter Samowar, Tee mit einem Schuss Rum – ein Labsal nach meinem aberwitzigen Unterwassermarsch. Warum hatte ich nur nicht den Bus genommen? Ich befühlte meine Hose und bat Käthe um ein Handtuch, um ihren Sessel zu schonen.

Sie lachte verständnisvoll. Sie verlangte keine weitschweifigen Erklärungen, das unterschied sie von all meinen verflossenen Freundinnen. Und außerdem nahm sie mich so, wie ich war. Was nicht bedeutet, dass sie mit ihrer Meinung hinter dem Berg gehalten hätte.

„Also, nun mal Butter bei die Fische", forderte sie mich auf, nachdem ich die erste Tasse Tee geschlürft und dazu eine dicke Scheibe selbstgebackenes Rosinenbrot verdrückt hatte, (*ohne* Butter, sie schien zu riechen, wann ich wieder mal mit meinen Pfunden kämpfte), und zwar in ganz kleinen Happen, wie das die Abspeck-Profis vorschlagen – wegen des höheren Sättigungsfaktors.

Ich wusste nicht mehr genau, was ich ihr schon am Telefon erzählt hatte. Wahrscheinlich greift Alkohol das Gedächtnis an. Oder ich tat mich so schwer, weil sie der erste Mensch war, mit dem ich das Thema Henry offen erörterte.

Käthe half mir auf die Sprünge.

„Du bist also unzufrieden mit dem Verlauf des jesselligen Abends. Was hast du denn erwartet?"

„Wieder mal zu viel. Nämlich einen entscheidenden Fehler des Verdächtigen, der meine Befürchtungen bestätigt hätte.

Trotzdem – er ist nicht koscher, darauf verwette ich meinen letzten Euro!"

„Du bist ja richtisch fixiert auf diesen Kerl! Da jerät man, wenn man nischt höllisch aufpasst, schnell auf den Holzwesch!"

Wieso Holzweg? Hielt sie mich etwa für eine Spinnerin? Und ich hatte Käthe für meine Verbündete gehalten! Verärgert griff ich nach einer zweiten Scheibe Rosinenbrot. War doch egal, wie ich aussah, interessierte sowieso niemand.

Käthe ließ sich nicht ablenken von ihrem Gedankengang. „Siehst du eine Möschlischkeit, den Kontakt zu Henry unauffällisch zu vertiefen?"

„Genau *das* will ich doch unter allen Umständen vermeiden!" Meine Stimme wurde schrill, wenn ich mich aufregte.

„Und wie willst du ihm dann auf die Sprünge kommen?"

Schulterzucken meinerseits.

Der Samowar summte, und Minka, Käthes verhätschelte schwarze Katze, sprang vom obersten Bord des überquellenden Bücherregals, schwänzelte beiläufig herbei, ließ sich auf meinem Schoß nieder und schnurrte wohlig. Aus rätselhaften Gründen hatte sie einen Narren an mir gefressen. Ich jedoch fürchtete ihre Krallen, die sie unvermittelt ausfuhr, sobald ihr etwas gegen den Strich ging. Käthe schwieg und dachte nach. Sie ließ mir Zeit, mich zu beruhigen.

„So kommen wir nischt weiter", stellte sie fest, nachdem sie ihre Überlegungen beendet hatte. „Wir brauchen einen jenauen Plan. Du kannst doch nischt monatelang im Nebel herumstochern, wenn du zu Potte kommen willst."

Sie stand auf und kramte in ihrem Schreibtisch, den man im vorigen Jahrhundert als Sekretär bezeichnet hätte mit seiner instabilen, ins Leere ragenden Platte und den vielen kleinen Schubladen voller Krimkrams, förderte endlich einen Schreibblock zutage und einen angespitzten Bleistift samt Radiergummi. Sie verabscheute Kugelschreiber, Thomas Gottschalk, Fußball, Vorabendserien und besonders Politiker-Quasselrunden, war eben altmodisch bis ins Mark, ein „Fossil", so nannte sie sich selbst und lachte dabei. Mein Leben wäre arm gewesen ohne sie, das wusste ich wohl. Sie hatte es eben bestimmt nicht böse gemeint. Und deshalb durfte ich auch nicht die beleidigte Leberwurst geben. Das konnte sie auf den Tod nicht ausstehen.

Ich schaute gespannt zu, wie meine Freundin den Bleistift spitzte und auf die erste Seite ihres Blocks in großen Buchstaben das Wort PLAN schrieb und es zweimal dick unterstrich.

Sie hatte nun das Ruder übernommen, ich war bestenfalls Leichtmatrose, der hoch hinauf in die Wanten kletterte, um ein schlagendes Segel festzuzurren. Wir genossen dieses Gedankenspiel, waren zuversichtlich, als befänden wir uns auf dem einzig erfolgversprechenden Kurs in Richtung Schatzinsel. Sie bestimmte kraft ihrer Erfahrung die Route, mied Korallenriffe, die unter Wasser lauerten, lotete Sandbänke aus, an denen wir stranden könnten – und schrieb auch noch das Logbuch ganz nebenbei, damit wir nachlesen könnten, was uns auf unserer waghalsigen Fahrt begegnet war.

Wem sonst hätte ich gestanden, welche absonderlichen Einfälle mir durchs Hirn geschossen waren während dieser Reise, ohne mich zu schämen? Käthe lachte mich nicht aus, sondern schaute mich über ihre Lesebrille hinweg aufmerksam an und fragte: „Und wieso hast du uns nisch mit Sherlock Holmes und Doktor Watson verglischen?"

„Weil die Unterschiede gewaltig sind. Haben wir etwa Klienten, die unseren Rat suchen? Lösen wir als Profis die bizarrsten Fälle am laufenden Band?"

Käthe verneinte entschieden: „Wir sind Amateure".

„Blutige Laien!", setzte ich dagegen.

Sie lachte wieder und griff zu unseren Tassen, füllte sie bis zum Rand, reichte mir den Kandis und die Sahne (Oh, diese Kalorien!) und befand dann mit ironisch gebrochener Bescheidenheit: „Zu viel der Ehre! Nur Einmal-Und-Nie-Wieder-Schnüffler!" Das konnte ich nicht übertrumpfen und verlegte mich auf weitere Gegensätze: „Außerdem, bist du so schrullig wie Holmes? Nimmst du Rauschgift? Spielst du Geige? Brauchst du dir nie Sorgen ums Geld zu machen, weil du genügend auf der hohen Kante hast?"

„Nein, nichts dergleichen! Und so jebildet wie die beiden englischen Gentlemen sind wir auch nischt. Wir sind durschschnittliche, praktische Menschen, die ihre Augen und Ohren gebrauchen, um ein Geheimnis zu lüften, das es womöglisch nischt jibt. Ist doch enorm spannend, findest du nischt?"

„Klar, Käpt'n!" antwortete ich.

„Akzeptiert! Aber isch meine, auch du solltest dein Licht nischt unter den Scheffel stellen."

Dabei tippte sie auf all die Vorschläge in ihrer Liste, zu denen ich auch nur die geringste Kleinigkeit beigesteuert hatte und verlautbarte: „Deshalb ernenne isch disch hiermit zum 1. Offizier!"

Ich sprang auf, nahm Haltung an, legte meine Rechte grüßend an die nicht vorhandene Uniformmütze und patschte die Hacken der Hüttenschuhe sanft gegeneinander.

Wir lachten, bis uns die Tränen kamen. Ob das an Käthes starkem Assam lag oder vielmehr an unserer Rückkehr in die glückliche Zeit, als wir Mädchen zur Verwunderung der Erwachsenen Stevenson lasen und Defoes „Robinson Crusoe", wer könnte das entscheiden?

Mittlerweile war es dämmrig geworden. Eigentlich wollte ich noch bleiben, doch wenn ich jetzt nicht gegangen wäre, hätte ich ein Taxi nehmen müssen, denn der letzte Bus fuhr in zehn Minuten. Käthes Angebot, mich heimzufahren, lehnte ich strikt ab – Freundschaft darf man nicht überstrapazieren.

Der Bus war nur schwach besetzt um diese Zeit: zwei oder drei weißhaarige ältere Frauen und Männer, politisch korrekt *Senioren*, zwei niedliche, für meinen Geschmack zu auffällig geschminkte Teenager (oder nennt man die jetzt grundsätzlich *Kids*?), die ihre Köpfe zusammensteckten und pausenlos kicherten, ein Bursche von etwa 16 mit Stöpseln im Ohr, der mich großzügig an seiner Lieblingsmusik teilhaben ließ – der Rest war Leere.

Wie gerne hätte ich jetzt gleich unseren Plan mal als Ganzes überfliegen, mich auf die Aufgaben einstellen wollen, die er mir aufbürdete, doch kaum hatte ich meine Handtasche geöffnet und ihn aus Käthes Plastikhülle hervorgezogen, beäugte mich mein beatversessenes Gegenüber, schlagartig emporgetaucht aus seiner Traumwelt, so angestrengt, dass ich mein Vorhaben aufgab. Wäre doch möglich, dass der Bursche mit dem harmlosen Gesicht Spiegelschrift lesen konnte, nicht wahr?

Derartige Papiere sollte man besser nicht in der Öffentlichkeit vorzeigen. Ich war ja jetzt sozusagen Geheimnisträger – nicht einmal Achim würde eingeweiht! Dieser Gedanke erheiterte mich, und ich grinste anscheinend grundlos vor mich hin. Der Junge grinste zurück. Hatte ich eben genauso albern ausgesehen wie er? Peinlich, peinlich. Ich schloss die Augen und döste ein bisschen, während der Bus mich nach Hause schaukelte. Wäre angenehm gewesen, wenn jemand schon ein paar Häppchen zum Abendessen gerichtet hätte, statt auf meine Dienstleistung zu warten. Ein paar Spiegeleier mit Speck, neudeutsch Bacon, beispielsweise oder auch einen Toast Hawaii, das wäre genau das, was meine Lieben an kulinarischen Höchstleistungen allein zuwege brächten. Und ich hätte nur noch die Aufgabe, die Küche wieder in ihren Normalzustand zurückzuversetzen, das heißt alle Arbeitsflächen und den Fußboden und auch …

Der Bus hielt mit einem Ruck, und ich wäre fast vom Sitz gefallen, weil ich prompt eingeschlafen war. Ich stürzte zum Hinterausgang, der sich nicht öffnen wollte Eine hilfreiche Hand langte über meine Schulter und drückte auf den roten Knopf an der Tür.

„Na also!", sagte eine männliche Stimme. „Geht doch!"

Keine Zeit mehr, mich zu bedanken. Schwungvoll sprang ich hinaus und in die einzige Pfütze, die weit und breit übrig geblieben war vom großen Regen. Das konnte mir die gute Laune nicht verderben. Mit unserem ausgeklügelten Plan in der Tasche fühlte ich mich gefeit gegen alle Wechselfälle des Lebens.

Zwei Straßen weiter rechts und fünf Minuten später stellte sich das als Fehlschluss heraus.

Kein Licht über der Haustür und keins im Flur, auch kein Duft nach Speck und Eiern. Nur erregte Stimmen im Wohnzimmer. Hörte sich nach „Küstenwache" an.

„Wenn die Katze aus dem Haus ist, tanzen die Mäuse auf dem Tisch!", dachte ich, während ich die schmutzigen Gummistiefel abstreifte und in meine Hausschuhe schlüpfte, damit Frau Schnibbe übermorgen nichts zu nörgeln hätte.

(Leute, die man braucht, sollte man wie rohe Eier behandeln. Das sorgt für ein angenehmes Klima.)

Achim – er hatte heute früher frei, wegen seiner vielen Überstunden – saß mit hochrotem Gesicht im Ohrensessel und brüllte, wie ich ihn noch nie habe brüllen hören: „... nicht-zu-fas-sen! Wie-konn-test-du-nur-so-was Dum-mes-ma-chen!", und hieb mit der Faust im Rhythmus der Wörter auf das vor ihm liegende Blatt.

Ihm gegenüber Nikki, sichtlich verbiestert. Tränen rollten ihr über die Wangen. Das bedeutete wenig. Sie konnte den Hahn beliebig auf- und zudrehen. Je nachdem, was günstiger für sie war – eine glänzende Strategin von Natur aus.

„Was ist denn hier los?", fragte ich betont ruhig.

Mein Mann schaute mich so an, als käme er aus fernen Welten zurück auf unsre Erde und hätte vergessen, wer ich war, zögerte einen Moment und holte dann tief Luft. „Dieser Unglückswurm! Fährt mit dem Rad durch die Fußgängerzone wie ein wildgewordener Handfeger und …!"

„Das machen fast alle!", protestierte Nicole.

„Seit wann ist das für uns ein Argument? Erstens ist es gefährlich und außerdem verboten!", wies ich sie zurecht.

„Ach, und wie ist das mit Frau Schnibbe? Ist die etwa als Putzhilfe angemeldet?"

Ich schwieg betreten. Dieses Kind war uns allmählich über den Kopf gewachsen. Welche Antwort hätte ich ihm geben können, die jeden weiteren Widerspruch erstickte?

Achim jedoch, erfahren in ehelichen Wortgefechten gleichen Kalibers, war ein Meister im Ausweichen auf ein weniger heikles Gebiet.

„Weißt du nicht mehr, was du im Verkehrsunterricht gelernt hast, nämlich, dass man Rücksicht nehmen muss auf schwächere Verkehrsteilnehmer? Alles total vergessen?"

Nicole schniefte empört, fingerte ein zerfleddertes Papiertaschentuch aus ihrer Hose, putzte sich geräuschvoll die Nase. „Mann, ich hatte es eilig!"

„Als wäre das ein Grund, eine alte behinderte Frau anzufahren!", schnauzte Achim. „Sie hat Anzeige erstattet!

Wegen fahrlässiger Körperverletzung! Und … Lies das, und nimm gefälligst zur Kenntnis, was du dir und uns eingebrockt hast!"

Nikki fasste das Blatt mit spitzen Fingern, als wäre es giftgetränkt wie im „Namen der Rose", las zuerst stumm, dann halblaut, „… die obengenannte Nicole Wiedeking in Begleitung ihrer Erziehungsberechtigten zur Einvernahme über den genauen Sachverhalt auf dem zuständigen Polizeirevier, Zimmer 8, erster Stock …!" Das letzte Wort ertrank in einer Tränenflut.

Mir aber wurde angst und bange. Erziehungsberechtigte? Waren wir das denn, juristisch betrachtet? Das gäbe diesmal vermutlich Scherereien. Spätestens, wenn eine Verhandlung stattfände. Richter sind manchmal recht kleinlich in solchen Dingen.

Zu allem Überfluss kehrte Achim jetzt auch noch den ehrpusseligen Kleinbürger heraus, und seine Stimme stieg dabei in den Diskant: „Nicht zu fassen! Wo soll das nur hinführen mit dir? Noch nie ist jemand aus unserer Familie von der Polizei zu einer Vernehmung vorgeladen worden. Wir schämen uns in Grund und Boden!"

Angenehm war diese Angelegenheit mir ja auch nicht, aber ich fand, dass mein Mann sie, wahrscheinlich aus erzieherischen Motiven, mächtig dramatisierte. Und er schloss mich, um eine stärkere Wirkung zu erzielen, ungefragt in seine Empörung ein.

Wenn ich mutig gewesen wäre, hätte ich jetzt „Achim, bitte, bleib' auf dem Teppich!" gefordert, aber eine solche Schwächung seiner Autorität vor Zeugen hätte er mir bestimmt nie verziehen. Er ruderte also nicht zurück, sondern legte noch einen Zahn zu: „Damit das klar ist, den Führerschein mit 17 kannst du in den Wind schreiben!"

Nikki verzog sich, kaum hörbar „Spießer" murmelnd, abrupt in ihr Zimmer und klatschte die Tür hinter sich zu. Mein Mann verzichtete auf eine Rüge, die sowieso verpufft wäre, und schmierte sich notgedrungen ein paar Schnittchen, stieg doch wahrhaftig für ein Pils höchstselbst in den Keller – ich hatte keine Lust mehr auf Küchendienst und Fortsetzung der Debatte im Duett. Ich würde stattdessen, sobald sich die Aufregung gelegt hätte, mit der Sünderin reden, auf *meine* Art.

Unseren sinnreichen Plan, der mich so heiter gestimmt hatte, versteckte ich in meinem Schreibtisch unter den offenen Rechnungen. Wer außer mir fasste die schon an?

Die Observierung des verdächtigen Objekts namens Henry müsste, fürchtete ich, eine Weile warten. Für so ein vergleichsweise läppisches Detektivspiel war ich durchaus nicht in der rechten Stimmung.

Kaum hatte ich mich unter das Deckbett gekuschelt, klingelte das Telefon. Nina – oder ist es Tina? Auch ihre Stimmen gleichen einander, als kämen sie aus einer Kehle – also eine von beiden, sagte leicht betreten: „Hallo, Mami!"

„Bitte, raus mit der Sprache! Was ist los? Die Klausur, was?"

„Mütter wissen alles!" Das war ein zu offenkundiger Versuch, mein Wohlwollen mit einer plumpen Schmeichelei zu gewinnen, ehe sie mit der Wahrheit herausrückte. Allerdings hatte sie den falschen Zeitpunkt erwischt.

„Tina hat es nicht geschafft!"

Aha, sie wollte meinen Ärger auf ihre Schwester abwälzen. Wieso nahm sie an, sie käme damit durch? Hatte das womöglich früher schon geklappt? Dann muss ich wohl sehr vernagelt gewesen sein.

Erst schluckte ich und fragte dann gottergeben: „Und du?"

„Wir sind doch eineiige Zwillinge!"

„Das ist erstens nicht neu und zweitens keine Entschuldigung!"

„Aber Mami, wir können die Klausur doch im nächsten Semester wiederho …"

„Es ist zum Auswachsen! In dieser Familie klappt neuerdings wirklich gar nichts mehr!"

Getuschel. Dann Tina. „Habt ihr mit Nikki Zoff gehabt?"

„Lasst das mal unsere Sache sein und kümmert euch um eure eigenen Angelegenheiten. Das habt ihr doch wohl nötig, oder?"

„Die verhauene Klausur tut uns wirklich leid!"

„Mir auch! Wie soll ich das nur Papa beibringen?"

„Du schaffst das schon! Und wir rufen wieder an, wenn du besser drauf bist, Mutti", sagten Tina und Nina gleichzeitig, als hätten sie das vorher auswendig gelernt, und beendeten das aufbauende Gespräch.

„Besser drauf!" Eine ganz und gar unzulängliche Einschätzung meines augenblicklichen Zustands.

Ich griff mit beiden Händen nach dem Funkwecker auf meinem Nachttisch, den mir die Zwillinge zum Geburtstag geschenkt hatten.

Weder Achim noch Nikki schienen von dem folgenden Gepolter Notiz zu nehmen.

(Richtig, ich habe den Sack geschlagen und den Esel gemeint. Das war zwar feige, aber sozialverträglich. Und außerdem erleichterte es mich ungemein.)

Was für ein Tag!

Und was für eine Nacht! Ich schwitzte unmäßig, obwohl es kühl im Zimmer war, und träumte in den Pausen zwischen den Wachphasen aberwitziges Zeug, an das ich mich am Morgen kaum erinnern konnte. Am ehesten noch an den Löwen, der mich verfolgte und mir, als ich hilflos am Boden lag, direkt ins Gesicht gähnte, wobei er bestialisch aus dem Maul stank, und ebenfalls an die Stimme meiner Mathematiklehrerin, die mich mit unbarmherziger Strenge aufforderte, ich solle in Zukunft mindestens zweimal täglich meine Zähne putzen, aber gefälligst gründlich. Sonst setze es wieder mal eine Fünf.

Eigentlich zum Lachen, aber mir war nicht danach zumute, wenn ich an das traute Sonntagsfrühstück dachte, das mir bevorstand.

Im Morgenmantel und ungewaschen stieg ich nach unten.

Nun, ich hatte mich umsonst gegrault: Meine beiden waren ausgeflogen. Ein Blick auf die Küchenuhr zeigte, warum: Ich hatte verschlafen.

Am Kühlschrank klebte ein gelber Merkzettel, neudeutsch ein „Post it". *Bin schon zum Dienst. Muss halbe Schicht von Udo übernehmen. Ist krank geworden. Mist! Gruß Achim*

Na, so unangenehm dürfte ihm das gar nicht gewesen sein. Er hoffte wohl, dass ich die Fronten geklärt hätte, – warum eigentlich immer ich? – bis er wieder auftauchte und ihm so weiteres Gezerre mit der widerborstigen Nikki erspart bliebe.

Von ihr keine Nachricht, das ließe ihr Stolz nicht zu. Und ihr Zimmer war leer. Wohin ist sie verschwunden, und vor allem, wie? Ihr Rad hat seit dem Unfall eine klassische Acht, das konnte sie vorläufig nicht mehr benutzen. Der Bus fiel praktisch aus – der Fahrplan war sonntags ausgedünnt. Sie wäre doch wohl nicht per Anhalter in die Stadt gefahren, obwohl wir ihr das ausdrücklich verboten hatten?

„Unglaublich! Weshalb sieht sie denn regelmäßig ‚Aktenzeichen XY‘, wenn sie nichts daraus lernt?", sagte ich vorwurfsvoll, als wäre das Trampen eine Tatsache und nicht nur eine meiner haltlosen Befürchtungen. Wenn das Achim gehört hätte! Ich musste mir wieder einmal selbst ins Gewissen reden.

Während ich mit den Resten begnügte, die meine Lieben mir übrig gelassen haben – wenigstens stand eine halbe Kanne Kaffee auf der Wärmplatte, und die letzte Scheibe Schwarzbrot ließ sich mit intaktem Gebiss, reichlich Butter und etwas Ausdauer durchaus noch kauen – während ich also mein einsames Mahl verzehrte und mir das alles durch den Sinn ging, schaute ich routinemäßig aus dem Fenster. Auto hinter Auto an beiden Straßenrändern. Das trübe Wetter verleitete nicht zu einem Ausflug ins Grüne.

Nur Henry schien es trotzdem gewagt zu haben – der Platz, an dem er sein betagtes Fahrzeug eines mir unbekannten Herstellers gewöhnlich abstellte, war leer. (Ich verstehe nahezu nichts von Autos, Achim dagegen zeigte sich auch darin als Experte. Marke, Typ, Baujahr und Hubraum überforderten ihn sogar aus 50 Metern Entfernung nicht.)

Mein träges Gehirn, angeregt vom Koffein und dem nicht vorhandenen Fahrzeug, begann, zielstrebig zu arbeiten, verknüpfte die drei Begriffe HENRY - AUTO - PLAN zu einer logischen Gedankenkette, die mich an meinen Schreibtisch zog. Hin zu den zwei sauber zusammengefalteten, sorgsam verborgenen, weil konspirativen Blättern, gestern (Wirklich erst gestern?) eng beschrieben in Käthes noch immer exakter Handschrift, die einer Grundschullehrerin alle Ehre gemacht hätte.

Ach, ich hatte es erfolgreich verdrängt: Der Plan ist, genau wie besprochen, nur eine Materialsammlung, eine Art spontaner Einkaufszettel, den ich je nach den gegebenen Umständen ganz oder auch teilweise abzuarbeiten oder auch zu ergänzen hätte, um wenigstens irgendein verwertbares Ergebnis zu erzielen.

„Flexibilität ist ein unbedingtes Must in der Kriminalistik", das hatte dieser arrogante Kerl von Kommissar namens Willy Flöck neulich im „Tatort" seiner hübschen, aber unbeleckten Assistentin als Ratschlag auf ihren steinigen Berufsweg mitgegeben. Wie recht er doch hatte – trotz seiner hochtrabenden Ausdrucksweise, mit der er nur Eindruck schinden wollte.

Ich seufzte gewohnheitsmäßig und entschloss mich, weil mir momentan nichts Besseres einfiel, zu einem simplen Vorgehen: Ich würde mit der ersten Anweisung der Liste beginnen.

Da stand ganz oben:

1. Henrys Auto beschreiben.

Zweck: eventuelle Verfolgung

Großartig! Damit käme ich ja heute bestimmt sehr weit, wenn das zu beschreibende Objekt unsichtbar ist.

Ich trug also mit einem Rotstift ein, was mir bekannt war:

Farbe himmelblau. Immerhin ein charakteristisches Merkmal, weil total aus der Mode. Ein Kinderspiel, so ein auffälliges Auto im Auge zu behalten!

Ehe ich mich weiteren Punkten beschäftigte, sollte ich ein bisschen „in Haushalt" machen, den ich gestern schmählich vernachlässigt hatte. Zwei oder drei Füllungen in die Waschmaschine und hinterher in den Trockner stopfen ist ja keine große Affäre. Vermutlich spekulierte Nikki auf ein leckeres, aber kalorienarmes Menu, beispielsweise Hähnchenragout auf Toast mit frischem grünem Salat. Nur dass ich beides gestern leider nicht eingekauft hatte. Ein Streifzug durch den Gefrierschrank im Keller förderte nichts ähnlich Gesundes zutage außer einer Portion gemischtes Gemüse von vorvorgestern, gerade ausreichend für eine dieser magersüchtigen Karl-Lagerfeld-Vorführdamen. Nachdenklich musterte ich das Vorratsregal, als ich hörte, wie die Haustür ins Schloss geworfen wurde.

Aha, da war sie, meine dritte Tochter, eigentlich ein bisschen zu spät fürs Mittagessen.

Sie schwenkte ihren winzigen ledernen Rucksack, der neuerdings zur Grundausstattung aller „Kids" gehörte, zwischen zwei Fingern hin und her, lächelte mich an und säuselte: „Na, Lila, ausgeschlafen?"

Das konnte ich so leiden an ihr, wenn sie nach einem Streit so tat, als wäre gar nichts gewesen.

Jetzt waren Strenge und Konsequenz gefordert.

Also erwiderte ich: „Nicole, wir sollten miteinander reden!"

„Meinetwegen! Wenn's der Wahrheitsfindung dient!"

Wo hatte sie denn *diesen* aufmüpfigen Spruch aus den Zeiten der 68er Spaß-Revoluzzer bloß aufgeschnappt? Oder war der in ihren Kreisen gerade Mode? Ich dämpfte meine Stimme und bestätigte sie. „Damit liegst du gar nicht so daneben! Kannst du mich mal darüber aufklären, wieso dein Papa gestern so schrecklich wütend auf dich war?"

„Naja, ich hab' was von ‚Rollatorbrigade' gesagt. So nennen alle meine Freunde die Alten, die in der Fußgängerzone mit diesen Gehwagen herumschwirren. Das ist doch nur Spaß, und den hat er halt in den falschen Hals gekriegt."

„Mit Recht! So redet man nicht über Behinderte. Das weißt du genau! Wenn du mal alt bist …"

„Schon verstanden, Rest geschenkt. Tut mir echt leid! Soll nicht wieder vorkommen. Sonst noch was?"

„Allerdings! Du bist einfach heute früh verschwunden. Kannst du dir vorstellen, dass man sich da Sorgen macht?"

Es war nicht zu leugnen: Nikki lächelte befriedigt. Dieses Geständnis war ein kapitaler Fehler.

Sie sagte beruhigend, als wäre ich ein ängstliches Kind: „Das brauchst du aber nicht. Ich war im Glasmuseum in Linnich. Bei einer klasse Führung. Mit … Henry. Wir haben uns zufällig getroffen."

(Diese Zufälle kannte ich. Die ganze Sache war höchst durchsichtig. Entweder hatte er ihr aufgelauert, oder sie waren verabredet. Beides gleich gefährlich. Henry war gefährlich. Nikki zappelte bereits am Leim des Fliegenfängers. Und mir fiel partout nichts ein, was ich dagegen unternehmen konnte.)

„Zufällig? Wirklich?" fragte ich rein rhetorisch.

„Aber Lila! Du denkst doch nicht etwa, dass ich dich belüge?" Dabei schaute meine dritte Tochter verzückt an mir vorbei zum Fenster hinaus, dahin, wo Henrys Auto nun wieder parkte.

Sie log. Log schamlos. Aber wie sollte ich das beweisen, ohne mich lächerlich zu machen? Also besser gar nicht auf eine solche Antwort eingehen. Sie erwartete auch keine. Mittlerweile ist war ihr egal, was ich dachte. Und dass sie mich im Abgehen wissen ließ: „Ach ja, es gab auch ein Brunch mit allem Drum und Dran. Du brauchst mir nichts mehr zu kochen", machte es auch nicht erträglicher. Sie kam, hieß das unverschlüsselt, auch sehr gut ohne mich zurecht.

Ein positives Ergebnis hatte dieser Tag gebracht: Ich konnte nun die erste Aufgabe, die mir Käthe gestellt hatte, wenigstens teilweise lösen, und das, ohne aufzufallen. (In einer Siedlung wie unserer blieb fast nichts ungesehen, fast nichts ungehört. Am wenigsten das, was man unbedingt verbergen wollte.) Bei einem kleinen Spaziergang ums Viereck hatte ich Henrys Auto-Kennzeichen gerade noch im letzten Büchsenlicht entziffert: HS-CD 777. Ist das nicht dieses legendäre Großraumflugzeug? Zweifellos originell für einen so schäbigen Dreitürer. Hatte unser Nachbar sogar ein Quäntchen Humor?

Als ich meine Ausbeute schriftlich festhielt, entwickelt sich hinter meiner Stirn ein neuronales Blitzlichtgewitter, in dessen Schein sich ein Mann mittleren Alters im Haus nebenan über einen vergleichbaren Plan beugte, um die heute gewonnenen Einsichten niederzuschreiben, die ihn seinem Ziel näherbringen könnten.

Angenommen, ich hätte gerade gesehen, was wirklich existierte, so wären wir beide, Henry und ich, Jäger und Gejagte zugleich.

6. Kapitel: Entsorgung

Am nächsten Morgen saß Achim übermüdet am Küchentisch. Ich nutzte die Gelegenheit und deutete vorsichtig an, was mir die Zwillinge in der Nacht gestanden hatten. Er gähnte ausgiebig. Sein Kommentar: „Nun kommt es auch auf ein halbes Jahr nicht mehr an. Wir sind sowieso bald pleite. Lass mich jetzt bitte in Ruhe, ja?" und trottete ins Schlafzimmer. Er konnte mir jedenfalls später nicht vorhalten, ich hätte ihm eine wichtige Nachricht verschwiegen.

Dieser Tag war von Anfang an verdorben. Ich drehte mich um die eigene Achse, kam nicht voran. Zuerst riss ein Schuhriemen – wo ich auch suchte, kein brauner Ersatz. Also die bequemen Halbschuhe mit den Stiefeletten tauschen, die ich unbedingt haben wollte, auch wenn sie eine halbe Nummer zu klein waren. („Schönheit muss leiden!", sagte Achim erbarmungslos, wenn ich über meine Hühneraugen klagte. Logisch, solche Probleme hatte *er* nicht!) Wo war mein Einkaufszettel? Nicht aufzufinden. Und wo die Überweisungen, die ich noch schnell bei der Bank einwerfen wollte? Was ich unter keinen Umständen vergessen durfte – einen neuen Funkwecker. Unbedingt das gleiche Modell wie sein Vorgänger, zwecks Tarnung meines abendlichen Jähzorns.

Ich war mindestens eine halbe Stunde zu spät dran. Sogar Henry war schon losgefahren, wohin, das würde ich bald herausfinden. Zum Glück konnte ich mich auf Elena, die rundliche Russlanddeutsche, Mutter von drei Kindern, verlassen, die ich „mein Mädchen für alles" nannte, was sie kichernd akzeptierte. Sie würde die Buchhandlung rechtzeitig aufschließen. Obwohl sich ja so früh am Morgen eigentlich selten ein Kunde sehen ließ. Außer der Frau des Apothekers von gegenüber, die alle zwei, drei Tage einen neuen Taschenbuch-Krimi brauchte, weil sie an Schlaflosigkeit litt und sich hartnäckig weigerte, entsprechende Pillen zu schlucken. Mit Beipackzetteln kannte sie sich aus. Ich gewährte ihr Mengenrabatt, auf Gegenseitigkeit. Mein Bedarf an Anti-Aging-Kosmetika aus ihrem Angebot stieg beständig, obwohl ich wusste, dass ihre Wirkung dürftig ist, egal, um welches Produkt es sich handelt. Die Hoffnung stirbt bekanntlich zuletzt.

Heute herrschte geradezu Hochkonjunktur im Laden, drei Kunden gleichzeitig, eine Folge der Ausstellung von Kinder- und Jugendbüchern in zweien unserer vier Schaufenster, die Elena geschickt arrangiert hatte. Die Herbstferien standen bevor, und alle vernünftigen Großmütter und Tanten waren besorgt, die lieben Kleinen könnten womöglich bei schlechtem Wetter der Fernseh- und/oder Computersucht verfallen. Also musste ein Buch her, möglichst eins mit Pferden oder einer Prinzessin, die nichts so sehr liebt wie knalliges Rosa, äh, Pink. Mir war es grundsätzlich gleichgültig, was gelesen wurde, Hauptsache, es *wurde* gelesen. Wäre doch möglich, dass bei diesem oder jenem die Neigung zum gedruckten Wort bis ins Erwachsenenalter anhielte. Auch hier gab ich die Hoffnung nicht auf.

Außerdem hatte gestern die auflagenstärkste Tageszeitung der Region unter der Rubrik „Menschen, die aus dem Rahmen fallen" einen begeisterten Bericht über einen örtlichen Autor gedruckt, der mit 81 seinen ersten historischen Krimi unter dem Titel „ Das Monster von Hohenbusch" veröffentlicht hatte. Ich habe es gelesen, enthielt mich jedoch des Urteils. Erstens war ich von Natur aus diskret, wenn es um ehemalige Honoratioren ging, und zweitens war es nicht meine Aufgabe, eine Rezension zu verfassen. Ich wollte das Buch unter die Leute bringen, sonst nichts. Vorsichtshalber hatte ich mir ein Dutzend Exemplare auf Halde gelegt – sie gingen weg wie „geschnitten Brot", niederrheinisch ausgedrückt.

Die Kasse klingelte also, und ich könnte mich freuen, wenn nicht morgen die Vernehmung bei der Polizei bevorgestanden hätte. Um 11. Das warf unseren ganzen Tagesplan durcheinander. Achim müsste auf seinen notwendigen Erholungsschlaf verzichten und wäre deshalb anschließend brummig bis ungenießbar. Nikki servierte ihrer Lehrerin mit der Begründung, sie hätte einen Arzttermin, überzeugend eine glatte Lüge. Ach ja, und die liebe Elena musste mich außer der Reihe in der Buchhandlung zu vertreten. Gebe Gott, dass sie nichts Dringendes vorhatte!

Ich hätte mich eher darum kümmern sollen, aber ich habe so getan, als ließe sich dieser Termin durch Abwarten aus der Welt schaffen. Motto: Augen zu und durch! Kindisch natürlich.

(Ich hatte auch niemals behauptet, eine reife Frau zu sein. Übrigens – wer kann das denn schon guten Gewissens?)

Mir war im Vorhinein schon ganz mulmig, wenn ich daran dachte, was morgen passieren könnte: Nikki, erwiesenermaßen unbesonnen, neigte dazu, sich zu überschätzen. Konkret, andere für dümmer zu halten als sich selbst. Ich würde dabeisitzen und nicht eingreifen dürfen, wenn sie sich um „Kopf und Kragen redet", wie Achim befürchtete. Ich könnte lediglich dafür sorgen, dass sie sich angemessen kleidete, nicht in diesem knalligen Shirt erschiene, das in der Werbung unter dem Begriff „körpernah" angeboten wurde und eine Amtsperson leicht zu falschen Schlüssen verleiten könnte.

Vierundzwanzig Stunden später schämte ich mich meiner Schwarzmalerei. Nikki, züchtig in gelbem Baumwollrolli und ausgeblichenen Jedermann-Jeans, die Haare ordentlich mit einer Spange gebändigt, machte einen hinreichend betroffenen Eindruck auf den behäbigen Polizeibeamten, der sie mit Wohlgefallen betrachtete. Nachdem er die von ihr präzise geschilderten Fakten im Zwei-Finger-Verfahren in sein Computer-Protokoll eingetippt hatte, ermahnte er sie väterlich, auf derlei Eskapaden in Zukunft lieber zu verzichten. Diesmal würde der Richter aller Erfahrung nach noch Milde walten lassen, aber im Wiederholungsfalle …

„Schon verstanden", sagte Nicole und legte ihre Stimme in samtweiche Falten. „Es wird nie wieder passieren!", wobei sie ihre Rechte hob wie zum Schwur. Ein schauspielerisches Genie. Woher hatte sie das bloß? Aus *meiner* Familie bestimmt nicht!

Wir, die Pseudo-Eltern, trugen nichts zu Klärung des Falles bei. Man nahm uns nur am Rande wahr. Als wird die Polizeistation verließen, nickten wir einander lächelnd zu. Unsere Erleichterung artete prompt in ein opulentes Mittagessen beim Italiener aus, der es verschmäht, so etwas Primitives wie Pizzen anzubieten. Nikki vergaß, dass sie immer noch auf Diät war und bestellte zum Nachtisch eine Dame blanche, an der ich mich – wohlgemerkt widerwillig, aus purer Sparsamkeit! – beteiligte. Hinterher sah ich mich gezwungen, in meine Ladenkasse zu greifen, um die Rechnung zu bezahlen. Kurz, wir benahmen uns, als hätten wir das Einser-Abitur meiner Lieblingstochter zu feiern.

Dass damit nur die erste Hürde genommen war, beunruhigte uns vorläufig nicht weiter.

„Immer schön eins nach dem anderen!" Dieses Motto meiner Mutter war in der Regel auch bei mir erfolgreich.

Demnächst stand die Entrümpelung von „Kraut und Rüben" auf dem Programm. Nicht ganztägig allerdings, das hielte niemand durch. Ich durfte auch Henry nicht aus den Augen verlieren. Nicht *aus den Augen!* Denn überall sonst in meinem Kopf hatte er sich regelrecht eingenistet. Ein Hakenwurm, den man nur schwer wieder loswird.

Kaum hatte ich das gedacht, stand dieser lästige Mensch auch schon leibhaftig vor der Tür. Sonntags, nach dem ausgiebigen späten Mittagessen, als wir uns eben zu einem Schläfchen zurückziehen wollten.

Er entschuldigte sich wortreich für die Störung, stotterte, wie peinlich es ihm sei, aber sein Auto springe nicht an. Ob denn Herr Romeike unter Umständen mal ganz kurz ... Sein Hauswirt verstünde absolut nichts von Technik, und mit allen anderen Nachbarn sei er nicht so gut bekannt, dass er sie darauf ansprechen könne.

Achim, geschmeichelt, weil man ihm einschlägige Kenntnisse zutraute, sprang sofort auf und verschwand mit dem ungebetenen Gast.

Eine geschlagene Stunde später, ich hatte meinen Mittagsschlaf solo auf dem Sofa im Büro absolviert, erschien mein Gatte mit Händen so schwarz wie ein Schornsteinfeger, im Schlepptau den Halter des Vehikels – was wollte der denn hier? – und erklärte mit Triumph in der Stimme:

„Das Ding läuft wieder. Lag an den Zündkerzen! Waren total verrußt!"

Ich sah ihn verständnislos an, was ihn aber nicht daran hinderte, noch allerlei andere mir unbekannte Innereien des Fahrzeugs aufzuzählen, die seiner Meinung nach „bald ihren Geist aufgeben" würden.

„Reif zum Verschrotten! Den kriegt keiner mehr durch den TÜV!", lautete danach sein Verdammungsurteil. Henry reagierte mit einem entsetzten „Ach herrje!"

Also war auch Nikkis Verehrer einer dieser Männer, die eine fast erotische Beziehung zu ihrem Fahrzeug entwickelt haben, es vorzugsweise am Samstagvormittag stundenlang wienern und womöglich sogar mit Namen anreden.

Dass es auch ein anderen Grund hätte geben können, an diesem Altertümchen festzuhalten, erwog ich nicht einmal.

(So blind kann man sein, wenn man seine Vorurteile so lange reitet, bis sie unter einem zusammenbrechen. Nikki hatte damals recht gehabt: Ich muss mich nachträglich zur Ordnung rufen, weil ich so überheblich war.)

Henry stand noch immer mit hängenden Armen da und schwieg. Plötzlich merkte Achim, dass er ins Fettnäpfchen getreten hatte, und sagte beiläufig: „Wie wäre es denn jetzt nach diesem Schreck mit der versprochenen Tasse Kaffee?"

Na, ich opferte mich, warf die Kaffeemaschine an, schnitt die Käsetorte auf (nein, nicht selbstgebacken, *die* Zeiten waren vorbei) und deckte den Tisch, während die Männer sich - natürlich - über den Verkehr im Städtchen, das unbeständige Wetter und den Abstieg von Borussia Mönchengladbach unterhielten.

Mein Widersacher ließ sich unsere Torte schmecken und schaute mich ab und zu freundlich an. Ich reagierte gemessen, d. h. ich schaute neutral zurück. Raffiniert, wie er sich eingeschmuggelt hat in unser Haus! Wirkte ganz ungezwungen, ja selbstverständlich. Eine Leistung, die mir trotz meines Ärgers auch eine gewisse heimliche Hochachtung abnötigte.

Achim schien ihn zu mögen, was zu weiteren Vorstößen führen könnte. *Das* war das Einfallstor, das ich unter allen Umständen geschlossen halten wollte. Leider war nur ich auf der Hut vor Henry. Nikki und Achim würden mich auslachen oder zum Psychiater schicken, falls ich sie eingeweiht hätte. Ich agierte daher notgedrungen weiterhin als Einzelkämpferin.

Agieren? Davon konnte keine Rede sein. Nach seinem Teilsieg – ich sah ihn leibhaftig, wie er sich die Hände rieb, obwohl er Nikki, die bei ihrer Freundin seit gestern Geburtstag feierte, gar nicht zu Gesicht bekommen hatte – nach diesem Teilsieg also ließ sich Henry ein paar Tage nicht mehr blicken. Es gab auch keinen Anlass, den er hätte ausschlachten könnte. Sein himmelblaues Altertümchen keuchte und knatterte noch immer jeden Morgen und jeden Abend zwar unwillig, aber doch noch durch unsere stille Straße.

Ich wartete ungeduldig auf seinen neuen Schachzug in diesem Spiel.
(Warten ist für mich allemal schwieriger als tätig werden. Daran hat sich nichts geändert.)

Obwohl ich nicht gerade unter Langeweile litt. Ich hatte aus meinen Beständen im Keller die ältesten Kleidungsstücke herausgefischt, keinen Hausanzug zwar wie erwartet, sondern ganz normale Überbleibsel aus der Zeit, als die Pullover überdimensioniert und mit Schulterpolstern für Baseballspieler ausgestattet waren und die Hosen schlabberig, also bequem, in denen ich mir, wie erfreulich, gertenschlank vorkam. Auf das Kopftuch konnte ich verzichten, denn ich hatte meine Haare nicht gewaschen, ja nicht einmal geduscht, weil es sich nicht lohnte. Eigentlich hätten wir sogar einen Mundschutz tragen müssen. Frau

Schnibbe, die Witwe eines Bergmanns aus dem nahen Steinkohlenrevier, unkte schon was von „Staublunge", kaum dass wir einen Fuß in den Speicher gesetzt hatten. Aber wahrscheinlich gefiel ihr die Abwechslung von der eintönigen Putzarbeit in Wirklichkeit trotzdem.

„Na, dann mal ran an den Speck!", sagte sie nämlich entschlossen und steuerte auf den wurmstichigen, mit Säulchen und sonstigen Schmutzfängern verzierten Schrank zu, voller Neugier, nein, vielmehr voller Gier. Was glaubte sie denn darin zu finden? Den verschollenen Schatz Klaus Störtebekers? Bokassas ungeschliffene Blutdiamanten? Vorausgesetzt, sie hätte von beidem je etwas gehört.

„Halt, halt!", bremste ich ihren Tatendrang „Schön eins nach dem anderen! Bitte zuerst die großen Umzugskartons ausräumen, die uns nur im Weg herumstehen. Was drin ist, legen Sie auf einen Haufen." Wir breiteten vorsichtig eine große Plastikplane auf dem Fußboden aus, wie sie Anstreicher benutzen, um den Teppich abzudecken, und dann legten wir los.

Nach ungefähr einer Stunde hatten wir fünf Kartons geleert und auf der Plane mehrere Hügel unterschiedlicher Form und Zusammensetzung aufgetürmt. Ich betrachtete sie verzagt, seufzte und griff zur Wasserflasche, nahm einen tiefen Zug. Meine Helferin spülte sich ebenfalls den jahrzehntealten Staub aus der Kehle und machte sich über die Koffer her, die unter der Dachschräge aufgestapelt waren, schleppte sie unter die verschmutzte Dachluke, die trübes Licht spendete. Eine schweißtreibende Arbeit. (Die einzige Birne, an einem Kabel von einem der Balken herunterbaumelnd, hatte schon beim Einschalten ihren Geist aufgegeben. Plötzliche Überspannung, klar!)

Obwohl sie fürstlich entlohnt wurde, ließ der Eifer meiner guten Schnibbe nach zwei Stunden Plackerei merklich nach, und sie freute sich, als ich „Feierabend für heute" verkündete.

Ich selbst verordnete mir noch die Sichtung der ersten beiden Hügel auf der Plastikplane nach dem klassischen Zweischritt. Die leeren Kartons füllten sich. Der erste mit Schrott von der Art zweier rostiger

Schlittschuhe, einer Mini-Porzellantasse ohne Henkel oder eines vergammelten Bilderbuchs für etwa Dreijährige mit dem schwer zu deutenden Titel „Tiere auf de … Ba … of", dessen Seiten sich aus dem Leim gelöst hatten, alles eben, was für den Container bestimmt war, den Achim für ein Heidengeld gemietet hatte. Nein, den Kindern, die hoffentlich alle drei tüchtig „am Lernen" waren (das ist die korrekte rheinische Verlaufsform, eine Variante der englischen) und natürlich Achim, so hatte ich entschieden, wird hier keinerlei Mitspracherecht eingeräumt. Weg ist weg, und Schluss!

Was mir noch akzeptabel erschien wie die altmodische, aber wahrscheinlich wertvolle Kristallvase oder das lederne, gut erhaltene Sitzkissen im orientalischen Stil wanderte in den zweiten Karton den ich mit der Aufschrift „Zu gebrauchen" kennzeichnete. Wer mit einer so mühseligen Aufgabe betraut wird, darf auch entscheiden. Basta! Das habe ich von Gerhard Schröder, dem Kanzler, gelernt. Obwohl der …, aber das steht auf einem anderen Blatt.

Ich bedachte die restlichen drei Hügel mit einem verächtlichen Blick und sprang, ein Schmutzfink vom Scheitel bis zur Sohle, unter die Dusche. Hinterher freute mich, dass ich, obwohl ich mich ungefähr so fühlte wie ein Arbeiter im Steinbruch nach der Schicht, in meiner sauberen Küche das Mittagessen kochen durfte.

Achim, der sich endlich des vernachlässigten Rasens angenommen hatte, bestand darauf, ich hätte während des Mittagsschlafs gewirkt wie eine Scheintote.

Mir grauste vor morgen.

Nachts quälten mich Alpträume, in denen ich als menschliche Sortiermaschine mit zahlreichen Greifarmen fungierte, gescheucht von einem Sklaventreiber mit Lendenschurz und Peitsche. Man sollte vor dem Schlafengehen keinen Film über den Bau der Pyramiden sehen, ganz egal, wie erschöpft man ist.

Ich konnte mich nicht mehr an meinen letzten Muskelkater erinnern, aber der heutige war garantiert schlimmer.

Achim zeigte, abgebrüht wie die meisten Vertreter eines medizinischen Berufs – man kann ihnen das nicht vorwerfen, sie sehen zu viel Elend – er zeigte also kein Mitleid, sondern sagt: „Faules Fleisch! Du musst eben öfter trainieren."

„Ach ja? Da irrst du dich aber gewaltig. Seit neuestem gilt es als bewiesen, dass Muskelkater durch Risse in den feinen Muskelfasern verursacht wird! Dagegen hilft auch keine Muckibude. Im Gegenteil! Man braucht Ruhe und Schonung."

Er runzelte die Stirn und räumte das Frühstücksgeschirr in die Spülmaschine. Eine stumme Entschuldigung für seine Rohheit.

Frau Schnibbe erschien am Tag darauf pünktlich. Ich zog mich stöhnend am Geländer die Treppe zum Dachboden hoch. *Sie* hatte keinen Muskelkater. Das stützte Achims These, gegen alle modernen wissenschaftlichen Erkenntnisse.

Im Prinzip unterschied sich die heutige Strafarbeit für jahrzehntelange Faulheit nur wenig von der gestrigen. Meine Helferin schleppte, und ich sortierte. Gegen Mittag beförderte mein Mann die ersten Kartons voller Abfall in den Container neben der Haustür und holte zwei Familien-Pizzen mit *echtem* Käse von unserem Lieblingsitaliener. Frau Schnibbe durfte mitessen und fühlte sich zum ersten Mal richtig gewürdigt.

Wir beschlossen einstimmig, einen Tag Speicher-Pause einzulegen. Das konnten wir uns leisten. Außerdem befand Nikki, ich liefe herum wie ein „Spasti". Das war zwar grausam, aber auch diskriminierend und ein Verstoß gegen das Grundgesetz, aber ich war zu ausgelaugt, um pädagogisch auf sie einzuwirken. Achim hatte nichts davon mitbekommen, weil er seine Nase in die Zeitung steckte. Vielleicht tat er auch bloß so, um des lieben Friedens willen.

Das gemeinsame Frühstück am nächsten Morgen, einem ganz normalen Werktag, gestaltete sich festlich – mit Spiegelei und Bacon, mit Brötchen frisch aus dem Backofen und einer Batterie köstlicher

Marmeladen. Keiner fühlte sich gedrängt, irgendetwas zu erledigen. Die Stimmung war gelöst wie schon lange nicht mehr.

Bis ich die Himbeerkonfitüre zur Hand nahm, das Etikett zum ersten Mal genau studierte und mitten zwischen den abgebildeten lockenden Früchten ein Schildchen mit der Aufschrift „ 1 Portion von 20 Gramm dieser Konfitüre enthält 49 kcal. Das entspricht 3 % eines Tagesbedarfs von 2000 Kilokalorien" entdeckte.

Ich las diese Erklärung langsam und deutlich vor und fragte in die Runde: „Kann mir einer von euch erklären, was das soll?" Achim schenkte sich eine zweite Tasse Kaffee ein, strich reichlich Leberwurst auf das letzte Körnerbrötchen, das ich schon ins Auge gefasst hatte, und folgerte:

„Das hört sich so an, als dürfte man den ganzen Tag nur Himbeermarmelade essen." Gelächter. „So an die 800 Gramm übern Daumen gepeilt, also fast zwei Gläser."

Nikki schüttelte sich: „Igitt! Das ist ja ekelhaft! Wenn ich mir das nur vorstelle, muss ich schon …"

„Aber so ist das doch gar nicht gemeint", griff Achim ein, bevor sie sich anschaulich über ihre körperlichen Reaktionen auslassen konnte.

„Logisch", sagte unser Nesthäkchen, „denkst du vielleicht, ich hätte so einen Quatsch geglaubt?"

Jetzt war Achim als Fachmann in seinem Element: „Diese 2000 Kalorien sind nur eine Normgröße und stehen natürlich für alle Nahrungsmittel, die jemand zu sich nimmt. Der Tagesbedarf der Menschen ist jedoch vollkommen unterschiedlich, hängt von vielen Faktoren wie dem Geschlecht, dem Alter, dem Beruf und – …"

„Bitte keinen ernährungswissenschaftlichen Vortrag!", wehrte Nikki ab. „Hab' schon gecheckt, dass keiner mit dieser Information was anfangen kann. Die das auf alle verpackten Lebensmittel drucken lassen, erwarten wohl, dass man ständig mit einer Diätwaage und einem Taschenrechner rumläuft, was?"

„Und deswegen keine Zeit mehr zum Essen findet!", ergänzte ich. Wieder lachten alle.

„Also, ich habe das Gefühl", vermutet mein Mann, „dass die Experten, die solche Ideen ausbrüten, einem den Spaß am Essen verderben wollen. Wer nicht isst, sündigt auch nicht gegen den heiligen Geist der gesunden Lebensführung. Fünfmal am Tag frisches, ich sage, *frisches* Obst und Gemüse konsumieren? Nahezu unmöglich! Und wer mal ab und zu über die Stränge schlägt und hinterher ein paar Kilo zu viel auf den Hüften hat, also mehr auf die Waage bringt, als es die Normierungs-Fanatiker uns vorschreiben, schämt sich und hat ein schlechtes Gewissen – vor allem Frauen! Wie können die sich nur so … *fremdbestimmen lassen*! Ist *das* die vielbeschworene Emanzipation?"

Dabei heftete er seinen Blick zunächst auf Nikki, die errötet war wie eine erntereife Tomate, und fixierte mich anschließend so lange unbarmherzig, bis ich es nicht mehr aushalten konnte und dieses vermaledeite Marmeladenglas, das die ganze Diskussion ins Rollen gebracht hat, unsanft in die hinterste Ecke des Kühlschranks beförderte. Hätte mich nicht gewundert, wenn es zerbrochen wäre und ich hinterher die Schweinerei auch noch hätte beseitigen müssen.

Zur Strafe für meine Unbeherrschtheit. Doch war die nicht verzeihlich? Da hatte ich mich nun jahrelang verzweifelt bemüht, meine Anstrengungen zur Erlangung des idealen Body-Mass-Gewichts vor meinem Mann zu verbergen, aber umsonst!

Er hatte mich soeben enttarnt und als rückständig verspottet. Sollte ich das auf mir sitzenlassen?

Sobald ich allein war, versenkte ich alle meine teuren, mit heißem Bemühn studierten Bücher, Broschüren, Zeitschriften und Tabellen über mindestens ein Dutzend Wunder-Diäten in der Papiertonne. Plumps, hinein, und den Deckel zugeklappt! Keine Abmagerungskuren mehr, keine schlechte Laune, kein Jo-Jo-Effekt, keine Selbstvorwürfe bei jedem Stückchen Schokolade. Und wenn ich in den Spiegel sähe, von nun an mit hoch erhobenem Kopf und lächelndem Gesicht!

Ich will so bleiben, wie ich bin – *vollschlank*. Das hatte ein Beamter vor Jahrzehnten schon in meinem Pass vermerkt, was ich ihm damals sehr übelgenommen habe. Ab sofort wäre dieses Wörtchen für mich genauso wertvoll wie ein mühsam erworbenes Adelsprädikat. Wem ich nicht gefiele, der konnte ja woanders hingucken, oder? Dahin, wo die Magersüchtigen mit den Kinderärmchen herumstaksen, die sich von Mineralwasser, Salat und Weizenkleie ernähren und irgendwann umfallen vor lauter Hunger.

Am meisten ärgerte mich, dass ich Achim diesmal uneingeschränkt recht geben musste. Wer war ich denn, dass ich mich ständig manipulieren ließ von Leuten, die aus ihren Ratschlägen nur Kapital schlagen wollten? Das konnte man mit Dummköpfen machen, nicht mit mir, einer erfahrenen Geschäftsfrau. Nein, mit *mir* nicht – mehr! (War nur mal gespannt, wie Nikki sich in Zukunft verhielte. Wahrscheinlich bockbeinig, wie ich sie kannte. Na ja, mit 17 … War ich in ihrem Alter etwa einsichtiger gewesen?)

Achim hatte sich mit einem Wäschekorb voller Elektroschrott, den man nicht in den Container werfen darf, weil er soweit wie möglich ausgeschlachtet oder auch unschädlich gemacht werden soll, auf dem Weg zur Sammelstelle nahe der niederländischen Grenze gemacht. Welcher Schwachkopf hatte denn beispielsweise ein Bügeleisen ohne Temperaturregler aus dem Fundus meiner Mutter oder ein geradezu antikes Tonbandgerät plus Bandsalat aufgehoben? Wahrscheinlich Beate.

(Wer tot ist, kann sich, wie bequem, nicht verteidigen.).

Nikki hatte sich schlau per Rad – ich hatte ihr meins geliehen, mit der Auflage, die Fußgängerzone strikt zu meiden – zu ihrer Freundin abgesetzt, um Mathematik und Englisch zu pauken, wie sie behauptete. Meine Reaktion: „Wer's glaubt, wird selig". Die quittierte sie mit einem ironischen Lächeln.

Sie hatte zu wenige ethische Grundsätze. Vielleicht lag das daran, dass sie keine Großeltern als Vorbilder hatte, weder von meiner noch von Haralds Seite? Sein Vater im Krieg vermisst, die Mutter, die ihren

Sohn wie Millionen anderer Witwen als schlecht bezahlte Hilfskraft durchgebracht hatte, längst tot, als Nikki geboren wurde. Und Achims Eltern? Sie waren gezeichnet von der Flucht aus Masuren, überrollt von den Russen. Vor allem seiner Mutter, damals gerade 13, war nichts erspart geblieben, weder Tieffliegerangriffe noch Vergewaltigungen. Sie sprach sehr selten darüber und fiel im Alter in tiefe Depressionen, bis zum Ende gepflegt von ihrem überforderten Mann, der von der Welt nichts mehr wissen wollte und im Altersheim starb. Lauter private, nirgendwo aufgezeichnete Dramen. Doch in diesen schlimmen Zeiten nicht selten. Erstaunlich, dass Achim sie ohne schwerwiegende Schäden überstand. Ich dagegen hatte das Glück, in einer vollständigen und intakten Familie aufzuwachsen, und eigentlich allen Grund, dankbar zu sein.

Doch zufrieden war ich nicht. Beinah alles lag in meinen Händen, was Nikki anging. Wahrscheinlich hatte ich als ihre Mutter versagt. Wenn ich nur daran dachte, wie ich damals meine Schwester beeinflusst hatte, als es um ihre Rückkehr in den Beruf ging ... Und es gab auch andere Gelegenheiten, bei denen ich getrickst und gelogen habe, dass sich die Balken bogen, wie man so sagt. Nein, ich war kein Beispiel, nach dem sie sich hätte richten können. Und es gab keinen, mit dem ich über meine Skrupel hätte sprechen können. Achim hätte sie nur verstärkt, um seine eigenen Versäumnisse kleinzureden. Und Käthe? Sie hätte mir keine Last aufgebürdet, die ich nicht mehr abwerfen konnte.

Solche müßigen Überlegungen führen zu nichts – außer in den Trübsinn. Besser etwas tun, notfalls die Dunstabzugshaube reinigen oder das Arzneischränkchen auf überlagerte Medikamente durchforsten, kurz, etwas Nützliches, mit sichtbarem Ergebnis. Und vor allem gleich eine Büchse mit Erbseneintopf öffnen, selbstverständlich ungesund (Frau Dr. Sulz hätte sich die Haare gerauft), doch mit knackigen schmackhaften Würstchen aufgewertet, den man jederzeit wärmen kann, wenn außer mir noch eine hungrige Seele zum Essen hereinschneien sollte.

Gerade bugsierte Achim seinen Kombi in unsere schmale Einfahrt. Ich rührte hingegeben in meinem Eintopf und verpasste so beinahe den entscheidenden Augenblick, in dem sich Henry aus seinem blauen Altertümchen herauswand und sich an ihn heranmachte. Lebhaftes Gestikulieren, minutenlang – ist ähnlich wie beim Fernsehen, sobald der Ton ausfällt und man sich allerhand ausdenken kann, was dort gesprochen wird. Mich interessierte das gar nicht besonders. Ich wusste nur, dass Henry eine neue Attacke ritt, die meinen Absichten zuwiderlief, und mir wurde angst und bange vor seiner Beharrlichkeit.

Als Achim die Küchentür öffnete, füllte ich gerade die Erbsen vorsichtig in einen anderen Topf. Er kann Angebranntes auf den Tod nicht ausstehen. Nochmal gerade gutgegangen! Er langte nämlich kräftig zu, während ich vor lauter Unbehagen nur ein Anstandshäppchen hinunterbrachte. Das fiel ihm nicht auf, weil er mit seinen Gedanken woanders war. Er hätte es jetzt vermutlich auch nicht wahrgenommen, wenn ich an einer Schuhsohle herumgekaut hätte wie Charly Chaplin in „Goldrausch".

„Hör' mal", sagte er ungewohnt lebhaft, als er seinen Löffel weglegte, „hast du was dagegen, wenn ich nach dem Essen mal mit Henry nach Belgien fahre? Er braucht sofort ein neues Auto, weil seine Rostlaube schon wieder unterwegs gestreikt hat. Ich kenne da einen Re-Importeur, der … Na ja, du hast bestimmt noch allerhand zu tun da oben, oder?" Dabei zeigte er in Richtung Speicher.

Selbstverständlich hatte ich etwas dagegen, doch zog ich es vor, ihm seinen Wunsch nicht abzuschlagen. Erstens ließ sich der erneute Angriff unseres dubiosen Nachbarn sowieso nicht mehr verhindern, und zweitens führen Zwangsmaßnahmen bei der Mithilfe im Haushalt nur selten zu einer ersprießlichen Zusammenarbeit.

(Heute, bei nüchterner Betrachtung, erweist sich meine vorgeblich freie Entscheidung als pures Sich-Fügen ins Unabänderliche – die Verhältnisse, die sind halt so!)

Da konnte ich nur wieder einmal seufzen über mich selbst, warf mich in mein schmuddeliges Dachboden-Outfit und widmete mich dem „Schatz" von Büchern, die garantiert kein Antiquariat mehr kaufen wollte.

Früher waren die Schränke, obgleich in Handarbeit hergestellt, auch nicht dicht. Wolken von Staub wirbelten auf, als ich die ersten Wälzer auf den ebenfalls staubigen Dielen stapelte. Sie stammten vorwiegend aus Beates Studienzeit. Wir hatten sie aufgehoben, weil wir hofften, Nikki hätte vielleicht die naturwissenschaftliche Ader ihrer Mutter geerbt. Wunschdenken. Sie hasste Chemie, hat sie daher abgewählt und es wahrhaftig geschafft, ihren Biologie-Pflicht-Kurs mit einer Vier abzuschließen. Wenn das Beate hätte erleben müssen! Sprachlich war meine Kleine allerdings recht talentiert, lernte nie Vokabeln und kriegte trotzdem nur Zweien. Vielleicht eine spontane Genmutation, die in den Büchern meiner armen Schwester, soweit ich in der Eile feststellen konnte, nicht behandelt wurde?

Ich schlug hier und da ein paar Seiten auf und staunte, wie rasch doch die Wissenschaft vieles, was man einst für der Weisheit letzten Schluss gehalten hat, durch neue Erkenntnisse ersetzt, die sich auch ihrerseits bald als völlig überholt herausstellen werden. Nahezu nichts, was ewige Gültigkeit hätte. Macht einerseits unsicher, eröffnet aber auch unendliche Möglichkeiten. Das wird Nikki interessieren, nahm ich jedenfalls an, denn sie liebte das Abenteuer – mit einem krisenfesten Vermögen im Rücken.

Eigentlich hatte ich genug für heute. „Staub sollst du schlucken und mit Lust!", das steht, soweit ich mich erinnerte, nicht nur im „Faust", sondern ähnlich schon in der Schöpfungsgeschichte. Doch von Lust konnte keine Rede sein.

Ich brauchte frische Luft, stieg auf das Fußbänkchen, mit dem ich die oberen Schrankfächer so eben erreichen konnte, und streckte den Kopf aus der offenen Dachluke. Was ich sah, verschlug mir den Atem.

Vor dem Haus nebenan hielt ein blitzblanker silbergrauer Opel, wenn ich mich nicht irrte. Achim öffnete die Beifahrertür und stieg aus. Hinter dem Steuer Henry, der die Scheinwerfer mehrmals ein- und wieder ausschaltete und die Hupe probeweise betätigte, mal zart, mal überlaut – ein Junge, der sich mit seinem neuen Spielzeug vertraut machte.

Ich strich im Geist das Eigenschaftswort „himmelblau" aus unserem albernen Überwachungsplan. Wer könnte denn Henrys Neuerwerbung, ein gängiges Fahrzeug ohne besondere Kennzeichen, beispielsweise während des Berufsverkehrs im Auge behalten? Schlimm genug, dass mein eigener Mann ihm dazu die Hand gereicht hatte, mich bei der Verfolgung meines „Objekts" auszubremsen! Am liebsten wäre ich Hals über Kopf die Treppe hinuntergerannt und hätte ihm eine Szene gemacht, – aber wieso eigentlich? Er ist an diesem Fehlschlag so unschuldig wie ein neugeborenes Kindlein.

Ab sofort war ich gezwungen, Henry auf andere Weise beizukommen als durch Observierung seiner auffälligen Klapperkiste.

„Ein Plan muss doch nicht unbedingt sklavisch eingehalten werden", redete ich mir gut zu, und zwar laut, „unvorhergesehene Ereignisse erfordern unkonventionelle Maßnahmen". Hörte sich richtig gut an, so, als hätte ich schon eine Idee.

Den lieben langen Nachmittag und Abend, unter der Dusche ebenso wie bei den „Heute"-Nachrichten befahl ich meinem Hirn, diese Idee, die bestimmt irgendwo in seinen Windungen ruhte, endlich preiszugeben, aber es weigerte sich beharrlich. Ich versank in dumpfes Brüten, schrie nicht einmal auf, als ein Reporter berichtete, ein illegales nächtliches Autorennen in der Kölner Innenstadt hätte *einem* jungen Autofahrer das Leben gekostet. Achim schaute mich besorgt an und fragte, ob ich mir vielleicht den momentan grassierenden Grippe-Virus eingefangen hätte.

Mit matter Stimme bestätigte ich: „Kann schon sein! Ich gehe besser gleich ins Bett". Er nickte und starrte auf den Bildschirm, wo schon gleich in der ersten Krimi-Szene ein junges Paar … *(Aber das tut eigentlich nichts zur Sache, um die es hier geht.)*

In dieser Nacht fand ich keine Erlösung aus meiner Zwangslage, weil ich nämlich, erschöpft von der Fron unterm Dach, so tief und fest schlief wie lange nicht mehr.

Abends musste der Speicher bereit sein für die Kolonne der Handwerker, die übermorgen unweigerlich anrücken würden, sobald Achim die Schwerarbeit wie die Zerlegung des Massiv-Holz-Schranks und den Transport der Einzelteile hinter sich gebracht und die Bücher in den Lücken des Containers verstaut hätte.

Mir tat jeder Muskel, jedes Knöchlein und jede Sehne meines Körpers weh. Noch zwei oder drei Stunden mit Beates nutzloser Hinterlassenschaft – ha, dann finge der gemütliche Teil des Urlaubs an.

Bevor ich hinaufstieg, stärkte ich mich genüsslich mit einem Stück Chili-Schokolade, während Achim mit unserem Steuerberater telefonierte. Durch die geschlossene Tür hörte ich sein geradezu entzücktes „Ausgezeichnet". Die Finanzierung der Dämmungs-Maßnahme war demnach „in trockenen Tüchern", so lautete seit damals die gängige Formel in allen Medien. Hatte man sich dabei ein frisch gewickeltes Baby vorzustellen, das die Mutter gerade von einer übelriechenden Windel befreit hat? Ich grinste vergnügt.

Schokolade macht in der Tat glücklich. Aber nicht lange genug.

Im Speicher auf das schmale Fußbänkchen steigen, zwei Folianten von den beiden obersten Schrankbrettern wuchten, sie in den Händen balancieren, ohne runterzufallen, sie schließlich auf dem Bretterboden ablegen, – und das alles x-mal von vorne, bis zur Erschöpfung. Hielt man mich vielleicht für einen Gewichtheber, der für Olympia trainiert?

Endlich stand ganz oben im Hintergrund des Schranks nur noch ein einziges Exemplar, das entsorgt werden musste. Leichtsinnig schwenkte ich die „Grundlagen der anorganischen Chemie" in der Rechten hin und her. Ich hatte sie nicht fest genug im Griff. Sie polterten auf die Bretter, blieben aufgeschlagen liegen. Eine Staubwolke nebelte mich ein, und ich musste husten.

„Macht nichts!", dachte ich. „Hauptsache, ich bin fertig."

Ich stieg herunter von meinem Podest und griff mir den Ausreißer, um ihn dort zu deponieren, wo er hingehörte: zu den anderen veralteten Wälzern.

Das Doppelblatt, das zu Boden flatterte, war zusammengefaltet, die Bruchkante angeschmutzt und mehrfach eingerissen, die Ecken geknickt, als wäre es häufig gelesen worden.

Bevor ich mich mit meinem Fund näher befassen konnte, stellte ausgerechnet in diesem Augenblick Achims volltönende Stimme die Frage aller Fragen: „Was gibt es denn heute bei uns zu essen?"

Ich zuckte zusammen und schob das Blatt unbemerkt in die Hosentasche. Mein Herz raste, als hätte ich hohes Fieber.

7. Kapitel: Zufallsfund

Nicht einmal eine Stunde später konnte ich mich weder daran erinnern, was ich zum Mittagessen gekocht und noch ob ich danach überhaupt etwas gegessen hatte. Weil ich die ganze Zeit schwieg, fragte Achim nach, ob mir eine Laus über die Leber gelaufen sei. Selbstverständlich stritt ich das ab. Warum sollte ich ihn neugierig machen oder gar in ein Geheimnis einweihen, das vielleicht völlig belanglos war? Ich murmelte beim Abräumen des Geschirrs etwas von „Schinderei" und „vollkommen fertig", womit ich ihn durch die Blume wissen ließ, dass ich heute an einer gemeinsamen Siesta nicht sonderlich interessiert sei, und floh in mein Büro. Manchmal muss man eben grausam sein gegen sich und andere, wenn es notwendig ist.

Das Doppelblatt steckte noch in meiner schmutzigen Jeans, die ich ausnahmsweise nicht gleich in die Wäschetonne, sondern in meinen Papierkorb geworfen hatte, um jede zufällige Entdeckung auszuschließen.

Ich zog es vorsichtig heraus, legte es auf den mit allerhand anderem Papierkram übersäten Schreibtisch und wartete. Wartete, bis Achims Schritte die knarrenden Stufen hinaufstapften und die Schlafzimmertür in Schloss fiel.

Kaum hatte ich die Rechte nach meinem Fundstück ausgestreckt, entdeckte ich rein zufällig zwei oder drei gelbe Blätter an der Amaryllis auf dem Fensterbrett.

Sie musste unbedingt gegossen werden, jetzt gleich. Das ist eine Verrichtung, die einige Sorgfalt erfordert. Nur nicht zu viel abgestandenes Wasser, aber auch nicht zu wenig. Beim Frisör hatte ich in einer zerfledderten Zeitschrift mit dem blumigen Namen „Mein Gartenparadies" gelesen, rechte Pflanzenfreunde, besonders solche mit „grünem Daumen", sprächen täglich mit ihren Gewächsen, um ihre Entwicklung zu fördern. Dieser Effekt sei wissenschaftlich bewiesen.

Lächerlich! Aber irgendwie auch rührend. Und weil ich gerade in der richtigen Stimmung war, darauf hereinzufallen, flüsterte ich: „So, meine Liebe, jetzt brauchst du nicht mehr zu darben", strich zart über die orangefarbene Blüte, eine vermutlich unprofessionelle Geste, weil ich mich nicht mehr genau an das empfohlene Vorgehen erinnern konnte, stellte das leere Messing-Gießkännchen wieder auf das Fensterbrett und seufzte ausgiebig.

Wie dankbar wäre ich Achim, wenn er plötzlich zur Tür hereinkäme, um mir etwas ungeheuer Wichtiges mitzuteilen, woraus sich ein längerer Gedankenaustausch ergäbe – zum Beispiel, mit welchen Steuererhöhungen wir Bürger im nächsten Jahr rechnen könnten oder welcher Hinterbänkler soeben einen Minister vor laufender Kamera als Lügner bezeichnet hätte, – aber leider war er dafür zu rücksichtsvoll, wenn ich Ruhe brauchte.

Es gab kein feiges Ausweichen mehr vor dem, was mich zugleich lockte und ängstigte.

Der Brief bestand aus zwei einseitig beschriebenen Bögen im DINA4-Format. Die blaue Tinte war nur unwesentlich verblasst, der Text noch gut lesbar. Eine große, deutliche Schrift, nach rechts geneigt, von einem ausgeglichenen Charakter zeugend, wenn man der Zunft der Grafologen Glauben schenken will.

Mein Verstand weigerte sich, das aufzunehmen und zu verarbeiten, was die Augen schon beim ersten flüchtigen Blick preisgaben.

Gedankenlos schaute ich hinaus in den Garten, registrierte, dass die letzten Blätter der Felsenbirne ganz sacht zu Boden segelten und die Farben der Hortensien über Nacht fahl geworden waren, hielt mich fest an der Wirklichkeit und kehrte wider Willen zurück zu den vertrauten Wörtern, die mich verstörten, sobald sie sich zu Sätzen zusammenfügten.

„Kap Hoorn", d. 15. Februar 1996

Mein armer Liebling!

Habe soeben Deinen Brief vom 3. Februar erhalten. Unser Funk war einige Tage ausgefallen, deshalb konntest Du mich auch nicht erreichen. Ist auch besser so. Auf der „Kap Hoorn" haben die Wände nämlich Ohren.

Ich kann mir vorstellen, wie unglücklich Du warst wegen der sogenannten „Informationen", die ein übler Kerl Dir neulich hat zukommen lassen. Ich habe mir das Hirn zermartert, wer hinter einem solchen Angriff stecken könnte. Praktisch jeder hier an Bord käme infrage. Man sieht den Menschen ja nur *vor* die Stirn. Streitigkeiten bleiben nicht aus, wenn man gezwungen ist, monatelang in derart enger Gemeinschaft zu leben. Außerdem – Erfolg schafft Neider. Und ich *bin* erfolgreich, sehr erfolgreich! Du wirst es sehen!

Glaube mir, was dieser Denunziant behauptet hat, entspricht nicht der Wahrheit! Wie könnte ich Dich denn jemals betrügen? Ich schwöre Dir beim Leben unseres Kindes: Es hat immer nur Dich gegeben, seit wir uns kennen, und wird immer nur Dich geben!

Du wirst doch niemandem Glauben schenken, der böswillige Gerüchte in die Welt setzt und nicht einmal den Mut hat, sie mit seinem Namen, sondern bloß mit der zynischen Formel ‚Ein Freund, der es gut mit Ihnen meint', zu unterschreiben, die ihn vor den Folgen seines Tuns schützt? Oder vertraust Du einem Unbekannten mehr als mir? Dann müsste ich verzweifeln! Das kannst Du doch nicht wollen!

Bitte, Liebling, lass uns in Ruhe über alles reden, wenn ich demnächst für längere Zeit nach Hause komme.

Ich bitte Dich, gib mir die Chance, aus dem Weg zu räumen, was Dir und darum auch mir solchen Kummer bereitet.

**Dein Dich unverändert liebender
Harald**

P. S: Vergiss nicht, unserer süßen Kleinen einen Kuss von mir zu geben. Und wundere Dich nicht, wenn dieser Brief womöglich Wochen unterwegs ist. Der Steuermann des Versorgungsboots, ein zuverlässiger Bursche, der sich gerne ein paar Dollar nebenbei verdient, wird ihn morgen in San Juan zur Post bringen.

D. O.“

Meine Naivität war wirklich sträflich. Ich hätte wissen müssen, dass die Vergangenheit mühelos Mittel und Wege findet, sich in die Gegenwart einzuschleichen, wenn man es am wenigsten erwartet. Ein purer Zufall, dass mir dieser unselige Brief in die Hände gefallen war? Ich zweifele daran umso mehr, je länger dieses Ereignis zurückliegt.

Sobald es kritisch wurde in unserer Familie, kochte ich Kaffee. Achim wurde unweigerlich von seinem Duft angelockt, und wir gönnten uns ein halbes Stündchen am Küchentisch, versüßt durch den Rest meiner Geburtstagstorte aus dem Kühlschrank. Ein gesättigter Ehemann reagiert allemal gelassener auf schockierende Nachrichten als ein ausgehungerter.

Nachdem ich das Geschirr abgeräumt hatte, legte ich Haralds Brief wortlos auf den Tisch.

Achim las ihn einmal und noch ein zweites Mal, und sein Gesicht wurde dabei aschfahl. Als er fertig war, murmelte er nur „Oh, mein Gott!“ Und dann: „Bitte, Lisa, hör‘ doch auf zu weinen!“

Gehorsam putzte ich mir die Nase und wischte die Tränen ab. Er hatte die bemerkenswerte Gabe, mich zu trösten, wenn ich wirklich unglücklich war. Vielleicht seine beste Eigenschaft, zumindest die im Augenblick effektivste.

„Meinst du, dass Beate diesem Denunzianten geglaubt hat?", fragte ich.

Er wiegte den Kopf hin und her und äußerte sich erst nach einigem Zögern: „Was ich jetzt sage, ist reine Spekulation, keinerlei beweisbare Tatsache, doch wenigstens möglich. Es gab zwar keine Gelegenheit mehr zu einer Aussprache zwischen ihr und Harald, weil er zwei Monate später über Bord ging. Aber vielleicht hatte sie schon vorher den Verdacht, dass irgendetwas nicht stimmte? Wer will schon von außen beurteilen, was sich zwischen Eheleuten abspielt? Und man darf auch eins nicht vergessen – wenn ein Mann in den besten Jahren zu monatelanger Enthaltsamkeit gezwungen wird, könnte es schon sein, dass..."

„... der sogenannte Freund, der es angeblich gut mit ihr meinte, die Wahrheit geschrieben hat?", setzte ich Achims Gedankengang fort.

„Das kann man nicht ausschließen. Eins steht jedenfalls fest, nämlich dass deine Schwester kurz danach mit dem Selbstversuch angefangen hat, der so katastrophale Folgen hatte."

„Sie muss sehr verzweifelt gewesen sein. Und ich habe nichts davon gemerkt, weil ich mit meinen eigenen Angelegenheiten derart beschäftigt ... "

„Mit denen warst du auch voll ausgelastet. Beate war als erwachsene Frau für ihr Tun verantwortlich. Deshalb brauchst du dir keine Vorwürfe zu machen, du hättest ihr sowieso nicht helfen können. Es war ihr offensichtlich egal, was mit ihr passierte."

„Sie hat sich vielleicht auch vor mir geschämt, als betrogene Ehefrau dazustehen, die stur in ihr Unglück gerannt ist, obwohl unsere Mutter sie gewarnt hatte."

„Auch das ist möglich. Aber ich denke, jetzt haben wir uns lange genug mit diesem düsteren Kapitel unserer Familiengeschichte beschäftigt, das weder zu klären noch zu ändern ist", versuchte Achim die Diskussion zu beenden. Ausdauer gehörte nicht zu seinen Vorzügen.

Ich dagegen blieb hartnäckig. Mein Mann hat sich auch mit dieser Eigenheit abgefunden wie ich mich mit seinen nicht weniger nervtötenden.

Mir war nämlich während der langen Wartezeit, als ich einsam und verzagt in meinem Zimmer saß und Achim schlief, etwas durch den Kopf gegangen, das nun unbedingt ausgesprochen werden musste, damit es mich nicht umtreiben würde in den nächsten Wochen und Monaten. Sein gequälter Gesichtsausdruck zeigte, was er dachte, aber er blieb immerhin sitzen, als ich zu einer längeren Rede ausholte.

„Ich darf gar nicht daran denken, dass dieser Zwischenträger, der so viel Unheil angerichtet hat, froh und frei auf der Welt herumlaufen könnte, ohne seine verdiente Strafe zu kriegen.

Mir ist da etwas eingefallen. Erinnerst du dich noch, als Harald damals in Borkum am Tag unserer Abreise von einem Kollegen angerufen wurde, der deutsch gesprochen hat?"

„Natürlich! So etwas Unangenehmes vergisst man doch nicht!", sagte Achim beleidigt, als hätte ich ihm unterstellt, er sei dement.

„Hältst du es für möglich, dass der Anrufer auch der Denunziant war? Einer, der sich andauernd mit Harald anlegte? Ein Intimfeind, der vielleicht auch bei seinem mysteriösen Tod die Hand im Spiel hatte?"

„Worauf willst du denn hinaus?"

„Also, du kannst mich ja für verrückt erklären, aber wenn diese Firma, die die ‚Kap Hoorn' ausgerüstet hat … ihren Namen habe ich leider vergessen, aber ich kann ja mal nachsehen, ob ich das Telegramm zwischen Beates Papieren, die wir Gott sei Dank aufgehoben haben, finden kann."

„Nicht nötig!", warf Achim wie aus der Pistole geschossen ein, „sie hieß ‚Research Company'!", und war versöhnt, als ich ihn über den grünen Klee lobte.

„Und wo sie ihren Standort hat, könnte ich vielleicht im Internet rauskriegen, wenn sie überhaupt noch existiert. Solche Bergungsfirmen, habe ich neulich im SPIEGEL gelesen, sind oft unseriös oder erfolglos und melden bald Konkurs an. Aber es gibt auch einige, die an der Börse notiert sind."

„Und was willst du mit dieser Information anfangen?" Das klang schon reichlich ungeduldig.

„Na, ich will versuchen, eine Liste der Leute zu kriegen, die damals auf der ‚Kap Hoorn' gearbeitet haben. Logisch, dass der Briefschreiber draufstehen muss, oder?"

„Also bitte, liebe Lisa, deine Einfälle in allen Ehren, aber jetzt liegst du völlig daneben. Die Wahrscheinlichkeit, den Täter nach so vielen Jahren zu enttarnen, ist doch total aus der Luft gegriffen! Und selbst wenn dir das gelingen würde, was willst du dann tun? Ihn abknallen? Als Racheengel, der dabei ‚Im Namen meiner Schwester' ruft? Du hast zu viele Krimis gelesen und verwechselst allmählich Literatur mit der Wirklichkeit! Das sind doch zwei Paar Stiefel, was dir als Fachfrau nicht unbekannt sein dürfte! Mein Rat: Gib diese Schwachsinnsidee um Himmels Willen auf! Sofort und endgültig!"

Jetzt war das Stadium erreicht, in dem das Gespräch zum handfesten Krach ausarten konnte.

Daher war es ratsam, den Anschein zu erwecken, man träte den Rückzug an, indem man beispielsweise nach einigem Zögern zugibt: „Kann ja sein, dass ich mich wieder mal vergaloppiert habe". Das glättet die Wogen und verschafft einem die Freiheit, hinterher genau das zu tun, was man für richtig hält.

(Indem man wie ich sobald wie möglich unauffällig in sein stilles Arbeitszimmer abtaucht und ein paar Minuten auf dem für solche Zwecke bereitliegenden Bleistift herumkaut, – eine Unsitte, die ich mir schon als Erstklässlerin angewöhnt und trotz aller Ermahnungen meiner Mutter nie aufgegeben habe, weil sie eindeutig mein Denken beflügelt.)

Ich warf schließlich das Internet an und stellte erfreut fest, dass die „Research Company" tatsächlich noch existierte und in allen möglichen Sprachen um Sponsoren buhlte, die ihre überschüssigen Gelder – womöglich aus trüben Quellen stammend – in einer Schatzsuche mit ungewissem Ausgang investieren wollten. Die deutsche Sektion hatte ihr Standquartier, wie apart, in Santo Domingo. Vermutlich kannte man hier den Begriff Datenschutz noch nicht oder nähme ihn wenigstens nicht so tierisch ernst wie bei uns, sobald man als Privatperson dringend eine Auskunft braucht.

Nein, ich kannte mich nicht aus mit derartigen weitverzweigten Organisationen wie dieser Schatz-Bergungs-Gesellschaft, aber ziemlich gut mit menschlichen Eigenschaften. Wenn meine elektronische Post nicht untergehen sollte in der Flut der Briefe, die von Geld handelten und nur von Geld, so musste sie sich von diesen „normalen" deutlich abheben, auffallen durch einen ungewöhnlichen Inhalt und einen besonderen Stil.

Wie könnte ich das Herz eines knallharten Geschäftsmanns, der hoffentlich meine Mail als Erster liest, anrühren? Indem ich alles auf eine Karte setzte und davon ausging, dass er seine Kinder in der Heimat, weil er sie Monate nicht gesehen hat, vermisste wie der Hungernde das täglich' Brot und deshalb für mein Anliegen aufgeschlossen wäre. Er könnte doch durchaus ein schlechtes Gewissen kriegen, sobald er liest, welch grausames Schicksal meiner Nichte Nicole schon als Kleinkind den Vater genommen hat – durch den ungeklärten Tod auf einem Schiff der „Research Company"! Und wie wenig diese Tochter über Harald Wiedeking hatte erfahren können, da ihre Mutter ihm vor lauter Kummer bald nachgestorben sei. Ich als Pflegemutter sähe mich nun verpflichtet, jede Möglichkeit auszuschöpfen, die der herangewachsenen Waise alle noch verfügbaren Informationen zugänglich mache, was für ein Mensch ihr Vater gewesen sei. Wer könne darüber besser berichten als seine Mitarbeiter auf der „Kap Hoorn"? Deshalb bäte ich ihn ebenso herzlich wie dringend um eine Liste dieser ehemaligen Kollegen, mit denen ich mich dann in Verbindung setzen wolle. Soweit also in großen Zügen der Inhalt meines Schreibens, garniert mit einigen höflichen Floskeln. Ein Meisterstück, das meine wahren Absichten, wie ich hoffte, gekonnt verschleierte.

Die Erfolgsaussichten dieser Unternehmung tendierten wegen der vielen Unwägbarkeiten gegen Null, da machte ich mir nichts vor. Trotzdem für mich kein Argument, sie von vornherein aufzugeben. Man kann ja nie wissen … Außerdem gab sie mir das gute Gefühl, endlich etwas für Beate getan zu haben. Der von Achim zu meiner Entlastung angeführte Zeitmangel ist gar kein sanftes Ruhekissen, sondern eine faule Ausrede für fahrlässige Blindheit auf mindestens einem Auge.

Entschlossen tippte ich den bisher nur virtuell vorhandenen Brief in mein Notebook, verschrieb mich dabei vor lauter Aufregung mehrmals, korrigierte hie und da einen Ausdruck, der nicht genau das traf, was ich gemeint hatte, und klickte auf Senden. Die Würfel waren gefallen.

Jetzt durfte ich nicht stundenlang dasitzen und das Notebook anstarren, das mich mit der immer gleichen Information „Keine neuen Nachrichten" verhöhnte. Die Devise hieß: sich ablenken lassen von dieser ungesunden Fixierung auf ein elektronisches Gerät, das jede Empathie vermissen lässt.

Was wäre besser geeignet gewesen als eine Fahrt in meine Buchhandlung, die auch jetzt noch geöffnet war, weil die Konkurrenz es genauso hielt?

Ich schickte die treue Elena umgehend heim, was sie erfreut zur Kenntnis nahm, konnte sie doch so ein paar Kleinigkeiten im Supermarkt um die Ecke einkaufen, um Mann und „hungernde Kinderchen" am Abend satt zu bekommen.

Im Hinterzimmer stapelten sich die Bücherpakete, heute angeliefert von der DHL, die Elena noch nicht ausgepackt hatte.

Den ersten Karton mit den Bestsellern der Saison, also den üblichen „Verdächtigen" wie McEwan, Follet oder Kehlmann und Grass, begeistert beurteilt oder auch verrissen in allen Feuilletons von der „taz" über den „Tagesspiegel" bis zur „Frankfurter Allgemeinen", stellte ich gleich beiseite, öffnete den zweiten mit den Krimis und vergaß sogleich die „Research Company" samt meiner irreführenden E-Mail, weil ich mich, im hintersten Eckchen der ungemütlichen Bude auf einem harten Holzstuhl hockend, festgelesen hatte im neuesten Krimi von Elizabeth George mit dem allerdings sonderbaren Titel „Wer dem Tod geweiht", der in unserem Städtchen bisher schon erstaunlich oft geordert worden ist.

(Wenn ich lese, bin von Kindesbeinen an weder ansprechbar noch überhaupt anwesend, tue mich um in einer fremden Welt, sofern der Autor es versteht, mich hineinzulocken.)

Gerade mutmaßte ich, wer denn der Verbrecher sein und was ihn zur Tat getrieben haben könnte, als ich von einem in der Stille deutlich hörbaren Schaben und Klicken herausgerissen wurde aus meinen Gedankenspielen.

Vor dem Regal in der Nähe der Eingangstür, deren Angeln Achim erst vor ein paar Tagen mit Spezialöl oder meinetwegen auch Silikon – technische Feinheiten waren und sind für mich böhmische Dörfer – ausgiebig geschmiert hatte, weil sie so erbärmlich quietschte, also genau dort stand ein Mann mit schlohweißem Schopf und bemühte sich, einen der teuersten Hardcover-Bände von mindestens 600 Seiten in seiner abgenutzten Aktentasche zu versenken.

Er starrte mich an, ließ seine Beute fallen und drehte sich schwerfällig zur Tür, ich jedoch, jünger und schneller, sprang auf ihn zu, packte ihn fest am Arm und zischte erbost:

„Jetzt ist es aus mit der Klauerei, Sie … Sie elender Bücherdieb!"

Und bereute es sofort. Sein Gesicht, nun sehr nahe, greisenhaft faltig und von Natur aus wohl blass, wurde über und über rot. Er blickte zu Boden, bückte sich, reichte mir das Buch, mied meinen Blick in Erwartung des Verdammungsurteils.

Ich sagte streng: „Musste das sein?"

Und er antwortete: „Es tut mir leid. Aber …"

Dieses *eine* Wort und die Art, wie er es aussprach, dämpfte meinen Zorn. Es sammelte die Linien seines Lebens wie ein Brennglas.

Weil es ohnehin Zeit war, schloss ich die Ladentür ab und nötigte den ungebetenen Besucher mit einer knappen Geste in die für bevorzugte Kunden bestimmte Leseecke mit den gepolsterten Stühlen, holte die Kaffeekanne mit zwei Bechern, ein paar Kekse. Er setzte sich ganz vorne auf die Stuhlkante, als dürfte er nicht mehr Platz beanspruchen, trank vorsichtig, was ich ihm eingoss, bat weder um Milch noch Zucker, nahm erst nach Aufforderung einen der kleinsten Kekse.

Währenddessen formte sich in meinem Kopf ein Plan. (Im Plänemachen war ich stets Meisterin, nur mit ihrer Umsetzung haperte es noch etwas. Siehe Henrys Überwachung.)

Als unsere Tassen leer waren, stellte ich die Frage, die jeder andere auch gestellt hätte: „Warum stehlen Sie meine Bücher?"

Die lakonische Antwort: „Weil ich mir keine kaufen kann."

„Das reicht nicht als Erklärung. Wenn Sie nicht genug Geld haben – es gibt doch hier eine gut sortierte Stadtbücherei, wo sie fast umsonst nach Lust und Laune Lesestoff leihen können."

Der Mann schüttelte den Kopf. „Alles, was mich interessiert, habe ich schon gelesen, und mit den Neuerscheinungen ist es dort nicht weit her. Ausgabenkürzung, die Kommunen leiden unter Finanznot. Wie ich."

Der Schock, als Dieb ertappt zu werden, ließ alle Dämme brechen, die er um sich errichtet hatte. Was könnte ein Pianist noch zustande bringen, dessen linke Hand mit nicht einmal 50 Jahren auf Dauer gelähmt ist, vermutlich durch Überlastung? Die geringe Berufsunfähigkeitsrente, dazu Grundsicherung, gerade genug für das Nötigste, Bücher, die den Verstand wachhalten und die Einsamkeit erträglicher gemacht hätten, seitdem seine Frau gestorben war, gehörten nicht dazu.

Er zog eine nüchterne Bilanz seiner Lage, die mich gerade deshalb von seiner Ehrlichkeit überzeugte.

Ich unterbrach ihn nicht, wartete, bis er schwieg.

Draußen Schritte eiliger Passanten, ein Auto hupte durchdringend, Kinderstimmen wehten vorbei. Es war Abend geworden, der Parkplatz unter den grellen Lampen leerte sich zusehends. Die früher übliche Ladenschlusszeit schien noch immer zu gelten. Obwohl die Plakate am Supermarkt stolz verkündeten: „Täglich von 7-22 Uhr geöffnet. Samstags von 7-20 Uhr", hatte kaum jemand Lust, bei solchem Wetter, das Käthe als „usselisch" bezeichnet, noch einzukaufen.

„Sie werden mich jetzt wegen Diebstahls anzeigen, nicht wahr? Strafe muss sein", sagte der ungebetene Besucher plötzlich verzagt.

„Stimmt! Sonst würde ja das Chaos ausbrechen. Aber vielleicht fällt uns auch was anderes ein. Ich werde mal darüber nachdenken. Einstweilen genügt es, wenn Sie mir Ihren Ausweis zeigen, damit ich weiß, mit wem ich es zu tun habe."

Der Dieb starrte mich ungläubig an, folgte jedoch meiner Aufforderung. Er hieß Peter Platzeck, wurde 1940 in Brandenburg geboren, war also 70 Jahre alt und wohnte in unserem Städtchen.

„In Ordnung, Herr Platzeck. Ich denke, wir treffen uns übermorgen wieder hier um 18 Uhr und sprechen in Ruhe darüber, wie wir unser Problem aus der Welt schaffen", sagte ich abschließend und streckte ihm die Hand hin, weshalb, wusste ich auch nicht so genau. Mag sein, dass er so viel Freundlichkeit nicht verdiente. Aber er brauchte sie. Und nur darauf kam es an.

Zwei Tage, um eine Lösung zu finden, die uns beiden zusagte, mehr hatte ich nicht. Ich brachte immer nur unter Druck etwas zustande War schon in der Schulzeit so. Und es hatte meistens geklappt, im letzten Moment.

Als Platzeck an der Tür klopfte, auf die Minute pünktlich, war ich bereit. Wieder das gleiche Zeremoniell mit Kaffee und Plätzchen, nur dass er diesmal um Milch und Zucker bat.

„Also, jetzt mal ehrlich!", eröffnete ich die zweite Runde, „Wie viele Bücher haben Sie ungefähr so abgeschleppt im Lauf der Zeit?"

„Sechsundvierzig", kam es prompt. Hatte er womöglich eine Strichliste geführt?

„Eine reife Leistung! Und wie hoch schätzen Sie die Summe, die mir nach Abzug der Versicherungsleistung als Gewinn entgangen ist?"

Schulterzucken, verlegenes Schweigen.

„Das festzustellen wäre auch für mich selbst viel zu umständlich. Wir müssen folglich pro Buch, den Aufwand durch die Neubestellungen eingerechnet, einen Pauschalbetrag von … sagen wir mal … 10 EURO ansetzen. Wären Sie grundsätzlich damit einverstanden?"

„Aber wie soll ich denn 460 …"

„Ich schlage vor, Sie arbeiten sie ab. Tätige Reue, wie die Juristen das nennen. Für 10 EURO pro Stunde. Hier in der Buchhandlung. Als Hilfskraft. Sie kennen sich doch aus mit Literatur, kein Wunder bei Ihrer intensiven Lektüre. Meine Kunden werden sich gerne von einem Profi beraten lassen. Und außerdem werden Sie bestimmt ein wachsames Auge auf jeden haben, der sich verdächtig benimmt. Und wenn Sie sich bewähren … Ich bin ja kein Sklavenhalter! Man kann über alles reden. ‚Kommt Zeit, kommt Rat‘, pflegte meine Mutter zu sagen."

Noch nie war ich vorher einem Menschen begegnet, dem mit einem einzigen Seufzer ein so schwerer Stein vom Herzen gefallen ist.

Das musste ich gleich Käthe erzählen. Doch sie ging nicht ans Telefon.

Einstweilen begnügte ich mich mit Achim, der heute seinen freien Tag hatte. Er saß am Küchentisch, die „Rheinischen Nachrichten" vor sich, und trank ausnahmsweise einen Ostfriesentee, mit einem gehörigen Schuss Rum allerdings, bei diesem Wetter durchaus angebracht.

„Ist was Besonderes?", fragte er, kaum dass ich mich neben ihn gesetzt und „Hör mal" gesagt hatte.

Und dieser unverbesserliche Realist setzte doch tatsächlich meiner Begeisterung über die gelungene humanitäre Vereinbarung umgehend einen Dämpfer auf.

„Ich kann nur hoffen, dass du mit diesem Platzeck nicht den Bock zum Gärtner gemacht hast. Diebstahl ist eine Straftat, deshalb hätte ich an deiner Stelle unbedingt Anzeige erstattet. Und ich habe den Verdacht, dass euer mündlicher Vertrag nicht gilt, weil du den Dieb dazu genötigt oder sogar erpresst hast. Eine ziemlich dubiose Sache, in die du dich da eingelassen hast".

„Nie bist du mit mir zufrieden, du Besserwisser! Du hättest Lehrer werden sollen oder Richter!", warf ich ihm daraufhin an den Kopf und rauschte hinaus, ganz gekränkte Fürstin.

Gott sei Dank! Endlich war Käthe zu Hause. Sie führte keine Argumente gegen mich ins Feld, sondern fand es „absolut rischtisch", dass ich diesem Mann eine Gelegenheit gegeben hatte, sein Vergehen zu tilgen. Was im schlimmsten Fall denn schon passieren könne außer einer Enttäuschung? Schluss also mit den Selbstzweifeln!

Dann folgte, was ich schon erwartet hatte. Sie forderte in strengem Ton, als wäre sie noch meine Chefin:

„Im Übrijen bestehe isch darauf, diesen unjewöhnlischen Herrn Platzeck sobald wie möschlisch kennenzulernen. Das kann isch doch wohl als Jejenleistung für meinen wirksamen psychologischen Beistand erwachten, oder?"

Wir verabschiedeten uns lachend. Diese Käthe schaffte es jedes Mal im Nu, mich zu besänftigen.

Dass Achim mit seiner Warnung so unrecht nicht hatte und mich nur vor Schaden bewahren wollte, musste ich mir bei ruhiger Überlegung eingestehen. Gleich würde ich in Form eines opulenten Abendessens – Reibekuchen mit geräuchertem Wildlachs, garniert mit Sahnemeerrettich und Preiselbeeren sind sein Leibgericht – um Verzeihung bitten für meinen Wutausbruch. Er würde sie gnädig annehmen, das lehrte die Erfahrung.

Ein sehr gemischter Tag heute. Sollte ich, ehe ich ins Bett ginge, noch kurz ins Internet schauen? Könnte doch sein, dass eine E-Mail aus Santo Domingo …. Wenn man sich so im Fernsehen umtat – beinahe jede Woche ein ausführlicher Bericht über die Bergung eines millionenschweren Unterwasser-Schatzes, und die „Research Company" war da ja ganz groß im Geschäft. Die hatten wahrscheinlich Dringenderes zu erledigen als eine postwendende Antwort auf meine E-Mail. Die war ordnungsgemäß gesendet worden, davon überzeugte ich mich zum dritten Mal seit gestern, als hätte ich den Vergessene-Theaterkarten-Kontroll-Zwang.

Fazit: Ich trat auf der Stelle und konnte keinen anderen dafür verantwortlich machen.

Die hiesige Witterung war Gift für mich. Eine Erkältung jagte die andere, doch richtig krank wurde ich bisher nie.

„Unheilbar gesund", trällerte Achim, der allmählich – unter meinem Einfluss und seines reifen Alters natürlich – einen gewissen Sinn für Ironie entwickelt hatte und reichte mir das dritte Tempo-Taschentuch, während ich einen deftigen Eintopf kochte.

„Warum gehst du nicht mal an die frische Luft?", schlug er vor, obwohl es so neblig war, dass man die Häuser gegenüber kaum noch erkennen konnte. „Das vertreibt die Viren und hebt die Stimmung!"

Manchmal war er wirklich erbarmungslos. Man musste schon den Kopf unterm Arm tragen, wollte man sein Mitleid erregen.

Diesmal würde ich es ihm zeigen! Bei so einer Witterung jagt man doch nicht mal einen Hund raus! Weil ich heute vergessen hatte, Brot zu kaufen, würrde ich mich gleich mit letzter Kraft zum örtlichen Bäcker schleppen.

Der Laden war leer bis auf Frau Kipke, die ein stattliches Kuchentablett auf einer Hand balancierte und sich schon anschickte zu gehen, mich aber trotzdem sofort ansprach, als wären wir gute alte Bekannte.

Während die Verkäuferin im Hintergrund den Brötchen-Backautomaten beschickte, erzählte die mittelsame Nachbarin von einem kürzlich verstorbenen Onkel – ich äußerte ein mitfühlendes „Ach je" – der ihr überraschend zig Briefmarkenalben vererbt hätte, mit denen sie doch nichts anfangen könnten. Also schnell verkaufen, die Dinger, und etwas Nützliches dafür anschaffen, einen Gefrierschrank, einen Flachbildschirm oder sogar das neue Auto, auf das ihr Mann schon lange ein Auge geworfen hätte. Ich unterdrückte ein Gähnen, musterte die wenig verlockenden Backwaren in der Auslage. Frau Kipke flüsterte nun geheimnisvoll, um meine Neugier zu wecken: „Wenn Sie wüssten, was gestern in der Briefmarkenhandlung in Düsseldorf passiert ist … Dort hat uns jemand bedient, den wir alle kennen!"

Kunstpause. Meine Nase lief wie ein Kränchen, und ich hatte keine Lust herumzuraten.

„Sie werden es nicht glauben! Der Herr Akkermann, der sich bei unserem Gartenfest so rührend um Ihre Nicole gekümmert hat! So ein Zufall! Er hat uns einen guten Preis geboten, und wir können jetzt …"
Rasch verstaute ich mein Roggenbrot, das hier als „Bauernschmaus" angepriesen wurde, in einer Plastiktüte, murmelte etwas von „grippalem Infekt" und entfernte mich ohne Gruß, ehe die Nachbarin ihren Redeschwall beendet hatte.

Erfreulich, dass sich wieder eine dieser schwierigen Aufgaben aus unserem Gemeinschafts-Plan ohne mein Zutun erledigt hatte. Ich brauchte kein Auto mehr irgendwohin zu verfolgen. Henry arbeitete in Düsseldorf, als Briefmarkenhändler, zahlte pünktlich seine Steuern, haute seine Kunden nicht unangemessen übers Ohr und legte Geld für seine alten Tage zurück. Bürgerlicher ging es kaum. Was haben wir, Käthe und ich, uns bloß damals für eine Räuberpistole zurechtgesponnen?

Ich schwankte, ob ich die brandneue Nachricht über Henry an meinen Mann weitergeben solle. Man wusste nie, was er daraus ableitete.

„Na, bitte, was habe ich gesagt? Der Gang hat dir gutgetan"; stellte Achim fest, als ich ins Wohnzimmer wankte. Er hatte mit Nikki gerade eine Partie Schach gespielt, und die triumphierte, weil sie haushoch gewonnen hatte. Ich legte mich aufs Sofa, denn eine neue Welle der Übelkeit rollte über mich hinweg. Später müsste ich mich opfern und im Kühlschrank nach Resten fahnden, die ich zum Abendessen auftischen könnte.

„Hört mal her, Leute!", sagte mein Mann auf einmal und schlug sich an die Stirn. „Beinah hätte ich es vergessen: Henry will sich für meine Hilfe beim Autokauf revanchieren und uns irgendwann im Advent nach Bochum in den ‚Starlight Express' einladen, ihr wisst schon, in das Rollschuh-Musical. Habt ihr Lust?"

„Geil!", rief Nikki, „Fast alle aus meiner Klasse waren schon drin und haben es super gefunden, auch ihre Eltern. Bitte, sagt nicht nein!"

„Meinetwegen!", stimmte Achim zu, und seine Pflegetochter sprang auf und bedachte ihn mit einem Küsschen auf die Wange, ein seltenes Ereignis.

„Na, dann will ich auch kein Spielverderber sein und mitfahren, falls diese Pseudo-Grippe mich bis dahin nicht unter die Erde gebracht hat", sagte ich und nieste dreimal heftig zur Bestätigung.

„Sind die Tickets denn nicht sehr teuer, Papa?", wollte Nikki wissen.

„Tja, ich wundere mich auch über Henrys Großzügigkeit! Ich dachte immer, er wäre gar nicht so gut bei Kasse."

„Er wird wohl ein paar dicke Fische an Land gezogen haben", wandte ich ein.

„Wieso Fische?", fragte Nikki, ebenso verwirrt wie Achim.

„Natürlich keine Fische, sondern Briefmarken", verbesserte ich spontan, als wäre damit alles geklärt, und stürzte zur Toilette, um mich zu übergeben.

8. Kapitel: Attacke

Achim saß neben meinem Bett und fragte im muntersten Krankenpfleger-Ton: „Na, geht's wieder?"

Ich war eben gerade aufgewacht und fuhr Karussell, kaum dass ich meinen Kopf nur ein paar Zentimeter angehoben und in seine Richtung gedreht hatte.

Also ließ ich mich wieder ins Kissen sinken und schloss die Augen. Eine Antwort auf seine Frage hielt ich für unnötig. So, wie ich mich fühlte, musste ich aussehen, als läge ich im Sterben. (Manche Männer scheinen von unangenehmen Gegebenheiten keine Notiz zu nehmen, weil sie sie ignorieren *wollen*!) Warum hielt er nicht einfach seinen Mund und ließ mich in Ruhe?

Er gab jedoch nicht auf. Mit einem entschiedenen „Hier, trink mal!", hielt er mir ein Glas Wasser an den Mund, doch die Hälfte schwappte in meinen Ausschnitt, weil ich versucht hatte, danach zu greifen. Ekelhaft! Statt mich abzutrocknen, kehrte er den Fachmann heraus: „Wer so einen Infekt hat wie du, sollte vor allem viel trinken, das ist wichtiger als essen!" (Mein Gott, das weiß doch jedes Kind!)

„Geschenkt!", presste ich gequält hervor und hustete dumpf.

„Wird schon werden", bemerkte er tröstlich, befahl: „Mund auf!", schob mir unerbittlich einen Löffel Hustensaft zwischen die Lippen, den ich automatisch schluckte, und verschwand endlich. Kurz danach war ich schon wieder eingeschlafen.

Den folgenden Albtraum konnte ich glücklicherweise im Wachzustand nicht mehr lückenlos wiedergeben. Woran ich mich erinnerte, war scheußlich genug: Frau Kipke, die, umflattert von einem Schwarm bunter Briefmarken, mir ein dickleibiges rotes Album vor die Nase hielt und dabei kreischte: „Nun friss doch endlich, du dumme Kuh!" Ich holte aus, um ihr eine Ohrfeige zu verpassen, aber ehe die an der richtigen Stelle landete, klingelte es aufdringlich. Was sollte das?

Nun ganz wach, hörte ich Gertrud Schnibbe, die Achim einen guten Morgen wünschte und als hilfreiche Fee freudig begrüßt wurde. Ich durfte liegenbleiben und genoss es, mich verwöhnen zu lassen. Den ganzen lieben langen Tag.

Am nächsten Morgen überfiel mich in aller Frühe ein Heißhunger nach einem weichen Ei mit Rosinenbrot und Butter. Achim, der während meiner Krankheit nachts vernünftigerweise in Tinas Zimmer umgesiedelt war, freute sich, denn das ist ein untrügliches Zeichen, dass ich über den Berg war. Ich aber schämte mich, weil ich seine Fürsorge noch gestern als Belästigung empfunden hatte und tat wortreich Abbitte.

„Macht nichts!", wehrte er ab, „Kranke sind nun mal so!" Manchmal war er wirklich ein richtiger Schatz. (Aber *das* sagte ich ihm natürlich nicht. Er hätte ja übermütig werden können.)

Nikki, die nie mit ihrer Meinung hinter dem Berg hielt, betrachtete mich eingehend, als sie sich vor dem Unterricht im Stehen ein halbes Brötchen mit einer Tasse Kaffee genehmigte und behauptete, ich gliche schon nach drei Tagen im Bett echt dem „Gespenst von Canterville"– das lasen sie gerade im Englisch-Grund-Kurs. Ich müsste unbedingt an die frische Luft. Hatten wir das nicht vor kurzem schon mal? Ich schüttelte bloß den Kopf über eine solche Zumutung, schleppte mich danach unter die Dusche (Mein Mann bestand darauf, dass die Tür offen blieb, aus Sicherheitsgründen.) und stieg hinterher, in meinen wärmsten Morgenrock gewickelt, die Treppe hinunter, wobei ich mich krampfhaft am Geländer festhielt. Unsere Putzhilfe machte sich gerade in meinem Büro zu schaffen, was eigentlich für sie verbotenes Gelände war.

Ich dachte missvergnügt: „Kaum ist die Katze aus dem Haus, tanzen die Mäuse auf dem Tisch!", und Frau Schnibbe zog sich, als könne sie Gedanken lesen, hastig zurück.

Nichts von Belang in meiner E-Mail. Vor allem keine Nachricht von der „Research Company". Alles festgefahren.

Wie in der Angelegenheit Henry. Als hätte ich mir nicht jede Mühe gegeben, ihm auf die Schliche zu kommen. Er war schlauer als ich. Oder schlicht geschickter. So etwas deprimiert einen, besonders in meinem geschwächten Zustand. Ich zog mir die Bettdecke über die Ohren und krabbelte erst heraus aus meinem Nest, als Achim mich zum Abendessen rief.

Und am Küchentisch, bei Toast Hawai, Nikkis Spezialität, die, wie ich annahm, längst aus der Mode wäre (aber, so wurde mir von oben herab erklärt, irgendwann käme *alles* wieder, siehe Minirock und Leggins), also genau in diesem Moment kriegte ich überraschend einen der Fäden zu fassen, die mir während meiner Krankheit entglitten waren

Meine dritte Tochter schob ihren benutzten Teller achtlos zur Seite, statt ihn, wie ich ihr das schon hundert Mal gepredigt hatte, in die Spülmaschine zu stellen, setzte, das merkte ich aber erst hinterher, unser Gespräch genau da fort, wo wir es vor vier Tagen durch höhere Gewalt abbrechen mussten. (Mit dieser Hartnäckigkeit dürfte sie ihre Vorgesetzten später erst in den Infarkt treiben und schließlich in einem global agierenden Konzern als „Power-Frau" Karriere machen.)

„Ich hab' da neulich was nicht gerafft, Lila. Erklär' mir doch mal, wieso du behauptet hast, Henry hätte zuerst dicke Fische an Land gezogen, die sich dann in Briefmarken verwandelt haben. Und was das bitte schön mit seiner Einladung zum 'Starlight Express' zu tun hat."

Ich hörte nur *Briefmarken* und war entsetzt. Jetzt wusste sie tatsächlich schon, wovon ich träumte!

„Unfug!", rief mich mein Gehirn zur Ordnung. „Ich werde dir auf die Sprünge helfen!" Und schon zauberte es die Erinnerung an meine Begegnung im Bäckerladen herbei, die diese sonderbare Verwandlung einer Materie in eine gänzlich andere hinreichend vernünftig erklärte und mich und meine Angehörigen von dem Verdacht befreite, ich sei nicht mehr zurechnungsfähig.

Das Publikum lauschte aufmerksam meinem Bericht, und Achim sagte am Ende: „Aha, Henry ist also Briefmarkenhändler! Hätte ich gar nicht erwartet, sondern eher einen Job im Büro. Was ganz Solides, beim Finanzamt oder in einer Bank."

„Denkst du vielleicht, Briefmarkenhändler wären nicht solide?", fauchte Nikki. „Und dass du Banker für seriös hältst, … also, da kann ich nur lachen!" Doch sie lachte keineswegs, sondern hätte so, wie sie gerade aussah, in einem der erfolgreichen psychologischen Körpersprache-Ratgeber glatt das ideale Beispiel für unverfälschte Wut darstellen können. Dass sie sich dermaßen für Henry ins Zeug legte, fand ich unangemessen und deshalb verdächtig. Verminderte Zurechnungsfähigkeit infolge akuter Verliebtheit, so meine Diagnose. Da standen uns harte Zeiten bevor.

Achim, dem solche Überlegungen fernlagen, versuchte wenigstens, die gereizte Stimmung zu entspannen und wendete sich an mich.

„Und du meinst, er hat mit der Sammlung von Kipkes Onkel ein echtes Schnäppchen gemacht; jedenfalls genug für eine teure Einladung?"

Nikki wollte mich nicht zu Wort kommen lassen und verlegte sich auf Ironie. „Klar, er hat jetzt die ‚Blaue Mauritius' in seinem Tresor!", höhnte sie dazwischen, doch ich beachtete sie gar nicht und antwortete auf Achims Frage mit einer Gegenfrage.

„Ist doch seltsam, dass er uns kurz nach Kipkes Düsseldorf-Trip die Karten spendiert, oder?"

Jetzt hatte Nikki genug, schrie: „Ihr seid echt abartig! Immer macht ihr andere gnadenlos runter!", und stürmte aus der Küche. Unter Türenknallen selbstverständlich.

War das lediglich eine pubertäre Entgleisung oder bereits dauerhaft übler Charakter? Wenn ich das gewusst hätte … Eines wusste ich dagegen genau: Sie würde sich gleich bei ihrer Busenfreundin über diese unmöglichen Eltern beschweren, stundenlang. (Wie klug, dass wir vorsorglich eine Telefon- und Internet-Pauschale, neudeutsch

„Flatrate", plus kostenloser Handy-Nutzung abgeschlossen hatten, sonst hätten wir bald nicht einmal mehr die Butter aufs Brot.)

Zorn treibt den Blutdruck in die Höhe, und verführte mich zu Aktionen, die ich mir, angeschlagen, wie ich war, eigentlich nicht leisten konnte. Achim wäre entsetzt gewesen, wenn er mich an meinem Computer gesehen hätte, aber da er gerade eine dieser langweiligen Sportsendungen im Fernsehen verfolgte und für nichts anderes mehr Augen und Ohren hatte, konnte ich mich einer gründlichen Recherche unter dem Stichwort „Briefmarkenhändler in Düsseldorf" hingeben. Ich studierte seitenweise Anzeigen, prüfte vor allem die Namen der Inhaber. Kein Henry Akkermann! Das bedeutete meiner unmaßgeblichen Meinung nur eins: Er war nicht selbständig, sondern Angestellter, hatte also vermutlich nur eine begrenzte Entscheidungsfreiheit. Aber bei welchem Arbeitgeber?

Ihn selbst oder auch die Kipkes zu fragen würde Befremden erregen. Und die Läden persönlich abzuklappern war ebenfalls unmöglich, denn ich wäre, genügend Ausdauer vorausgesetzt, ja irgendwann unweigerlich auf Henry gestoßen und hätte dann keine auch nur einigermaßen glaubwürdige Erklärung für meine Anwesenheit parat gehabt. Und sogar mit dieser neuen Entdeckung ausgerüstet wäre es noch immer zu aufwendig gewesen, einen Privatdetektiv einzuschalten.

Nichts war herausgekommen bei dieser Sucherei als die Erweiterung meines Horizonts: Jetzt war ich immerhin fähig, zwischen einem „normalen" Briefmarkenhändler und einem Auktionshaus zu unterscheiden, wunderte mich nicht mehr über Hausbesuche bei Interessenten auch im Ausland und so grundlegende Begriffe wie „Abarten" oder „Trouvaillen", weil ich mich von Wickipedia hatte belehren lassen, dass man darunter schlicht „von der Norm abweichende Stücke" oder „glückliche Zufallsfunde" verstünde.

Weshalb belastete sich die Buchhändlerin Lisa Romeike mit derlei philatelistischen Überflüssigkeiten? Na, sie hatte sich allmählich in die

Rolle des hungrigen Fuchses hineingesteigert, der dem Hasen blindlings hinterherjagt und am Ende jedes Mal ermattet aufgeben muss, weil die Beute ein Meister im Hakenschlagen ist.

Ich hatte dieses kindische Spielchen endgültig satt. Schluss damit! Mein auf objektive Prüfung von Realitäten spezialisiertes neuronales Netzwerk unter der Schädeldecke schlug zwar schüchtern vor, ich dürfe doch etwaige positive Ergebnisse meiner Bemühungen nicht gänzlich außer Acht lassen, ihr Vorhandensein zumindest erwägen. Dies wies ich barsch zurück mit der Erklärung, ich hätte nicht die Absicht, auch nur eine einzige neue Fährte weiterzuverfolgen, da sie doch nur wieder im Nirwana enden würde.

Ich gähnte ausgiebig, aus Sauerstoffmangel, worauf Achim beharrte, oder aus Erschöpfung, was ich für wahrscheinlicher hielt, und schloss alle Registerkarten. Den Mut, mir auch noch in Sachen „Research Company" eine weitere Schlappe einzufangen, hatte nicht mehr. Also „Voll-Frust" (Originalton Nikki) auf der ganzen Linie!

Genau dann klingelte das Telefon, und ich nahm erwartungsvoll den Hörer ab. Das *konnte* doch nicht so weitergehen mit meiner Pechsträhne!

Das Schicksal, ungerecht wie stets, hatte anders entschieden. Eine verzagte Elena. Sie fragte, wann ich denn endlich wiederkäme. Nein, es gäbe keinen Ansturm von Kunden, aber sie könne doch wohl den Laden nicht Knall auf Fall schließen, wenn ihre Arbeitszeit zu Ende sei, oder? Also ehrlich, sie schaffe das nicht mehr, wo jetzt auch noch ihr Mann wegen Grippe ausgefallen sei.

„Nur noch zwei Tage, bitte, Elena!", flehte ich sie förmlich an, doch sie ließ sich nicht erweichen.

Wenn ich sie weiter bedrängte, ginge sie auf und davon. Und eine solche Perle wie sie fände ich nie wieder. Wenigstens gab sie mir aus Mitleid eine Gnadenfrist bis morgen, vermutlich, weil ich mich so schwach und mutlos anhörte. Ich muss rasch einen Ausweg finden, der die Bedürfnisse aller Beteiligten berücksichtigte.

„Warum in die Ferne schweifen? Sieh', das Gute liegt so nah!", diese Lebensweisheit hatte meine Mutter so oft zitiert, bis ich mich, frech und rücksichtslos, wie ich damals war, offen darüber lustig machte. Sie fühlte sich abgelehnt und ließ solche Belehrungen in Zukunft bleiben, was ich als Sieg über die Erwachsenen wertete. (Nie hätte ich erwartet, dass dieser Spruch mir nach Jahrzehnten den entscheidenden Fingerzeig geben könnte.).

War ich denn zeitweise blind? Wozu hatte ich denn eine Freundin sozusagen um die Ecke, die mit der Materie bestens vertraut war und auch noch Zeit hatte? Käthe Matzerath würde mich nicht im Stich lassen.

„Du hättest disch gleisch melden sollen!", sagte sie vorwurfsvoll, nahm jedoch meine Erklärung, ich sei zu krank gewesen, um noch irgendetwas zu regeln, und Achim sei nicht von selbst auf sie verfallen, gnädig entgegen und versprach, ab morgen „Vertretung zu schieben." Mein Dank fiel reichlich übertrieben aus, eine Folge meines nicht nur körperlich labilen Zustands.

Und Elena, der ich eine Woche zusätzlichen bezahlten Urlaub als Entschädigung für ihren Dauereinsatz anbot, reagiert geradezu begeistert.

Eins war unvermeidlich: Ich musste diesen Herrn Platzeck gleich einarbeiten, sobald ich wieder das Kommando in der Buchhandlung übernehmen konnte. Der hatte schließlich einiges abzubüßen und nicht etwa meine liebe Käthe!

Die weigerte sich, Knall auf Fall das Feld zu räumen, als Achim mich für gesund und dienstfähig erklärte, und meinte, ich solle ruhig noch zwei oder drei Tage auf Sparflamme laufen. Folglich Muße genug, mich dem reuigen Sünder zu widmen, den ich zwei Tage später zur Aufklärung über seine Pflichten um 11 Uhr in die Buchhandlung gebeten hatte.

Ich war wohl mit dem falschen Fuß aus dem Bett gestiegen; denn ich kam überhaupt nicht vom Fleck. Die Waschmaschine, die ich zu spät in Gang gesetzt hatte, wollte nicht aufhören mit dem Schleudern, die Kaffeedose war leer, und ich musste mir umständlich einen Tee aufbrühen und stand vor meinem übervollen Kleiderschrank und überlegte angestrengt, was ich denn anziehen sollte – als wäre *ich* zum Vorstellungsgespräch gebeten. Und am Ende der Ankleidungszeremonie verschwand auch noch einer meiner Lieblingsohrringe im Abfluss des Waschbeckens. Wenn Nikki gehört hätte, wie ich meinem Ärger Luft machte, hätte ich mit meinen Ermahnungen, sie solle sich doch bitte nicht immerzu so ordinär ausdrücken, „kein Bein mehr auf die Erde" bekommen, wie man das hierzulande ausdrückt.

Auf der Fahrt ins Städtchen, wie konnte es auch anders sein, zwang mich ein Trecker wegen des Gegenverkehrs, im 30-Kilometer-Tempo hinter ihm herzuzockeln. Alle Parkplätze in erreichbarer Nähe der Buchhandlung waren selbstverständlich besetzt, und als ich nach zwei Runden um die Innenstadt die Ladentür öffnete, zeigte die Kirchturmuhr 20 nach 11.

Das, was ich mir als Entschuldigung für meine Verspätung in den letzten Minuten zurechtgelegt hatte, erübrigte sich. Die beiden, die sich am Tischchen in der Leseecke gegenübersaßen, haben mich offenkundig überhaupt nicht vermisst. Sie redeten und redeten – worüber, war nicht zu verstehen – nahmen keine Notiz von meiner Anwesenheit, bis ich nur noch ein paar Schritte entfernt war Dann brach das Gespräch plötzlich ab. Käthe hob den Kopf und lächelte mir zu. Ihr sonst so blasses Gesicht war rosig angehaucht. Ich fühlte mich wie ein Eindringling, und das in meinem *eigenen* Laden!

Karl Platzeck, der leidenschaftliche Bücherfreund, stand auf und ergriff höflich meine Hand, als ich sie ihm hinhielt. Mir fiel nichts Geistloseres ein, als „Guten Tag" zu stammeln.

Käthe durchbrach die nachfolgende peinliche Stille, indem sie verkündete, sie müsse nun unbedingt im Hinterzimmer, das sie hochtrabend „Büro" nannte, noch etwas sehr Dringendes erledigen und ließ mich mit Platzeck allein, nachdem sie mir versprochen hatte, in den nächsten drei Tagen weiterhin die „Stallwache" zu übernehmen. Dabei blinzelte sie dem Langfinger verschwörerisch zu. Und der blinzelte doch wahrhaftig zurück! Es handelte sich also um ein Komplott zwischen den beiden. *Sie* würde ihn in seine Pflichten einweisen, nicht ich. Meinetwegen! Aber: Wozu war ich heute eigentlich hier aufgetaucht?

Um wenigstens den Anschein zu wahren, ich sei in dieser Buchhandlung die Chefin, besprach ich mit Platzeck das simple Verfahren, wie er die roten Zahlen seiner Bilanz in schwarze verwandeln könne. Durch einen Anruf meinerseits, sobald ich seine Hilfe brauchte. Freundliche Verabschiedung allerseits – und das war's auch schon.

Während der Rückfahrt ließ ich mir dieses Treffen noch einmal durch den Kopf gehen. Nein, ich hatte nichts sonderlich Aufregendes beobachtet, und trotzdem wurde ich den Eindruck nicht los, dass sich etwas Entscheidendes ereignet hatte. Und ich hatte es angestoßen! Einfach so, spontan. Das erfüllte mich mit Freude, obwohl ich die Folgen noch nicht abschätzen konnte.

Diese Hochstimmung hielt an, bis ich den Posteingang meines Computers prüfte. Die erste E-Mail bestand aus der Ankündigung eines Krimi-Wettbewerbs unter dem Titel „Mörderischer Westerwald", mit der Bitte, als Jurorin zu fungieren. (Wie waren die denn nur auf mich verfallen?) Ich lehnte unter Hinweis auf meine angeschlagene Gesundheit dankend ab. Danach las ich die zweite Nachricht. Absender: „Research Company". Mein Herz hämmerte bis zum Hals. Eine gewisse Kerstin Klawitter ließ die sehr geehrte Frau Romeike wissen, sie sei trotz sorgfältiger Recherche nicht in der Lage, die wichtige Frage bezüglich der Arbeitskollegen ihres verstorbenen Schwagers positiv zu beantworten, da nach so langer Zeit keine entsprechenden Unterlagen mehr existierten. Es täte ihr sehr leid, ihr diese Auskunft erteilen zu müssen. Sie wünsche ihr viel Erfolg bei der weiteren Suche und bleibe mit freundlichen …

Bla, bla, bla! Sorgfältige Recherche! Zum Totlachen! Zwei Minuten hatte die gedauert, nicht mehr. Mein Wut-Pegel stieg in bisher nie erreichte Höhen. Ich klickte auf Löschen, zweimal, damit dieses verlogene Machwerk endgültig aus meinen Augen verschwände. Doch leider nicht aus meinem Gedächtnis. Wer setzt denn seine Hoffnung auf solch eine windige Firma? Bin ich nur eigensinnig oder sogar wirklich „dümmer, als die Polizei erlaubt", wie der älteste Bruder meiner Mutter das formuliert hatte, vor ungefähr einem Vierteljahrhundert?

Ach ja, dieser Onkel Manfred hatte sich auch nicht gescheut, mich mit seinem Verdammungsurteil: „Du beschäftigst dich zu viel mit deinem lieben Ich, Lisa!" schwer zu treffen oder – in der Sprache der Psychologen – zu traumatisieren. Und niemand machte sich die Mühe, mich zu trösten, von Therapie ganz zu schweigen. Begreiflich, dass ich diesem Menschenfreund zeitlebens die Pest an den Hals gewünscht habe. Trotzdem ist er mit 92 friedlich im Bett entschlafen.

Schade, die Verantwortung für diesen neuen Reinfall kann ich auf keinen anderen abwälzen. Also Zähne zusammengebissen und darüber geschwiegen. Eines Tages würde ich vermutlich auseinanderplatzen, wenn ich weiter alles in mich hineinstopfte, was niemand sonst wissen durfte.

Am Abend, Achim verrichtete bereits seinen „Samariterdienst" im Krankenhaus, leistete mir Nikki am Küchentisch Gesellschaft. In erster Linie wohl, weil sie der Duftspur eines Pfannkuchens mit Speck und Zwiebeln gefolgt war. Warum nur ließ ich sie gewähren, als sie sich ohne Umstände über meine Portion hermachte und ich neuen Teig anrühren musste, um meinen eigenen Hunger zu stillen?

„Ach, weißt du schon das Neueste?", fragte sie mit vollem Mund, so harmlos tuend, ehe sie zum entscheidenden Schlag ausholte. Diesen hinterhältigen Trick hatte sie von Achim übernommen. Jetzt hieß es auf der Hut sein und mäßiges Interesse zeigen. Ich wandte mich dem Herd zu und versuchte – vielleicht ließe sie sich dadurch beeindrucken – meinen Eierkuchen wie ein Meisterkoch in der Luft zu wenden. Er klatschte auf das Ceranfeld, und ich hatte meine liebe Not, seine Teile wieder zurück in die Pfanne zu befördern.

Nikki schaute zwar interessiert zu, verfolgte aber trotzdem weiter ihren Plan.

„Henry", sagte sie und setzte gezielt eine Pause, „Henry kennt sich nicht nur mit Briefmarken aus, sondern auch mit Münzen!"

Dieses nachtragende, rechthaberische kleine Biest hatte also unseren letzten Wortwechsel noch nicht vergessen. Vorsichtshalber beschränkte ich meine Reaktion auf ein mageres „Aha!", während ich mit dem Oberkörper im Putzschrank steckte und den Metall-Schaber suchte, um die stinkenden Überbleibsel meines Leichtsinns vom Herd zu kratzen, ehe sie sich eingebrannt hatten.

„Henry versteht was von Münzen … Wie mein Vater!", ertönte es triumphierend hinter meinem Rücken.

„Können wir das mal bei Gelegenheit weiter besprechen? Du siehst doch, dass ich beschäftigt bin, oder?" Mein Gott, dieses Kind hatte überhaupt kein Gefühl dafür, wann es den Mund halten sollte. Wie Achim!

Obwohl die Küche ein Schlachtfeld war, verzichtete ich darauf, Nikki um Hilfe beim Abwasch zu bitten. Sie würde mir nur weiter zusetzen mit ihren Enthüllungen über Henrys außergewöhnliche Fähigkeiten, die keinen Menschen begeisterten außer ihr selbst. Als ich mich umdrehte, um den Tisch abzuräumen, stellte ich fest, dass sie sich davongeschlichen hatte, wahrscheinlich beleidigt wie seit ein paar Monaten ständig und dazu noch ohne nachvollziehbaren Anlass. Sie entwickelte sich zu einer echten „Zicke", hochdeutsch „Ziege". (Zu meiner Zeit wurde dieser Begriff abwertend für eine unerzogene, egozentrische und daher schwierige Frau gebraucht, neuerdings hatten ihn die „engagierten" Vertreterinnen dieser Spezies jedoch zum unumstößlichen Beweis ihrer Emanzipation umfunktioniert und damit in sein Gegenteil verkehrt. Und das war nicht der einzige Ausdruck mit radikalem Bedeutungswandel, wie ich feststellen musste. Beispielsweise steht „geil" seit einigen Jahren für das höchste aller positiven Gefühle, ist in jedem Fernseh-Interview bei jungen Leuten Pflicht und hat es kürzlich sogar bis in das Goldene Buch der Stadt Hannover geschafft.)

Ehrlich, manchmal kam ich mir vor wie Fossil. Reif für die Ausstellung! So sah meine Nichte das garantiert auch, selbst wenn sie es bisher noch nicht in Worte gefasst hatte, vermutlich, weil sie vorläufig auf meine Unterstützung angewiesen war.

Ich hoffte inständig, Henry fände Nikkis zickiges Verhalten als Angehöriger meiner Alterskohorte abstoßend.

(Wie man so hört, sollen Jungen in ihrem Alter viel pflegeleichter sein als Mädchen. Behaupten jedenfalls Mütter, die in ihren Sohn vernarrt sind. Ich wage daran zu zweifeln, denn Liebe in jeder Form soll, meint das Sprichwort, blind machen. Oder ist genau das Gegenteil der Fall? Wie ich Behauptungen verabscheue, die nicht zu beweisen sind!)

Obwohl ich rechtschaffen müde war, schlief ich in dieser Nacht nur oberflächlich. Die Szene in meiner Küche wiederholte sich mehrmals in allerlei unangenehmen Variationen.

Wie sollte man unter diesen Umständen nur Kraft schöpfen für den Alltag?

Metallisches Klimpern weckte mich. Durch die Ritzen des Rollladens schimmerte bleiches Morgenlicht.

„Nein, keine Münzen mehr! Es reicht!", rief ich empört.

„Oh, tut mir leid!", antwortete Achims Stimme, „ich wollte dich nicht stören. Aber ich habe meinen warmen Hausanzug gesucht, weil die Heizung ausgefallen ist. Dabei habe ich im Halbdunkeln dein Schmuckkästchen umgekippt, und die Hälfte deiner Preziosen ist auf dem Fußboden gelandet!"

Ich schaute genüsslich zu, wie er, auf den Knien liegend, alles einsammelte und sich hinterher ein bisschen steif wieder hochrappelte.

„Du musst unbedingt liegenbleiben, bis es wieder warm ist", verfügte er streng, als hätte ich vorgehabt, sofort aus dem Bett zu springen. „Noch eine Erkältung kannst du dir nicht leisten, du wirst nämlich noch gebraucht. Ich habe den Monteur angerufen, er kommt gleich."

„Danke, mein sorglicher Hausvater!"

(Das war einer unserer Scherze, wenn er mal den Mülleimer raustrug, einen Nagel einschlug oder meinen bockenden Computer auf Vordermann brachte. Männer legen Wert darauf, nachdrücklich gelobt zu werden, wenn sie mal ein Händchen reichen. Das ist, fürchte ich, nicht nur meine leidvolle Erfahrung.) Diesmal war ich wirklich gerührt.

„Nu übertreib' mal nicht!", wehrte er ab und lachte verlegen.

Ich hätte einen schlechteren Mann heiraten können. Keine große Leidenschaft, aber Verlässlichkeit und eine Prise Humor waren auch nicht zu verachten.

Der Monteur hatte die Heizung nach einigem Hin und Her tatsächlich „ans Laufen jebracht", wie er das formulierte, und ich durfte aufstehen. Elena hatte inzwischen die Aufsicht in der Buchhandlung übernommen, wo am Markttag ohnehin nie viel los war.

„Was du immer für sonderbare Sachen träumst", staunte Achim beim Mittagessen. „Warum bist du eigentlich keine Schriftstellerin geworden bei *der* Phantasie? Als deutsche Pilcher würdest du Millionen verdienen und könntest dir locker ein dickes Auto leisten, einen Chinchilla-Mantel, echte Klunkern und eine Luxusvilla ..."

Ich antwortete geduldig auf seine Anregungen, als nähme ich sie ernst: „ ... in der du ebenfalls logieren dürftest. Und dir würde ich einen Mercedes 300 mit Chauffeur spendieren. Aber die Sache hat mehrere Haken. Es gibt nämlich schon ein rundes halbes Dutzend einheimischer Schreiberinnen, die um den Titel der deutschen Pilcher ringen. Gegen die kann ich nicht ankommen. Keine Beziehungen und außerdem ein fehlendes Kitsch-Gen, verstehst du? Und was sollten wir mit all dem Neureichen-Klimbim hier in der tiefsten Provinz? Ach, und mit meiner Phantasie ist es auch nicht weit her. Mein Traum ist im Grunde nur eine groteske Abwandlung der Wirklichkeit", und ich erzählte ihm, was Nikki mir gestern über Henry verraten hatte.

Er nahm es zunächst gelassen, löffelte erst seine hausgemachte Blaubeer-Quarkspeise und meinte dann: „Könnte nicht schaden, wenn wir uns mal mit dieser neuen Information bei Gelegenheit gründlich befassen. Vielleicht ist sie ein sehr kleines, aber doch wichtiges Teilstück in einem Puzzle, das du ja unbedingt lückenlos zusammensetzen willst, wie ich dich kenne. Bin mal gespannt, welches Bild am Ende auf dem Tisch liegt."

„Ich auch! Das Leben ist nämlich voller Überraschungen", philosophierte ich lachend, aber mir war nicht wohl dabei. (Was wäre, wenn mir dieses Bild ganz und gar nicht gefiele? Wenn es statt einem idyllischen Landstrich ein düsteres Schlachtengemälde darstellte?)

Diese Beklemmung wollte sich auch nicht vertreiben lassen, als Nikki mir gegen Mitternacht (ich war gerade, ausgelaugt von meinen Pflichten, ins Bett gestiegen, aber von Bedürfnissen anderer war sie nicht so leicht umzustimmen) einen Stoß von Blättern in die Hand drückte und, weil sie sich in meinen Sessel am Fußende kuschelte und mich nicht aus den Augen ließ, förmlich zwang, sie *sofort* zu lesen. Das sei unbedingt nötig, weil ich das „Event" am nächsten Samstag erst dann so richtig genießen könne. Ach, du Schreck! Henrys Einladung zum „Starlight Express" hatte ich tatsächlich erfolgreich verdrängt. Ich quälte mich also, um meine ungeratene dritte Tochter endlich loszuwerden, durch die nicht gerade von Bescheidenheit geprägte Werbebroschüre, die sie aus dem Internet geholt hatte. Überflog die Chronik dieses Rollschuhmusicals, die Beschreibung der eigens dafür gebauten Halle, ihre Handlung, die Titel der Songs, die Namen der zur Zeit auftretenden Künstler und gewann den Eindruck, es ginge hierbei eigentlich um ein Märchen für Kinder.

„Kannst du dich noch an das Hörspiel von der guten alten Lok 1414 aus deinem Lesebuch erinnern?", fragte ich Nikki, aber die schüttelte den Kopf.

Ich erinnerte mich genau daran, weil ich mit ihr stundenlang geübt hatte, wie man es ausdrucksvoll vorliest. Unwahrscheinlich, dass der Autor des „Starlight Express" diesen Text gekannt hatte, aber verblüffend ähnlich war sein Drehbuch schon, nur kämpften hier viele unterschiedliche Lokomotiven samt Waggons gegeneinander. Und am Ende gewann natürlich die mutigste.

Vielleicht war ich zu alt oder zu ernst für eine solche Aufführung, jedenfalls lockte sie mich nicht im Mindesten. Bedauerlicherweise konnte ich ja keine Krankheit vorschützen, die ich gerade überwunden hatte. Ich musste wohl über meinen Schatten springen und mitfahren.

„Na, wie gefällt dir das?" Nikki schien begeistert zu sein von den angekündigten Genüssen, und ich brachte es nicht übers Herz, ihr die Freude zu verderben.

„Hört sich gut an", urteilte ich, und das stimmte sogar.

Dann gähnte ich ausgiebig und fordere: „Mach bitte das Licht aus, wenn du rausgehst, ja?" Meine dritte Tochter raffte die verstreuten Blätter zusammen und gab mir einen Kuss auf die Wange. *Sie* war zufrieden. Endlich „Ruhe im Kotten", wie meine westfälische Klassenlehrerin zu sagen pflegte.

Am Tag aller Tage herrscht Unruhe im Haus. Nikki absolvierte ein umfangreiches „Wellness"-Programm mit Duftbad und Gesichtsmaske, die ich eher nötig gehabt hätte, und plagte mich mit einer eineinhalbstündigen Modenschau, bestand stur auf meinem Urteil, um sich am Ende doch für das zu entscheiden, was *sie* für richtig hielt: Einen schreiend lila Pullover im „angesagten" Tunika-Stil nebst bi-elastischen schwarzen Jeans mit Nieten allüberall. Dazu Kanonenstiefel wie ein Landsknecht und eine hauteng silberfarbene, aber zumindest leicht gefütterte Jacke, die glänzte wie eine Speckschwarte. Ein solches „Outfit" *konnte* und *wollte* ich nicht kommentieren, auch, weil das Mittagessen, ein simpler Brechbohneneintopf mit Beinscheibe, schon auf dem Küchentisch dampfte, denn wir waren ja zur Nachmittagsvorstellung eingeladen und konnten doch nicht mit leerem Magen losfahren.

Nikki nahm ohne zu fragen auf dem Beifahrersitz Platz, klappte den Schminkspiegel herunter, um ihre Frisur zu überprüfen, die der heftige Wind womöglich durcheinandergebracht hatte, während wir Eltern uns auf der Rückbank, die Knie angezogen, zusammenfalteten. Sie war unzufrieden, weil Henry anstelle einer freudigen Begrüßung mit bewundernden Blicken nur „Wir sind spät dran! Alles fertig?" bemerkte und gleich startete. Nieselregen auf der Autobahn. Ab Wuppertal Schneegriesel.

Henry prophezeite, dass es heute besonders früh dunkel würde. Niemand widersprach. Im Auto war es warm und gemütlich, der Motor brummte zuverlässig. Ich hing meinen Gedanken nach.

„Henry kennt sich mit Münzen aus – wie mein Vater!", so hatte Nikki frohlockt. Und dieses „wie mein Vater" tönte und tönte in meinem Kopf, eine defekte Schallplatte, die ständig dasselbe wiederholt. Ich neigte auch damals schon, das konnte ich nicht abstreiten, zu Zwangshandlungen, für Psychiater bestimmt ein bedenkliches Symptom. Allerdings war ich fest davon überzeugt, dass jeder ab und zu unter solchen Erscheinungen leidet, wenn er sich allein mit der Lösung eines Rätsels herumschlagen muss. Und allein war ich, da machte ich mir keine Illusionen. Achim interessierte mein Problem nur am Rande.

„Wie gut, dass es Navis gibt!", sagte Henry plötzlich, als er die Autobahn verließ und in das Gelände rund um die „Starlight Halle" einbog, wo schon Auto neben Auto parkte. Die Schallplatte stoppte, fürs Erste.

Nikki verkündete nach einem Blick auf ihre Uhr, dass die Vorstellung in etwa 30 Minuten anfinge. Ich hoffte, der kurze Fußmarsch durch den Schneematsch würde das Blut in meinen Beinen wieder kreisen lassen. Mir grauste schon vor der stundenlangen Sitzerei – einem Balsam für schlaffe Venen.

Henry eilte uns beschwingten Schrittes voraus. Wir hinterher im Gänsemarsch. Und dann, schon in der Vorhalle, umstanden wir den großzügigen Spender und beobachteten gespannt, wie der energisch in die Innentasche seines Mantels griff, die Brieftasche zutage förderte, sie aufklappte, sie durchstöberte, allerlei Unterlagen um und um wendete, verwirrt den Kopf schüttelte, als ginge hier etwas nicht mit rechten Dingen zu, und sich trotzdem erneut auf die Suche machte.

Er murmelte: „Das kann nicht sein! Ich hab' doch die Tickets vorhin ...", und prüfte mit flatternden Händen Tasche um Tasche – und davon hat er eine Menge – bemühte sich wider alle Vernunft, einen Augenblick lang wie ein Kind an die Kraft des Wünschens glaubend, etwas herbeizuzaubern, was eindeutig nicht vorhanden war.

Jede unzarte Äußerung angesichts dieses Debakels blieb mir im Halse stecken. Nikki hatte leider keine Hemmungen, einen, der schon am Boden lag, auch noch zu treten. Sie sagte laut und deutlich: „Das is' echt krass! So'n Scheiß!"

Henrys Gesicht, gerade noch hektisch gerötet, verlor jede Farbe. Er versuchte nicht, sich herauszureden oder gar zu entschuldigen. Seine Arme sackten herab wie seine Mundwinkel.

Dieser Anblick rührte mich, und ich gab eine Floskel von mir, für die ich mich gleich danach schämte: „Sowas kann doch jedem passieren!", und Achim bekräftigte sie mit einem entschiedenen „Genau", das so klang, als imitierte er den Händler in der Sesamstraße.

Die Heimfahrt verlief stumm. *Meine* Enttäuschung, das möchte ich betonen, hielt sich in Grenzen, in sehr, sehr engen Grenzen.

Die Verabschiedung war eisig. Nicole gab Henry nicht einmal die Hand.

Wir Frauen richteten ein paar belegte Brote für den Hausherrn, begnügten uns mit einem Magerjoghurt und verkrochen uns ohne weitere Diskussion ins Bett.

Achim zappte, was die Fernbedienung hergab.

Das erstarrte Gesicht unseres Nachbarn ließ sich nicht abschütteln in meinen Träumen. Und endlich, zwischen Nacht und Morgen, verknüpfte mein erwachender Verstand dieses Gesicht - in meinen Augen viel zu verzweifelt für den banalen Anlass - mit Henrys numismatischen Fähigkeiten, die denen meines toten Schwagers gleichen Die Schranke des Nicht-wissen-Wollens hob sich quälend langsam, und ich erkannte, dass ich zum ersten Mal auf eine Fährte gestoßen war, die mich der Wahrheit näherbringen könnte.

Die Zeit der Ahnungen war vorbei. Ab sofort würde ich mich auf Fakten stützen. Nur auf Fakten.

9. Kapitel: Quellenstudium

Käthe tat mir leid. Sie hat an Weihnachten Geburtstag. In ihrer Jugend war dieses Datum der Anlass zu einer schweren Krise. Ihre Eltern verzichteten nämlich ohne Vorwarnung auf die übliche angemessene Aufstockung ihrer Weihnachtsgeschenke, weil die jüngeren Geschwister plötzlich nach der Bescherung unisono riefen: „Die hat aber mehr!" und sich ohne Umstände nach eigenem Gutdünken über das Eigentum der Ältesten hermachten, was diese ja nicht klaglos hinnehmen konnte. Und schon endete das friedlichste aller Feste in gottloser Zwietracht. Die Eltern hatten jedoch nicht eingerechnet (entweder, weil es damals noch keine psychologischen Ratgeber mit Titeln wie „Kinderseelen klagen an" gab oder sie sich dafür nicht hätten erwärmen können), dass eine solch krude Zurücksetzung eines Kindes gelegentlich eine nachhaltige Schwächung des Selbstwertgefühls zur Folge hat wie beispielsweise im Fall des bedauernswerten Jungen, der als Kleinkind zweimal beim Nachtisch übergangen wurde und daraufhin massive Verhaltensstörungen entwickelte. (Zum Ausgleich wurde sein Fall wenigstens lange Zeit in der Fachliteratur ausführlich gewürdigt, was ihm jedoch nicht half.)

Käthe war aus härterem Holz geschnitzt. Sie fing an, ihre Geschwister aus vollem Herzen zu hassen und plagte sie heimlich, wenn sich eine Gelegenheit bot, obwohl sie viel zu klein waren, um das Ganze zu begreifen, sondern nur nach dem urtümlichen Prinzip des Futterneids gehandelt hatten.

„Da siehst du mal, was dabei herauskommt, wenn man unjerescht behandelt wird – man wird selber unjerescht!", das hatte meine Freundin mir gestanden. Also hatte sie diese traurige Erfahrung unterm Weihnachtsbaum nicht vergessen.

Weil ich sie im Nachhinein dafür entschädigen wollte, falls das überhaupt möglich ist, besuchte ich sie jedes Jahr einen Tag vor Heiligabend, um sie doppelt zu beschenken, während Achim zu Hause im Wohnzimmer den Baum schmückte und die Atmosphäre etwas unfroh wirkte. Unsere Zwillinge hatten auch in diesmal dringende Pflichten vorgeschützt und würden erst am nächsten Tag hier eintrudeln, wenn alle Festvorbereitungen erledigt wären. Nikki hatte sich zu ihrer Freundin verzogen, um dort, wie grausam, für mich beispielsweise eine Maxi-Schachtel „Edle Tropfen in Nuss" hübsch zu verpacken und für Achim ein After Shave namens „Be Free" oder so ähnlich. Sie schien der Ansicht zu sein, er brauche mindestens einmal im Jahr eine Ermunterung zu mehr Widerstand gegen meine Dominanz, und zwar eine, die man im Umkreis von drei Metern riechen kann.

Mein Mann benutzte Nikkis Danaergeschenk ausgiebig; welche Absicht dahintersteckte, entging ihm. Unschuldig wie ein neugeborenes Kindlein. Ich aber war tief getroffen, prüfte mich, ob ich mich vielleicht im Lauf der Zeit doch zu einer Megäre entwickelt hatte und bilanzierte jedes Mal kurz und bündig: „Unschuldig, Euer Ehren!" Achim hatte sich in dieser Hinsicht noch nie über mich beklagt, darauf kam es doch an, oder? Wenn meine dritte Tochter sich gegängelt fühlte, so war sie selbst schuld. Sie neigte nun mal dazu, über die Stränge zu schlagen und musste gezügelt werden. Doch ihre Vernunft würde wachsen wie die Zahl ihrer Jahre, darauf setzte ich meine Hoffnung. Ich war das beste Beispiel für diesen quasi gesetzmäßigen Zusammenhang. Obwohl es ja auch …

Nein, nein, nur jetzt keine trüben Gedanken unmittelbar vor Käthes Haustür. Es sollte doch ein entspannter, fröhlicher Nachmittag werden, wie es dem Anlass entsprach.

Beladen mit all den guten Gaben klingelte ich stürmisch. Käthe hatte wohl auf mich gewartet, so rasch, wie sie öffnete.

Nach der Umarmung – die Geschenke hatte ich auf dem Garderobenschränkchen geparkt – schob ich sie ein Stück von mir weg, betrachtete sie eingehend und befand: „Gut siehst du aus!", was keine Floskel war, sondern Tatsache. Sie hatte endlich ein oder zwei Kilo zugenommen, trug eine modische weinrote Bluse mit Rüschen über ihrem schwarzen Hosenrock und passende Ballerinas, vermutlich Größe 36, und strahlte wie ein Honigkuchenpferd. Weil ich da war, oder weil sie sich auf ihre Geschenke freute?

Sie nötigte mich in ihren bequemsten Sessel, versorgte mich mit Tee und selbstgebackenen Keksen nach Großmutters Art, setzte sich mir gegenüber und erzählte, erzählte pausenlos, mindestens eine Viertelstunde lang. Von Herrn Platzeck, dem Bücherfreund. Der, wie nicht nur sie, sondern auch Elena festgestellt habe, ein Gewinn sei für die Buchhandlung mit seiner kompetenten Beratung und deshalb sehr beliebt bei den älteren Damen, die nur noch von ihm bedient werden wollten, und der höflichste, rücksichtsvollste Mensch sei, den sie kenne – und außerdem …

Es war unmöglich, auch nur *eine* Frage einzuflechten, so sprudelte es aus ihr heraus.

Erstaunlich! Ähnelte das nicht verteufelt Nikkis Lobgesängen auf Henry, nur eben mit anderem Wortschatz?

Und da hatte man uns, als wir jung waren, den Bären aufgebunden, man sei spätestens mit 60 „jenseits von Gut und Böse", was so viel bedeutete wie „jenseits der Liebe". Man wollte uns nicht etwa belügen, unsere Eltern glaubten selbst an das, was sie da von sich gaben, weil sie die Augen fest zukniffen.

Die Beispiele für das Gegenteil ihrer Behauptung waren nämlich schon damals Legion. Siehe Altmeister Goethe und Charly Chaplin oder Pablo Picasso. Auch damals hätten die Frauen locker ihre Töchter sein können. Wie, ganz aktuell, bei Franz Müntefering. Doch umgekehrt klappte es auch. Edith Piaf, der „Spatz von Paris", stand auf einen Liebhaber, der weniger als halb so alt war wie sie selbst. Könnte mal bei Google nachschlagen, der Ausgewogenheit zuliebe, welche Frauen sonst noch … Auch heute regt sich kaum einer über so etwas auf.

Eins steht fest: Liebe liegt, auch unter Gleichaltrigen übrigens, immer und jederzeit auf der Lauer.

Na, da spukte wohl die antike Vorstellung von dem kleinen, dicken, geflügelten Amor und seinen Pfeilen in meinem Kopf herum. Ehrlich, die fand ich gar nicht mal abwegig, wenn ich mir meine Käthe so betrachtete. Denn die, ihrem toten Verlobten jahrzehntelang in unverbrüchlicher Treue ergeben und auch sonst die Rechtschaffenheit in Person, saß im wuchtigen Ohrensessel mir gegenüber und schwärmte von einem *Bücherdieb* wie ein junges Mädchen und sah auch beinah so aus! Über Bord mit den altbackenen, wirklichkeitsfremden Theorien unserer Vorfahren! Tatsachen, ihr sollt leben!

„ … und außerdem verrate isch dir jetzt ein Geheimnis, nur dir", hörte ich sie auf einmal verschwörerisch sagen, womit sie mich in die Gegenwart zurückholte, „wir werden morgen gemeinsam Weihnachten feiern, nach der Messe in Sankt Valentin. Karl und ich. Hier bei mir."

Ich freute mich für sie, aber gleichzeitig war ich neidisch. Wie damals ihre Geschwister. Das aber merkte sie nicht. Sie träumte schon von morgen.

Meine Geschenke auf der Flurgarderobe hatte sie vergessen. Bestimmt brauchte sie die nicht mehr. Und mich auch nicht.

Spätestens in 30 Jahren wird man ein elektronisches Gerät erfunden haben, das Gedanken hörbar machen kann. Ehrlich, ich bin dankbar für die Gnade der frühen Geburt! Sonst hätte ich mich jetzt ja in Grund und Boden schämen müssen.

Käthe versuchte nicht einmal, mich zurückzuhalten, als ich mich verabschiedete.

Während der Heimfahrt hielt ich unter einer Laterne und wühlte in meiner Handtasche nach einem Tempo, doch fand keins. Wie üblich, wenn ich unbedingt eins nötig habe. Also missbrauchte ich meinen neuen Kaschmirschal und warf den Motor an, als es hinter mir anhaltend hupte.

„Na, wie war's", fragte Achim.

„Käthe hat sich gefreut!"

Das stimmte zwar und war doch gelogen.

„Nicht verwunderlich bei *den* Geschenken! Diesmal hast du dich ja selbst übertroffen!"

Auch das war richtig, wenn ich an meine Selbstbeherrschung denke. Ich wandte mich ab, damit er mein Gesicht nicht sehen konnte, fasste mir an die Stirn und klagte: „Schon wieder Kopfschmerzen!

„Das liegt am Wetter. Für morgen ist eine neue Warmfront angesagt. Dieses Hin und Her hält das stärkste Pferd nicht aus."

„Die Seifert, meine Physiklehrerin, meint, das wär' eine Folge der globalen Erwärmung.", warf Nikki ein.

„Unsinn! Das war hier schon so, als ich in die 1. Klasse gegangen bin! Seeklima! Schon mal gehört?", fuhr Achim ihr über den Mund.

Nikki setzte eine beleidigte Miene auf und zu einer längeren Debatte über dieses tausendmal durchgekaute Thema an: „Alle führenden Wissenschaftler bestehen aber…", als das Telefon klingelte.

Sie sprang auf wie von der Tarantel gestochen und fiel beinah über ihre Schnabelschuhe, die sie abgestreift hatte, weil ihr die Füße wehtaten.

„Schönheit muss leiden!" Mein Mann benahm sich wirklich ein rechter Kretmichel, niederrheinisch ein Mensch, der andere gerne „auf die Schippe nimmt". Meine Kleine war sein bevorzugtes Opfer, weil sie reagierte wie ein Pawlow'scher Hund. Reflexartig. Das stärkte sein Ego ungemein.

Sie zog prompt die Mundwinkel verächtlich nach unten, bedachte ihn mit einem tödlichen Blick, zu mehr reichte die Zeit nicht, sauste in den Flur, schnappte sich das Schnurlose und schloss sich im Gästeklo ein. Geheimkonferenz – mit wem, ist nicht schwer zu erraten. Achim grinste zufrieden.

Nach 20 Minuten, ich bemühte mich, die Küche wieder benutzbar zu machen, wobei mein Mann mir aufmerksam zusah, schwebte sie in ihren sonderbaren Halbsöckchen, deren Namen ich vergessen habe, zufrieden lächelnd über die Fliesen, klaubte ihre Schuhe auf und erklärte obenhin: „Ich bin dann mal weg!"

Das roch nach Versöhnung. Versöhnung mit Henry, dem Pechvogel, der es doch nur gut gemeint hatte. So etwas besänftigt Frauenherzen. Mutterinstinkt, vermute ich.

Und weil ich ein misstrauisches, übellauniges altes Weib geworden war, das überall Betrug witterte, spann ich diesen hauchdünnen Faden unbeirrt weiter: Könnte doch sein, dass unser so harmlos daherkommender Nachbar auf den Mitleids-Bonus setzte. Das ganze Drama mit den vergessenen Tickets war womöglich pures Theater. Eine eiskalte, professionelle Inszenierung. Bruno Ganz hätte glatt vor Neid erblassen können. Je länger ich diese kühne Interpretation von allen Seiten durchleuchtete, desto wahrscheinlicher kam sie mir vor.

Sollte ich Nikki damit konfrontieren? Um Gottes Willen! Sie würde nur, liebesverblendet, wie sie war, mir unterstellen, ich wolle einen Keil zwischen sie und Henry treiben. Aus *Eifersucht*!

Wieso hatte ich eigentlich – Wunschdenken ist einer meiner grundlegenden Fehler – nach dem Misserfolg in Bochum fest mit einem Zerwürfnis zwischen den beiden gerechnet? Nicht den Hauch einer Ahnung von Psychologie hatte ich! Sie hingen, wie das Telefonat beweist, jetzt mehr aneinander als je. Wie die Kletten.

Diese Entwicklung musste unter allen Umständen torpediert werden. Von mir. Und möglichst unauffällig. Nicht wie die Polizei, die mit Sirengeheul durch die Stadt rast und so die Einbrecher förmlich auffordert, augenblicklich zu verschwinden.

Manchmal fällt einem eine Lösung in den Schoß, wenn man nicht damit rechnet. Als zufälliges Zusammentreffen belangloser Ereignisse. Diesmal glaubte ich jedoch an eine wohltätige Fügung des Schicksals.

Während der Mittagspause balancierte ich vorsichtig über den vereisten Marktplatz hinüber zu meiner Apotheke, die durchgehend geöffnet ist. Ich brauchte dringend einen neuen Tiegel mit dieser phantastischen Nachtcreme, die laut Expertise eines Dr. Steffen (Was hat dieser Doktor, bitte schön, denn studiert, und kann man darauf bauen, dass er nicht auch abgeschrieben hat in seiner Dissertation?) wortreich und verschwommen eine jugendliche Ausstrahlung garantierte. (Weshalb hinreichend intelligente Frauen sich von dem plumpen Trick mit dem faltenlosen, bildhübschen Model von höchstens 25 auf der goldverzierten Schachtel zum Kauf verlocken lassen, kann ich auch jetzt noch nicht nachvollziehen. Muss irgendwie unterschwellig wirken, nehme ich an.)

Die Gattin des Apothekers freute sich, mich zu sehen und kündigte ihren Besuch für morgen an. (Gehört sich auch so – eine Hand wäscht die andere.) Dann legte sie unaufgefordert eine „Apotheken Umschau", die ich bisher stets zurückgewiesen hatte, wegen des fehlenden Bindestrichs, neben die Jungbrunnen-Creme. Und was stand da auf dem Titelblatt als Unterzeile? „Winterkuren am Meer – ein Labsal für Leib und Seele". Genau in diesem Augenblick hätte ich beinahe Humphrey Bogart mit seinem unvergleichlichen „Klicke-di- klickedi-klick" nachgeahmt und auf diese Weise einen Geistesblitz hörbar gemacht. *Meinen* Geistesblitz selbstverständlich.

Die Verabschiedung von meiner schlaflosen Kundin verlief etwas hastig.

(Wer hat noch für solche Kinkerlitzchen Zeit, wenn er davon überzeugt ist, er hielte endlich den Schlüssel zur Aufklärung eines Mysteriums in Händen!)

Während der Heimfahrt – der städtische Streudienst hatte es nicht geschafft, die Straßen außerhalb der Innenstadt zu räumen, denn es

154

wollte nicht aufhören zu schneien – mahlte ich mit Schrittgeschwindigkeit durch den zentimetertiefen Schnee und hatte eine Vision. Eine, wegen der man laut Altkanzler Schmidt reif für den Psychiater sei. Ich sah die Möwen leibhaftig über dem grauen Wasser kreisen, hörte die Wellen sacht ans Ufer schlagen, roch das Salz, das Jod der Gischt. War also buchstäblich fortgefahren. Allerdings nur solange, bis das erste Auto dieses Winters im Feld rechts von mir auftauchte, hilflos auf dem Dach liegend wie ein Mistkäfer, den ein Fünfjähriger auf den Rücken gedreht hat, um zu sehen, was danach passiert.

Ich war gewarnt. Keine Jahreszeit für Träumereien.

Dem hungrigen Achim erklärte ich kalt, heute gäbe es nur ein Fertiggericht. Ich hätte etwas zu erledigen, was keinen Aufschub dulde. Er entschied sich für Chili con Carne aus der XXXL-Dose. Genau das richtige Maß für uns zwei.

Er half mir sogar den Tisch in der Küche zu decken und fragte, ob sich denn womöglich das Finanzamt mit einer Nachforderung gemeldet hätte, aber ich wimmelte ihn mit der Standardausrede ab, die Sache sei zu kompliziert, um sie ihm auf die Schnelle zu erklären.

Kaum hatte ich meinen Teller Chili geleert, ließ ich den lieben Gatten mit dem Rest des Eintopfs allein sitzen und verschwand ins Büro. Samt „Apotheken Umschau".

Obwohl das alles nur Werbung zur Hebung des Umsatzes während der touristenarmen Nebensaison war, bezahlt vom Fremdenverkehrsverband der Seebäder, trommelte mein Herz so laut, dass ein anderer es ebenfalls hätte hören können, als ich beim hastigen Blättern auf das ersehnte Foto stieß: Die weiten Sände vor Borkum bei Niedrigwasser, ganz fern am Horizont Dutzende dunkler Flecken – eine Kolonie von Seehunden, denen man sich nicht nähern darf, um sie nicht zu verschrecken, woran sich viele Touristen trotz der Absperrung und den angedrohten drastischen Strafen natürlich nicht halten. Sehnsüchtig starrte ich auf dieses Bild und verstand nicht mehr, weshalb ich so lange Jahre darauf verzichtet hatte, wenigstens für eine kleine Weile dahin zurückzukehren, woher wir alle vor Jahrmillionen gekommen sind – zum Meer.

Jetzt gab es nichts, was mich hier zurückhielte, nicht einmal Achims zu erwartende energischen Einwände. Ich würde das Schöne mit dem Nützlichen verbinden.

„Zu den Quellen!", rief ich ins Zimmer hinein, so ungehemmt, dass Nikki, die gerade überraschend daheim aufgetaucht war, die Treppe wieder herunterpolterte, an meine Tür klopfte und sich besorgt erkundigte, ob alles mit mir in Ordnung sei.

Wenn sie gewusst hätte, was sich da über ihr zusammenzog! Ich begnügte mich mit einem beruhigenden Murmeln und entwarf einen Schlachtplan, in dem Frau Doktor Sulz die entscheidende Rolle spielen sollte. Ihr medizinisch unterfüttertes Machtwort würde Achim kaum aushebeln können. Damit das wie gewünscht ausfiel, musste nur eine einzige Bedingung erfüllt sein, die bisher Jahr für Jahr zuverlässig eingetroffen war.

Meine Ärztin gehörte nämlich zu den seltenen Exemplaren, die sich in ihrer Praxis unmittelbar nach den Feiertagen wohler zu fühlen schienen als daheim. Vielleicht, weil sie ihre Wohnung nur mit einer anschmiegsamen, aber schweigenden Katze teilte? Jedenfalls war sie regelmäßig schon am 2. Januar bereit, sich den Sorgen und Nöten ihrer Patienten zu stellen, die den Weg zu ihr nicht scheuten, während das restliche Deutschland noch ruhte.

Genau auf diesen Zeitpunkt kam es mir an.

Sie musterte mich, mit einem jener Blicke, die in Sekundenbruchteilen das Wesentliche erfassen, und erklärte:

„Sie sehen nicht gut aus!", was nicht unbedingt ästhetisch gemeint war.

Ich nickte kraftlos und gab eine Kurzfassung meiner Leidensgeschichte zu Protokoll: die Renovierung von „Kraut und Rüben", meine hartnäckige Wintergrippe, pausenloser Einsatz an der Familienfront von Heiligabend mindestens bis zum 5. Januar, wenn die Ferien der sogenannten „Kinder" endeten, mit der tröstlichen Aussicht, anschließend im Geschäft meinen Mann stehen zu dürfen.

„Wieso Mann?", fragte sie spitz. „Mehr weibliches Selbstbewusstsein, wenn ich bitten darf! Auch wenn es sich nur um eine Redensart handelt: Das Sein bestimmt das Bewusstsein. Das wusste schon Marx. Also ändern Sie beides." Ich guckte betreten. Widerspruch wäre auch nicht zielführend gewesen.

Jetzt geriet sie so richtig in Fahrt, ging in Einzelheiten:

„Korrigieren Sie mich, wenn ich etwas Falsches vermute. Keiner hat Sie, obwohl Sie noch gar nicht auf dem Damm waren, wirksam bei der Hausarbeit unterstützt. Und Sie waren zu stolz oder auch zu störrisch, um Hilfe zu fordern. So läuft das doch meistens", und ich begriff, dass sie aus Erfahrung sprach. Also hatte ich mit der Katze völlig danebengegriffen.

„Mal eine kleine Handreichung wie das Besteck auflegen, zu mehr hat sich die liebe Familie nicht durchringen können, nicht wahr? In der Regel sind wir selbst daran schuld. Wir haben uns zu lange missbrauchen lassen. Schluss mit diesem Mama-macht-das schon-Syndrom. Klinken Sie sich aus! Fahren Sie in Urlaub! Eine oder besser zwei Wochen. Allein und so rasch wie möglich. Spätestens übermorgen. Sie sind total erschöpft. Ausgebrannt sozusagen. Burn out, wie man das neuerdings nennt, obwohl das bloß falsches Englisch ist."

Gleich würde sie mir, wie ich sie kannte, einen Vortrag über diverse sprachliche Unsitten meiner Landsleute halten. Das fände ich ärgerlich; denn nach Achims Ansicht, die ich uneingeschränkt teilte, war ausschließlich *ich* für deren Belehrung zuständig!

Zweiter Fehlschluss des Tages! Die Frau Doktor hielt sich keineswegs weiter mit Sprachkritik auf, sondern hackte schon wild auf der Tastatur ihres Computers herum und kommentierte.

„Ich schreibe Ihnen ein entsprechendes Attest. Ihre Familie wird das wohl oder übel akzeptieren müssen. Und sie wird merken, was Sie alles leisten, ohne zu klagen. Nur totale Egoisten würden daraus keine Schlüsse für ihr zukünftiges Verhalten ziehen." (Da konnte ich nur beten, verkniff mir aber jeden Kommentar, um sie nicht auf neue Umwege zu locken.)

Auch wenn ihre Argumentation und Wortwahl nicht so ganz meine Billigung fanden – in diesem Augenblick wurde sie mir auf einmal recht sympathisch. Sie gehörte zu den Mitmenschen, die sich für überlegen halten und deshalb leicht zu lenken sind.

Jetzt hieß es nur noch die richtige Frage stellen.

„Frau Doktor, was halten Sie denn von einer Auszeit am Meer, beispielsweise auf Borkum?"

„Ideale Jahreszeit! Diese Insel ist besonders im Winter der reinste Jungbrunnen. Hochseeklima, verstehen Sie? Da habe ich mich, als ich noch jung war, nach einer üblen Bronchitis mal hervorragend erholt", erzählte sie und lächelte. Ihre fahlen Wangen röteten sich vor Begeisterung. Geradezu schön sah sie jetzt aus.

Es tat mir beinah leid, dass ich sie manipuliert hatte. Ebenso manipuliert hatte wie damals Beate. Wieder nach dem Motto „Der Zweck heiligt die Mittel." Nur war diesmal mein Antrieb einen Hauch weniger selbstsüchtig, nehme ich zu meinen Gunsten an.

Der Entschluss, meine Reise ohne viel Federlesens anzutreten, festigte sich, als ich zu Hause die drei jungen Damen kichernd und faul wie die Sünde nebeneinander im ehelichen Doppelbett vorfand.

Ich stellte mich taub für ihre Appelle an meine Mütterlichkeit, hatte wahrhaftig Dringenderes zu erledigen. Schaffte vollendete Tatsachen, ehe ich womöglich wieder dem breiten Trampelpfad der Routine folgen und rückfällig würde, weil die Jungen nach Futter schrieen. Gnadenlose Härte war angesagt.

Achim hielt sich das Attest auf Armlänge entfernt vor die Augen (Warum besorgte er sich nicht endlich mal eine Brille? Mein Gott, war dieser Mann eitel!), las es mindestens zweimal, schüttelte den Kopf und rief: „Jetzt seid ihr total übergeschnappt, du und deine verdrehte Sulz! Wer soll denn solche Unternehmungen bezahlen?"

„Ich natürlich!" Meine Antwort erfolgte augenblicklich und ziemlich von oben herab. Ich zückte mein Postsparbuch, das ich vorausschauend mitgebracht hatte. „Lottogewinn! Letzten Samstag", sagte ich kühl. „1530 Euro und 50 Cent! Das reicht doch wohl, oder? Und um den Haushalt kümmert sich Frau Schnibbe. Die braucht Geld für ihr Enkelkind, das geht demnächst zur Kommunion. Und Käthe und Karl sind bestimmt begeistert, wenn sie in der Buchhandlung nach eigenem Gusto schalten und walten können. Wo also siehst du ein Problem?"

Was sollte er darauf schon antworten, ohne sich zu enthüllen? Sein Gesicht allerdings klagte ohne Worte: „Und was ist mit mir?"

Ich grinste innerlich. Sollte er mich doch ruhig mal vermissen. Was immer zur Verfügung steht, wird nicht geschätzt. (Ach je, das ähnelte wirklich fatal den weisen Sprüchen, die hinten auf dem Apotheken-Kalender stehen. Ich ließ offensichtlich gewaltig nach. Ein Glück, dass mich keiner hören konnte!)

Nikki reagierte muffig auf meine Entscheidung, die sie als egoistisch heruntermachte; sie durchschaute eben meine wahren Beweggründe nicht.

„So' n Mist!", schimpfte sie. „Dann darf ich wohl jeden Morgen ‚ne halbe Stunde früher aufstehen und Frühstück machen, was?"

Schulterzucken von meiner Seite. „Warum nicht? Alt genug bist du ja, oder?"

„Stimmt!", pflichtete Achim mir bei, „du hast sie viel zu lange verwöhnt." Was mich am meisten an ihm störte: Er konnte nicht rechtzeitig aufhören zu sticheln.

Da bahnte sich eine pädagogische Grundsatzdiskussion an, gegen die nur eins half: sofortige Flucht. Außerdem drängte die Zeit.

Diese Reise schien unter keinem guten Stern zu stehen. Mir hatte als Unterkunft ein schickes Hotel vorgeschwebt, mit Meerblick natürlich und zu dieser unwirtlichen Jahreszeit (Nebensaison!) schön preiswert. Geduldig klapperte ich die ganze Liste telefonisch ab, die ich aus dem Internet gezogen hatte, musste jedoch feststellen, dass das angepeilte Domizil entweder zu teuer, voll ausgebucht oder wegen Renovierung geschlossen war. Zuletzt begnügte ich mich mit einer schlichten Pension weitab vom Ufer, die ein in der Geschichte bewanderter Ostfriese „Haus Likedeeler" getauft hatte, was mich unangenehm berührte. Bezog sich das womöglich auf das Frühstück oder auf die obligatorische Bontjesopp am Abend, diese Kalorienbombe der Sonderklasse? Eins schwor ich mir feierlich, nachdem ich ein Zimmer gebucht hatte: Ich würde mich dort auf keinen Fall zum gemeinsamen Krabbenpulen überreden lassen, wie das den Gästen gelegentlich als vergnügliche Freizeitbeschäftigung angeboten wurde. Das hieße die Gemeinsamkeit zu weit zu treiben.

Danach machte ich mich seufzend ans Packen, das mir jede Vorfreude vergällte. Auf meinem Bett stapelten sich Türme von Kleidungsstücken. Kein Zweifel – sie würden nicht in die beiden Rollkoffer passen, die die Bahn im Voraus auf die Insel verfrachten sollte. Also deponierte ich blutenden Herzens ungefähr ein Drittel dessen, was ich eben noch für unverzichtbar gehalten hatte, wieder an seinem angestammten Platz. Wie gewöhnlich würde ich nach dem Auspacken feststellen, dass ich erstens das Falsche mitgenommen hatte und zweitens viel zu wenig für 14 Tage. Geht es anderen auch so? Jedenfalls geben sie es nicht zu. Vielleicht stimmte auch, was meine Mutter stets behauptet hatte – nämlich dass ich ganz besonders unpraktisch sei. Sie würde sich freuen, das aus meinem eigenen Munde zu hören.

Gerade als ich mich erschöpft auf dem Bett niedergelassen hatte, steckte Nikki ihren Kopf zur Tür herein, und fragte, ob ich ihr mal den breiten Ledergürtel mit der silbernen Schnalle *leihen* könne; sowas sei in diesem Winter „total in". (Er war mindestens 20 Jahre alt. Alles ist eben schon mal dagewesen, das wusste bereits der legendäre Rabbi Ben Akiba.)

Nachdem meine dritte Tochter das Objekt ihrer Wünsche genau betrachtet hatte, entschied sie unverblümt, den könne ich bestimmt nicht mehr tragen, so kurz wie der sei. Sie würde ihn also ihrem Fundus hinzufügen und ich ihn nicht wiedersehen.

Merkwürdig, was die heutige Jugend unter dem Begriff *leihen* versteht! Muss wohl eine Verschiebung im Wortfeld, wie wir das zu meiner Jugend nannten, stattgefunden haben, die mir bisher entgangen war.

Und weil meine dritte Tochter diesmal wenigstens darauf verzichtete, meinen Taillen-Umfang mitleidlos zu begutachten, gab ich ohne weitere Diskussion auf. Ich hätte ohnehin den Kürzeren gezogen. In unserem Schlafzimmer gab es nämlich einen Ganzkörperspiegel, auf dessen Montage ich vor Jahren bestanden hatte.

Einige Tage später stand ich am Bug der Borkum-Fähre und breitete beide Arme in den Wind, der nach Salz und Jod duftete. Kann man meerestrunken sein? So hätte ich meinen Zustand beschrieben. Doch keiner fragte mich danach.

Auch nicht die Mittfünfzigerin, die, in ihren beigen ungefütterten Parka gezwängt, meinem theatralischen Gehabe missbilligend zuschaute. Sie schüttelte den Kopf und sagte unüberhörbar zu ihrer Tochter, die ihr verblüffend ähnelte: „Manche Leute werden eben nie erwachsen!"

„Aber Mama", protestierte die, „sie spielt doch bloß ‚Titanic'. Erinnerst du dich nicht? Kate Winslet und Leonardo di Caprio! Toller Film! Haben wir doch gesehen! Auf Video!"

Sie hatten ja beide so recht. Ich kriegte einen roten Kopf und nahm die Arme herunter. Wie konnte ich bloß so rasch vergessen, dass ich mit einem geheimen Auftrag unterwegs war, den ich mir selbst erteilt hatte, und nicht auf einer Vergnügungsreise!

Ein letzter Versuch, Nikkis Schicksal zu lenken, das sich, davon war ich überzeugt, in die falsche Richtung bewegte. Nicht, dass ich mich für göttergleich gehalten hätte! Ganz im Gegenteil. Die zahlreichen Fehlschläge hatten mich längst eines Besseren belehrt. Ich hoffte nur noch auf einen Zufall, der mir in die Hände arbeitete. Der Rest wäre dann meine Sache. Ein Auftrag, dessen Folgen für alle Beteiligten ich mir nicht ausmalen wollte, nein, ehrlicher formuliert – die ich mir mangels einschlägiger Erfahrungen nicht ausmalen *konnte*.

Unter Deck, im sogenannten „Salon", verfolgte ich meine Gedanken weiter, während ich mir im Unterdeck ein bescheidenes Bockwürstchen als verspätetes Mittagsmahl genehmigte. Es war beinah beängstigend still, eben keine Saison. Nur einige Tische weiter ein paar weißhaarige Senioren, überwiegend Frauen, die sich gedämpft unterhielten, während sie ihren Tee nach Landessitte tranken. Insulaner vermutlich. Oder überangepasste Touristen.

Auf einmal aber schrie mir ein blondgelocktes, zum Anbeißen niedliches etwa dreijähriges Monster in der Nachbarnische mir ein „Le-na will Eis! Le-na will gro-ßes Eis!" direkt in die Ohren, trommelte im Rhythmus der Wörter mit einem Löffel auf die Tischplatte und ließ sich auch von einem grellrosa Plüsch-Schweinchen nicht ablenken, das ihm seine Mutter vor die Nase hielt. Ich lächelte ihr zu, ein Signal, dass mich das Gezeter nicht weiter störte.

Der Eisbecher, den sie ihrer Tochter kurz danach servierte, war der üppigste, teuerste, der auf der Speisekarte stand.

Sie hatte kapituliert. Wie ich bei Nikki. Hundert Mal oder mehr. Aus welchem Grund? Vermutlich auch bei ihr eher ein Bündel von Gründen. Unter anderem Liebe. Und Schwäche. Die gehören zusammen wie siamesische Zwillinge. Ach ja, und hinterher als Dritter im Bunde das schlechte Gewissen.

Lena war nun für eine Weile beschäftigt, und es kehrte Ruhe ein. Die Teetrinker verstummten, starren in ihre Gläser, warteten darauf, dass sich der Kandis in Schlieren auflöste. Es gab nichts mehr Neues zu sagen über dieses ungezogene Gör.

Meine Gedanken rotierten um Nikki. Ihr Name, der von meinem Kopf Besitz ergriffen hatte, genügte, um die Tretmühle in Gang zu setzen.

Meine dritte Tochter hatte heute – samstags ist schulfrei – überraschend darauf bestanden, mich zum Bahnhof zu begleiten. Die Vorstellung, 14 Tage auf Achim angewiesen, ihm und seinen pädagogischen Experimenten quasi ausgeliefert zu sein, missfiel ihr bestimmt. Mir ebenso.

Sein Motto wäre „Keine Toleranz!“, das wusste sie. Deshalb die ungewohnte Anhänglichkeit, als die Würfel schon gefallen waren. Ein Hilferuf ohne Worte.

Am liebsten hätte ich mit einer Katastrophen-Meldung die Aktion Erholung augenblicklich gekippt. Eine ansteckende Krankheit wie Mumps oder eine akute Schweinegrippe, etwas in dieser Preislage. Ach, leider reichten meine darstellerischen Talente lediglich für kleine, miese Tricks, und eine Verschiebung der Unternehmung auf die Zukunft hätte meine Nöte noch vergrößert. Denn dass es nicht nur um Nikkis Rettung ging, sondern auch um meine eigene, ließ sich nicht wegdiskutieren.

Die Temperaturen waren frostig, als wir ins Auto stiegen. „Klirrende Kälte“, so nannten die Kommentatoren sie einhellig, als verfügte die deutsche Sprache nur über dieses eine treffende Wort. Ich beschäftigte mich gerade mit der Frage, wer denn jeweils die Losung ausgibt, die alle Medien nachbeteten, als Henry die Haustür öffnete. Die Situation sofort erfassend, hob er die Rechte, winkte und rief „Gute Reise“ in den stillen Morgen hinein.

Ich winkte zurück und flüsterte „Dummkopf! Wenn du wüsstest, wohin die Reise in Wirklichkeit geht!", wurde getragen von einer Euphorie, die alle meine Bedenken zerstreute.

Bald jedoch war sie verflogen. Mag sein, vom Schlafmangel. Wer wälzte sich nicht unruhig die halbe Nacht im Bett herum, wenn er nach Jahrzehnten zum ersten Mal solo wegfährt! Ungebunden und nur sich selbst verantwortlich. Freiheit, die ich meine!
Ich gähnte ausgiebig und schaute durch die salzbesprühten Scheiben auf die grauen Wellen. Ihr gleichmäßiges Auf und Ab wirkte beruhigend. Nur einen Moment die Augen schließen, ein bisschen dösen, mehr nicht …

Was hatte denn dieser Henry hier zu suchen? Tänzelte um mich herum, ergriff meine Hände, säuselte „Meine liebe Lisa, weshalb läufst du vor mir davon?" Er redete vollkommenen Unsinn. Seine liebe Lisa war doch *ihm* auf den Fersen und nicht umgekehrt! So wurde ein Schuh draus. Außerdem – seit wann sind wir eigentlich per Du? Und als er dann auch noch von einem Schwein faselte, das ich Nikki angeblich weggenommen hätte, stand fest, dass er verrückt geworden war. Vor Irren muss man sich fernhalten. Die sind unberechenbar.
Deshalb entzog ich ihm meine Hände und vollführte eine weit ausholende Abwehrbewegung.

Der Lärm war ungeheuerlich, als das Tablett samt Geschirr, das ich nachlässig auf dem schmalen Tisch stehen gelassen hatte, zu Boden krachte Die Teetrinker starrten mich an, als hätte ich gerade ein Attentat begangen. Lena heulte los wie eine Sirene. Die korpulente Bedienung bequemte sich hinter der Essensausgabe hervor, beseitigte unterdrückt maulend die Bescherung und verlangte, dass ich den Schaden trüge. Ich erhob keinen Widerspruch, gab ihr sogar ein unangemessenes Trinkgeld, um die Prozedur abzukürzen. Was für ein

Auftakt meiner Mission! Und das alles nur, weil Henry nun auch noch von meinen Träumen Besitz ergriffen hatte.

Hätte die Fähre nicht gerade ein Wendemanöver vollführt und so die Silhouette Borkums mit ihren strahlend weißen Hotels und Kliniken den Blicken der Passagiere freigegeben, ich hätte mich vor lauter Scham durch den Schiffsboden gebohrt und wäre in der eiskalten Nordsee versunken.

Nein, die Ankunft auf der „Insel meiner Sehnsucht", so hatte ich sie bis gestern bezeichnet, glich ganz und gar nicht den solchen romantischen Vorstellungen, die ich am Niederrhein gehätschelt hatte. Erfreuliche Ereignisse aus der Vergangenheit lassen sich nicht wiederholen, jeder Versuch, so meine Erfahrung, endet in einem Fiasko. Denn alles ist in Bewegung, wir selbst, die anderen und auch die Bedingungen.

Damals, vor fast zwei Jahrzehnten, als wir uns noch „Das Fähnlein der sieben Aufrechten" nannten (nach einer Geschichte, die Beate in der Schule hatte lesen müssen), damals also schien unser Leben berechenbar. Niemand hatte die Katastrophe kommen sehen, auch Harald nicht. Er glaubte an seine Unverwundbarkeit, ein Siegfried des 20. Jahrhunderts. Das nahm ich selbstherrlich an, obwohl außer einem disharmonischen Telefonat und einem womöglich verleumderischen Brief kein schlagender Beweis für diese Annahme existierte.

Ich wartete, bis die anderen Passagiere ausgestiegen waren, zerrte meinen Trolley über die Gangway, sah nicht einmal auf. Kein Bedürfnis, von irgendjemand angesprochen zu werden, vor allem nicht wegen meines lächerlichen Missgeschicks.

Die Borkumer Kleinbahn, leider nicht mit der historischen Dampflok und den entsprechenden Waggons, quälte sich rüttelnd und schüttelnd und pfeifend über die Insel. Meine Bandscheiben waren auch nicht mehr das, was sie mal gewesen waren. Ich fühlte mich alt und ausgelaugt.

Im Bahnhof wurde ich von einer jungen Frau mit einem zweirädrigen Gepäck-Karren erwartet, die ein Schild mit der Aufschrift „Likedeeler" hochhielt. Lissy hieß sie und war sehr mitteilsam. Innerhalb von zehn Minuten erzählte sie mir unterwegs ihre komplette Lebensgeschichte. Ich beschränkte mich aufs Zuhören.

Ihre Mutter war schon seit Jahren tot, der Vater hatte erneut geheiratet, eine Frau vom Festland, die Lissys ältere Schwester hätte sein können.

Jan Meuuw begrüßte mich freundlich, aber er benahm sich seltsam. Später merkte ich, dass er nicht einmal meinen Namen behalten hatte. Seine Tochter klärte mich auf: Fortgeschrittene Demenz. Was für ein Leben für eine so liebenswerte Person wie Lissy!

Es tat mir leid, aber ich war enttäuscht. Weil ich geplant hatte, die Gastgeber für meine Zwecke einzuspannen, sie unauffällig auszuhorchen. Pech gehabt: Die Drei wussten garantiert nichts über einen Mann namens Henry Ackermann.

10. Kapitel: Fiasko

Das Telefon klingelte. Ich tastete blind nach dem Hörer, doch da, wo er liegen sollte, nämlich rechts neben dem Bett, war – nichts. Gar nichts. Kein Telefon, kein Nachttisch und auch nicht der Schalter meiner Stehlampe.

Dieses permanente schrille Gebimmel malträtierte meinen armen Kopf. Wer war so rücksichtslos, mich derart früh am Morgen zu belästigen? Na ja, von früh konnte wohl nicht die Rede ein; denn als ich die Augen öffnete, sah ich, dass das trübe Licht eines Wintertages schon durch die dünnen Vorhänge hereinsickerte in ein Zimmer, das mir fremd vorkam.

„Du bist auf Borkum, Dummkopf", sagte mein Hirn und befahl mir ungerührt, ich solle subito nach *links* greifen, den Hörer fassen und ihn ans Ohr pressen.

Achim! „Wieso hebst du nicht ab? Es ist schon nach 9! Liegst du etwa noch im Bett?", nörgelte er.

Statt einer Antwort bat ich ihn dringend, nicht so zu schreien. Ich hätte starke Kopfschmerzen, was der Wahrheit entsprach. Als Krankenpfleger wäre er nun, so hoffte ich, gewissermaßen beruflich verpflichtet, Rücksicht zu nehmen. Tatsächlich fuhr er seinen Stimmpegel um einige Dezibel herunter und lieferte auch gleich eine Begründung für seinen Zorn.

„Stell' dir vor, eben haben wir einen Brief vom Gericht im Kasten gefunden. Wahrscheinlich gestern spät mit einem Boten gekommen. Ausgerechnet jetzt geht das los, wo du nicht greifbar bist."

„Ist das vielleicht meine Schuld? Ich bin doch keine Hellseherin!" Es hörte sich ebenso übellaunig an, wie ich mich fühlte. „Was ist denn nun schon wieder los?" Diese Frage war eigentlich überflüssig, denn ich ahnte schon, worum es ging.

„Ich sage nur ‚Rollatorbrigade'!", schnaubte Achim verächtlich. „Muss dieses Gör eigentlich nur Ärger machen?"

O Himmel! Hier fand kein Scharmützel statt, sondern eine offene Feldschlacht. Angeheizt durch diesen vermaledeiten Brief, mit dem doch zu rechnen war.

„Langsam im Geist bis zehn zählen, wenn es kritisch wird!" Das war Mutters Rat gewesen, den ich bisher noch nie beherzigt hatte. Ich war eben bei 18 angelangt, als ein geradezu bösartiges „Bist du etwa schon wieder eingeschlafen?" aus dem Hörer drang. Mühsam raffte ich mich zu der naheliegenden und gleichzeitig kürzesten Frage auf, die mir im Moment möglich war: „Wann wird verhandelt?"

„Übermorgen!"

„Dann werde ich in Gedanken bei euch sein." Dieser Satz, selbstverständlich lupenreiner Kitsch, – aber möglicherweise zeigte er trotzdem Wirkung? Bei Männern kann man nie wissen. Zur Sicherheit bot ich zudem akustische Unterstützung aus weiter Ferne an, indem ich ihn aufforderte: „Ruf mich, wenn alles vorbei ist, gleich auf dem Handy an, ja?" Undefinierbares Gebrumm, anschließend Funkstille.

Dass ich am Abend vorher versäumt hatte, dieses hinterlistige Ding aufzuladen, das immer genau dann leer ist, wenn man es unbedingt braucht, überging ich. Es war unwichtig, nicht wert, erwähnt zu werden.

Was mir jetzt wichtig war, darüber durfte ich freilich bei Achim nie auch nur den Hauch einer Andeutung fallen lassen. Die Folgen wären, so flüsterte mir das schlechte Gewissen ein, fatal – sein Vertrauen total erschüttert, also das Ende unserer Ehe.

(Solange ich mich erinnern kann, habe ich mit Lust alles dramatisiert, zum Leidwesen meiner lebenden und bereits verstorbenen Familienmitglieder. Diesmal jedoch war es mir bitterernst.)

Ich verstand mich selbst nicht mehr. Wieso fiel eine bisher charakterfeste, integere Frau wie ich urplötzlich in das Verhalten der „liederlichen Lisa" zurück? War ich womöglich irgendwann in der Vergangenheit auf dem Entwicklungsstand einer 16-Jährigen endgültig stehengeblieben, also quasi ein Kolbenfresser aus Fleisch und Blut?

Dieser und jener geachtete Philosoph oder Psychiater verkündet mindestens einmal jährlich in der Samstagsbeilage unserer Heimatzeitung, jeder, ausnahmslos jeder, sei ohne jeden Zweifel in der Lage, jede nur denkbare Schandtat einschließlich Mord zu begehen.

   Bis vor kurzem hatte ich auf eine solche Behauptung stets mit Empörung reagiert. Ich hielt mich für eine rühmliche Ausnahme, obwohl es auch früher schon genügend eindeutige, von mir aber erfolgreich verdrängte Indizien gab, dass ich mich irrte. Vermutlich ist diese Selbsttäuschung lebensnotwendig, da enorm entlastend. Vor allem bei Politikern und Medienschaffenden ist sie durch ständiges Training überdurchschnittlich gut entwickelt und die unabdingbare Voraussetzung für eine Karriere. Weil der Mensch ja von irgendetwas leben muss, entschuldigt das manches. Aber nicht bei mir. Seit dem gestrigen Abend gab es eine Ursache, mich als durchschnittlicher Mitbürger (Entschuldigung, Frau Doktor Sulz! Selbstverständlich als Mitbürgerin!) in Grund und Boden zu schämen.

Da ich sowieso kein ordentliches Frühstück mehr erwarten konnte – es ging hier stur nach der Melodie „Wer nicht kommt zur rechten Zeit (Klartext: bis 10 Uhr!), der muss nehmen, was übrig bleibt" – war Eile beim Waschen und Ankleiden sinnlos und mit meinem Brummschädel auch nicht ratsam. Außerdem – ein wenig Diät hätte mein „Hüftgold" nur günstig beeinflussen können. Hatte ich etwa voreilig auf den silbernen Gürtel verzichtet?

Auf der Bettkante sitzend drehte ich meine Strumpfhose minutenlang ratlos zwischen den Fingern hin und her, um den Einstieg zu finden, tappte barfuß (Achtung, Fußpilz!) zum Kleiderschrank, starrte hinein, schob die Plastikbügel von einer Seite zur anderen und suchte meine schwarzen Jeans, die ich, wie mir schließlich aufging, gar nicht eingepackt hatte. Zwischendurch schaute ich stumpfsinnig aus dem Fenster ins Trübe, beschloss, während meines ersten Spaziergangs an der Wasserkante den Sonntag-Abend Revue passieren zu lassen und schlüpfte in meinen ältesten Pullover, den ich wahrscheinlich den „Likedeelern" zur Entsorgung überlassen würde, und in eine schon etwas räudige Sportsamthose, die mir bei solchen unwirtlichen Temperaturen für einen Ausflug geeignet erschienen.

Der Anmarsch zur Promenade wollte kein Ende nehmen. Jetzt rächte sich der lange Winter ohne ausreichende Bewegung. Die Straße, die zur Promenade führt, wirkte wie ein Kamin. Der Wind fing sich in meiner Kapuze, riss sie mir beinah vom Kopf. Das Versprechen, der Anorak sei absolut winddicht, erwies sich als Werbegag ohne Bezug zur Realität. Oben auf der Promenade bekam ich den Eindruck, ich stünde in der Unterwäsche da. Und meine Handschuhe vermisste ich auch. Daher blieb die Rührung weitgehend aus, die ich eigentlich beim Anblick der Meereswellen hätte empfinden müssen. Der Wunsch nach einer heißen Tasse Tee wurde dagegen übermächtig, besiegte meine absonderliche Neigung zur Selbstbestrafung, die mich seit dem Aufwachen befallen hatte.

„Büßen kannst du auch später noch!", überredete ich mich und steuerte auf eines der Bistros zu, das zum Glück „open" war, wie ein hektisch flimmerndes Schild in Tiefrot verkündete. Der halbgare Bursche, der gelangweilt an der Theke lehnte und mit dem linken Absatz den Rhythmus des neuesten Pop-Songs auf den Bretterboden klopfte, tauchte widerwillig aus seinen Träumen auf und geruhte, nach meinen Wünschen zu fragen. Leckere Waffeln hätten sie auch, hausgemachte, mit heißen Kirschen, warb er, denn am Tee ist ja nicht genug zu verdienen, und ich wurde schwach. „Starke Frau" – dass ich nicht lache! Wirft bei dem geringsten Köder sämtliche Prinzipien über Bord! Nicht nur in diesem Moment, sondern auch am gestrigen Abend. Da besonders!

Während ich aß, warf ich ab und zu einen Blick auf die Promenade. Ein paar Radfahrer vollführten, um die wenigen Fußgänger herumkurvend, rasante Manöver. Was mir auffiel: Beinahe jede Frau, ob alt oder jung, hatte sich eine dieser überdimensionalen, grau-wollenen Kopfbedeckungen aufgestülpt, die man derzeit für ein sogenanntes „must have" hält. Manche glichen mit ihrem bis zur Schulter hängenden Zipfel der Jakobiner-Mütze aus der Französischen Revolution, die meisten jedoch einer mehrstufigen Hochzeits-Sahne-Torte, die auseinandergeflossen ist, weil sie stundenlang in der prallen Sonne gestanden hat. Unkleidsamer ging es wirklich nicht. *(Keine Form mehr, das ist überhaupt das Grundproblem. Zu meiner Zeit hat man ... Aber es ist nicht mehr meine Zeit! Ganz allmählich bin ich aus ihr hinausgetreten, und ich sehne mich nicht nach ihr zurück. So harmonisch war sie nämlich auch wieder nicht.)*

Das Meer leckte lustlos am Sand, schaumige Flocken wehten vorüber. Zeichen einer illegalen Verklappung? *(Greenpeace ist überall, auch in* **meinem** *Kopf! Obwohl ich diese Umweltapostel nicht ausstehen kann!)* Niedrigwasser oder, binnenländisch, Ebbe, Temperatur zwischen drei und vier Grad Celsius. Rundherum ungemütlich. Ein paar Wagemutige hatten sich vor mir aufgemacht, um den Seehunden per Fernglas, das *ich nicht* mitgeschleppt habe, ins Auge zu schauen. Trotz der Katastrophenmeldungen besorgter Tierschützer, die noch vor einigen Jahren ihr Aussterben prophezeit hatten, war die Sandbank gesprenkelt mit ihren dunklen Leibern. Jenseits der Sände toste die Brandung, als donnerte dort ein Güterzug vorbei, der, wie sonderbar, tatsächlich immer leiser wurde, je mehr ich mich ihm näherte: Eine reale Variante des fiktiven Scheinriesen Herrn Turtur, ausgedacht von Michael Ende.

Steifbeinig stapfte ich durch die feuchten Spuren meiner sich allmählich entfernenden Schrittmacher, schwarzen Schemen, als wären sie einem Munch'schen Gemälde entstiegen.

Nun gab es nichts mehr, was mich ablenken konnte von der Bilanz des vorigen Tages.

Also wieder einmal Rückblende.

Beim Frühstück lernte ich meine Mitbewohner kennen, einen melancholischen Witwer nebst pubertierender, von Akne geplagter Tochter und ein altgedientes Ehepaar, das sich auch in dieser Halböffentlichkeit ungeniert beharkte. (Was wird das wohl für ein Hauen und Stechen gewesen sein, sobald die beiden unter sich waren!)

„Mussde immer so viel Butter auf dein Brötchen klatschen? Denk an deinen Cholesterinspiegel!", mahnte die Frau, aber der Tonfall entlarvte ihre vorgebliche Besorgnis als reine Nörgelei.

„An irgendwas muss man doch sterben, oder? Und außerdem, liebe Erna – was ist mit *deinem* Übergewicht? Wer im Glashaus sitzt, soll nicht …" schoss der Mann zurück, brachte eine zusätzliche fingerdicke Scheibe grober Leberwurst auf seinem Brötchen unter und biss herzhaft hinein.

„Das hatten wir doch schon mal, Herbert, oder?" Dabei griff Erna nach dem letzten verbliebenen Körnerbrötchen, das ich schon erfreut angepeilt hatte. (So sieht echte „Likedeelerei" aus! Ich hatte es ja geahnt!)

Mir war dieses Gezänk peinlich. Die etwa Fünfzehnjährige verdrehte die Augen anklagend zur Zimmerdecke, ihr Vater starrte in seine leere Kaffeetasse und schwieg. Um die Kontrahenten abzulenken, warf ich eine Frage in die Debatte, die nicht die Spur mit Gesundheit zu tun hatte. Eher mit dem Gegenteil.

Wo ich mich denn, wenn ich ausgepackt und einen Happen zu Mittag gegessen hätte, abends ein bisschen entspannen könnte. Sie sähen so aus, als hätten sie damit Erfahrung, oder?

Eifriges Nicken.

„Wennse 'nen Kurschatten suchen, dann hin zur ‚Strandklause!'", sagte Herbert grinsend.

„Sehe ich vielleicht so aus?", wagte ich einzuwerfen.

„Man kann ja nie wissen!" Das war entschieden anzüglich.

172

Diese Gelegenheit zum Tadeln ließ sich Erna nicht entgehen.

„Woran *du* immer gleich denkst", maßregelte sie ihren Mann, ein auf Wohlstandsformat von reichlich 180 Pfund aufgequollenes Fräulein Rottenmaier, dessen Original sie bestenfalls nur aus einem japanischen Zeichentrickfilm kannte.

Herberts Vermutungen musste ich sofort ein Ende machen.

Da half nur Sachlichkeit, gepaart mit einem Quäntchen Phantasie zur Tarnung.

„Ich suche einen Mann, der auf Borkum aufgewachsen ist. Er hat einige Jahre mit meinem Schwager auf See zusammengearbeitet und weiß vielleicht, wo der abgeblieben ist."

„Oh, interessant!" Erna beugte sich neugierig über den Tisch, wartete auf weitere dramatische Einzelheiten, machte aber keine Anstalten, mir zu helfen.

Anders ihr Ehemann. „Na, da gehense am besten in eine Kneipe, wo sich die Einheimischen treffen", schlug der vor. „Da kennt doch jeder jeden."

„Gute Idee!", lobte ich. „Darauf hätte ich auch selber kommen können". Er hatte eine kleine Aufmunterung verdient. Die schlug auch sofort an.

„Manchmal sieht man den Wald vor lauter Bäumen nich'!", beruhigte er mich. „Fragense ruhig mal die Lissy, die hat 'nen Freund, der kellnert irgendwo im Ort und hört allerhand, was besser unter den Teppich gekehrt würde. Hier blüht der Klatsch. Is' eben 'ne Kleinstadt wie tausend andere."

Karl war, stellte ich fest, keineswegs so übel, wie Erna ihn sehen wollte.

Also *doch* Lissy. Immerhin eine lauwarme Spur, die sich zu verfolgen lohnte. Übrigens – derart bedauernswert, wie ich vermutet hatte, war die Kleine doch wohl nicht. Wie so oft verspekuliert – manche Menschen lernen einfach nichts dazu!

„Schon verstanden! Kein Problem", urteilte Lissy, nachdem ich mein Anliegen vorgetragen hatte, nestelte ein Handy aus ihrer Schürzentasche und verschwand in der Küche.

„Alles klar! Heute gegen neun im „Störtebeker" am alten Leuchtturm. Uwe wird sich um Sie kümmern."

Als sie „Uwe" sagte, lächelte sie. Entzückend sah sie aus, so verliebt von den Zehenspitzen bis zum blonden Schopf! Dieser Bursche ist ein Hans im Glück. Hoffentlich enttäuschte er sie nicht.

Abends, kurz nach der vereinbarten Zeit am angegebenen Ort. Rauch quoll heraus, als ich die hölzerne Tür öffnete. Rauch zwischen den Tischen, zur niedrigen Decke aufsteigend, die Theke, dicht an dicht besetzt von qualmenden Männern mit ledriger Haut, im Rauch verschwimmend, Rauch, der die Köpfe umnebelte und den Sauerstoff vertrieb. Gesundbrunnen für meine Bronchien. Sollte ich mir das antun? Einen kleinen Schritt zurück, und ich wäre wieder draußen, reine Seeluft atmend!

Doch zu spät. Uwe, ein Friese aus dem Werbeprospekt, offenbar adleräugig, ruderte zielsicher durch die Schwaden, ergriff meinen Arm, zog mich hinein in die Räucherhöhle und führte mich sorglich zu einem Katzentisch an der Wand. Ich wollte protestieren, doch wie sollte ich mich bei diesem Lärm verständlich machen?

Eine Weile nippte ich an meinem bitteren Jever, das mir Uwe aufgenötigt hatte (hier einen Wein zu bestellen wäre bestimmt ein Tritt ins Fettnäpfchen gewesen), hustete unterdrückt und versuchte zu erkennen, was sich rundherum abspielte. Niemand schien meine Anwesenheit zu bemerken. Man übersah mich einfach und signalisierte mir damit ohne Worte, dass ich nicht dazugehörte.

Hier würde ich nichts Brauchbares erfahren. Also nur schnell weg und gleich ins Bett. Zum Wundenlecken.

Gerade war es mir gelungen, aus meiner prallvollen Handtasche die Geldbörse herauszuzerren, da traf mich ein kalter Luftzug im Nacken.

Die Eingangstür schlug gegen die Wand. Einen Augenblick lang verstummten alle Gespräche.

Ich drehte mich um. Mitten im Raum stand der hässlichste Mann des Abends und zugleich der eleganteste, winkte hierhin und dahin, nickte, lächelte. Hängte seinen pelzgefütterten Mantel lässig über die Stuhllehne, zupfte an den Bügelfalten seiner maßgeschneiderten Hose aus feinstem Tuch, setzte sich an den größten aller Tische direkt mir gegenüber, zitierte den Wirt herbei und gab eine Bestellung auf. Uwe schenkte ihm einen Cognac ein, doppelstöckig, versteht sich, und schlenderte anschließend herbei, um sich nach meinen weiteren Wünschen zu erkundigen. Dabei beugte er sich zu mir herunter und flüsterte: „Das ist der reichste Mann am Ort, wie man so hört. Mindestens 15 Ferienwohnungen, Beteiligungen an mehreren Vier-Sterne-Hotels, betreibt Cafés und Boutiquen – und sonst noch allerlei, was nicht ganz ladenrein ist, erzählt man sich unter der Hand. Überall hat er seine Finger drin und Geld wie Heu, was die Frauen natürlich antörnt. War dreimal verheiratet, ist jetzt wieder solo. Jedenfalls, wenn Sie eine Information brauchen, dann ist Ole Lübbe der Richtige. Hört die Flöhe husten. Soll ich Sie mal bekannt machen?", fragte Lissys Freund.

Während er mich derart erschöpfend aufklärte, hatte er die Tischplatte so ausgiebig mit einem karierten Küchenhandtuch bearbeitet, als hätte ich gerade mein halbes Jever umgekippt. Ein cleverer Bursche, dieser Uwe, mit allen Wassern gewaschen. Er wartete meine Antwort nicht ab, wechselte auf dem Rückweg zur Theke im Vorbeigehen ein paar Worte mit Lübbe. Der schaute herüber, musterte mich und lächelte mir zu. Ich fühlte mich unbehaglich, tat, als hätte ich nichts gesehen. Wie reagiert man in einer solchen Situation angemessen?

Von nahem war seine Ähnlichkeit mit Kermit, dem Frosch, erstaunlich – bis auf die Haut. Die war tiefbraun, Sonnenbank-braun. Vorstellung wie unter zivilisierten Menschen üblich, danach die Frage, ob der Platz neben mir noch frei sei, die sich allenfalls ein Blinder hätte erlauben können, und was er mir bestellen dürfe.

„Mineralwasser!", verlangte ich kühn und tischte ihm ohne überflüssige Vorreden mein „Anliegen" genau in der Version auf, der man schon in der Pension aufgesessen war. Nur keine Widersprüche, die meine Glaubwürdigkeit erschüttert hätten.

„Das wird schwierig", entschied er, „Ich kenne über den Daumen gepeilt rund ein halbes Dutzend Akkermänner, die sich Henry nennen, weil ihnen dieser Name besser gefällt als ein so altmodischer wie Fokke oder Onno. Wollen auch hier modern sein, verstehen Sie? Das wird dauern, bis ich den Richtigen gefunden habe."

„Natürlich", sagte ich einsichtig, obwohl ich innerlich vor Ungeduld zitterte. „Das klappt nicht von heute auf morgen."

„Was halten Sie denn von einem gepflegten Abendessen im ‚Admiral Benbow'? Beispielsweise übermorgen, so gegen 8? Bis dahin habe ich bestimmt schon was herausbekommen."

Aha, also daher wehte der Wind! Was fiel diesem Kleinstadt-Krösus eigentlich ein! Roch wahrhaftig nach simpler Anmache, die Einladung, oder? (Und welche Gegenleistung erwartete er für die aufwändige Recherche? Darüber mochte ich jetzt gar nicht nachdenken.)

Kermit sah mich erwartungsvoll an, rechnete wohl mit begeisterter Zustimmung, aber ich konnte mich nur zu einem prosaischen „In Ordnung" durchringen. Er gefiel mir überhaupt nicht, doch ich brauchte ihn. *(Das alte Lied vom Zweck, der die Mittel heiligt. So raffiniert ich es auch anstellte, ich musste es wieder und wieder singen. Auch hier und heute.)*

Jetzt noch einen Schluck aus dem halbvollen Glas mit lauwarmem, abgestandenem Mineralwasser. Dann gähnte ich unterdrückt, stand auf und verabschiedete mich mit der dümmlichen Begründung „Seeluft macht mich immer so müde. Also bis übermorgen." Genügend Atempause, um auszuloten, worauf ich mich eben eingelassen hatte.

Kermit zog erstaunt die Augenbrauen in die Höhe. Er hatte soeben eine neue Erfahrung gemacht: Es gab doch tatsächlich eine Frau auf dieser Insel, die nicht überschwänglich auf seine Einladung reagierte!

„Einen schönen Abend noch", wünschte ich so herzlich wie eine Kassiererin im Supermarkt, nickte meinem Informanten zu, bezahlte das Jever gleich an der Theke und verschwand. Ich schlief tief und fest, obwohl meine Haare penetrant nach Tabakrauch stanken. Daher auch die Kopfschmerzen am nächsten Morgen.

Der Dienstag, so nahm ich an, würde kein angenehmer Tag werden. Um mich abzulenken, beschloss ich, mich selbst zu verwöhnen, weil es kein anderer tat. Mit „Kieken und Kopen", getreu dem Titel der aktuellen örtlichen Werbebroschüre. Eigentlich brauchte ich nichts, doch meine Tragetasche füllte sich trotzdem. Nach einer Stunde hatte ich folgendes erstanden: einen grünen Pullover in meiner Augenfarbe, „figur-umspielend", so die Verkäuferin, was bedeutete, ich durfte höchstens ein halbes Kilo zunehmen, ohne dass ich aussähe wie eine Wurst in der Pelle, außerdem eine gelbe Seidenbluse, die schwer zu bügeln sein würde, eine elegante schwarze Marlene-Hose aus edler Lammwolle, bi-elastisch, plus passender Designer-Langjacke, beides mit 30 % Rabatt, und außerdem ein Dutzend Ansichtskarten voller großäugiger Seehundbabys und Leuchttürmen in allen Variationen, die ich zu Hause meiner Sammlung ähnlicher hinzufügen würde, denn übers Wetter oder die Ofenkartoffel mit Sauerrahm zum Mittagessen will doch kein anderer etwas lesen. Und jedem flüchtigen Bekannten auf die Nase binden, was mir unentwegt im Kopf herumging und mein Herz vor Angst zusammenkrampfte, nein, das täte ich auch nicht. Ach ja, zum guten Schluss hatte ich mir noch eine Auswahl sündteurer französischer Kosmetika aufschwatzen lassen, die ein findiger Marketing-Stratege in einem nostalgischen Minikoffer, laut Anhänger aus *echtem* Leder, untergebracht hat, damit sie wertvoller wirken, ein gängiger Kunstgriff, den ich zwar durchschaute, gegen den ich trotzdem nicht immun war.

(Will lieber nicht wissen, welche Schlüsse ein Psychologe oder gar ein Psychiater aus diesem Sammelsurium gezogen hätte. Litt ich vielleicht unter einer Frühform einer seelischen oder geistigen Erkrankung, die mit Verschwendungssucht einhergeht, oder war es nur die ungewohnte Freiheit, die mich zu solchen Eskapaden trieb? Dass man doch nie sicher ist, was einen antreibt, dieses zu tun oder jenes zu lassen! Das bedrückt mich noch immer, und keiner meiner klugen Berater hier hat mir aus diesem Dilemma heraushelfen können. Es interessiert sie eigentlich auch gar nicht, denn sie sehen nur Fälle, die in irgendein Schema gepresst werden, das sie während ihrer Ausbildung gelernt haben. Aber das ist eine unzulässige Abschweifung von meiner selbstgestellten Aufgabe.)

Nach der dritten Runde durch das Innenstädtchen war ich reif für einen Mittagsschlaf. Dann wäre ich auch abends frisch beim „Date" mit Kermit.

Doch kaum hatte ich mich ins Bett gekuschelt, fühlte mich warm und geborgen, da schrillte schon das Telefon, ein altertümliches Modell mit langer, verdrehter Schnur, die ich erst entwirren musste, bevor ich mit Achim sprechen konnte. Denn dass er, dieses Muster an Zuverlässigkeit, wie abgesprochen von der Verhandlung in Sachen Rollator berichten würde, war selbstverständlich.

„Mein Gott, was für ein Theater!", stöhnt er zur Einleitung. „Ein Glück, dass die Öffentlichkeit in Jugendstrafverfahren ausgeschlossen ist. Sonst hätte womöglich jemand aus diesem Klatschnest das Gerücht ausgestreut, unsere Nikki wäre kriminell! Dabei war das doch nur fahrlässige Körperverletzung und keine Absicht. Das hat sogar der Richter eingesehen und deshalb …"

„Bitte keine Romane! Mich interessiert nur, was dabei herausgekommen ist!"

„Lass mich doch mal ausreden! Soviel Zeit wirst du doch wohl haben, oder? Er hat ihr doch tatsächlich als Erziehungsmaßnahme 35 Sozialstunden im Altenheim aufgebrummt. Körperverletzung wäre schließlich kein Kavaliersdelikt, und solche diskriminierenden Äußerungen wie ‚Rollator-Brigade' wären im Übrigen grundgesetzwidrig. Wenn sie das Opfer jedoch beispielsweise mit einem Blumenstrauß oder einer Schachtel Pralinen aufgesucht hätte, wäre das immerhin ein Zeichen von Reue und Einsicht gewesen, und er hätte eine günstigere Sozialprognose stellen können. Sie solle sich in Zukunft unbedingt vor weiteren illegalen Aktionen hüten, sonst würde es ernst. Na ja, wenigstens gilt sie jetzt nicht als vorbestraft."

„Da ist sie also noch mit einem blauen Auge davongekommen!" Mit diesem originellen geflügelten Wort hielt ich die Diskussion über das leidige Thema für erledigt.

Mein Mann jedoch nicht. Er schwieg einen Augenblick bedrohlich, holte tief Atem und ließ dann in Kriminalinspektor-Columbo-Manier kurz vor dem Abgang all das auf mein armes Haupt herunterprasseln, was er sich in einem Mußestündchen nach der Verhandlung zurechtgelegt hatte:

„Kannst du mir vielleicht verraten, warum du als Mutter nicht dafür gesorgt hast, dass Nikki sich bei der alten Frau persönlich entschuldigt?" Wieder mal nichts Neues auf seiner Festplatte! Das macht eine Langzeitbeziehung so hundertprozentig spannend.

„Sie wollte nicht!", argumentierte ich lahm.

„Schutzbehauptung! Du hättest dich durchsetzen müssen!" Jetzt lief er zur Großform auf: „Erziehung ist nun mal ein ewiger Kampf und kein Zuckerlecken!"

So allmählich stieg mir die Galle hoch.

„Ach ja, was du nicht sagst! Verrate mir mal, warum du als Vater und begnadeter Pädagoge nicht selbst eingegriffen hast. Gab jede Gelegenheit dazu! Ich hätte mich gefreut wie eine Schneekönigin. Doch wenn ich mich nicht irre, hatten wir das alles schon mal", versuchte ich es, Erna nachahmend, mit Ironie, wohl wissend, dass die bei ihm nicht verfangen würde.

Dieser Feigling legte einfach auf.

Ich hatte den dringenden Wunsch, irgendetwas an die Wand zu werfen. Am liebsten Achim. Ersatzweise, das heißt sozialverträglich, machte ich mich über die Schokoladenkekse her, die ich als Notration für solche Gelegenheiten in meiner Handtasche mit mir führte. Geschähe meinem Mann ganz recht, wenn ich bald herumliefe wie Angela Merkel.

Wenn ich noch gezögert hätte – jetzt war ich genau in der richtigen Stimmung für ein Stelldichein mit Kermit. Der Kauf des eleganten Outfits konnte gar kein Zufall gewesen sein, sondern eine vom Unterbewusstsein gesteuerte vorauseilende Entscheidung.

Marilyn Monroe benötigte laut Presse sechs Stunden, um sich für das legendäre „Happy birthday, Mister President" herzurichten, ich begnügte mich mit rund 90 Minuten – einschließlich des neuen Make-ups, mit dem ich meine liebe Not hatte – ein akzeptabler Wert, fand ich.

„Nicht übel!", urteilte mein Spiegelbild, „So kannst du dich sehen lassen!"

Das „Admiral Benbow" gehört zu den Vier-Sterne-Hotels der Insel. Alles vom Feinsten. Marmorstufen hinauf zur Lobby und oben blaue Woll-Teppiche (ein Meerwasser-Symbol?) und üppige Ledersessel englischer Machart mit klobigen, störenden Polsternägeln. Ein düsteres Seestück im Goldrahmen, Thema: Dreimaster im Sturm, vermutlich 18. Jahrhundert, drohte über dem Sofa. Die junge Dame an der Rezeption war ausnehmend hübsch. Auch ein Statussymbol.

Ich kam zu spät, absichtlich, so um das akademische Viertel herum. Auf diesen Don-Juan-Verschnitt wollte ich doch auf keinen Fall warten! So wäre er doch gleich in der Vorhand.

Sein Grinsen bei der Begrüßung illustrierte, was er dachte: „Na bitte, sie konnte mir nicht widerstehen!" Dass er sich dabei von seinem Platz erhob und mir beide Hände gewissermaßen sehnsuchtsvoll entgegenstreckte, ist hundertmal vor dem Spiegel geprobt. Ein Selbstdarsteller von Dionysos' Gnaden, der weiß, wie man andere manipuliert. Das sagte mir mein Instinkt. Vorsicht war angebracht.

Der befrackte Oberkellner dienerte um uns herum, legte die Speisekarten vor, als handelte es sich um eine mittelalterliche Bibelausgabe, empfahl dieses und jenes Menu. Kermit bestellte das teuerste, ohne mich zu fragen. Bisher hatte ich noch nicht gewusst, dass man sich gleichzeitig umsorgt und entmündigt fühlen kann.

Mein Gönner gab sich jede Mühe, mir zu imponieren. Ziemlich unklug, weil mein Beifall für Köstlichkeiten wie Hummerterrine, Süßkartoffeln-Orangen-Suppe, Milchlamm in der Kartoffelkruste mit Thymianjus oder Champagner-Trüffel-Creme auf Himbeermarkspiegel auf diese Weise bei mir entschieden gedämpft wurde. Da verloren sogar die edelsten alkoholischen Kreszenzen ihre erotisierende Wirkung. („Man merkt die Absicht, und man ist verstimmt!" Goethe passt meistens – oder mindestens Wilhelm Busch.)

Vorsichtshalber brachte ich meine Abwehr in Stellung. Keineswegs zu früh. Kermits Strategie war gar nicht übel und, wie ich annahm, auch in der Regel erfolgreich: Erst einmal das Umfeld erkunden, nach dem Woher und Wohin des Gegenübers fragen, danach blitzschnell einen Schlachtplan entwerfen, der die soeben erlangten Auskünfte einrechnet. Es folgt ohne Umschweife die frontale Attacke auf eine vermutliche Schwachstelle der Festung, die zu erobern er sich entschieden hat.

In meinem Fall schloss er aus der Tatsache, dass ich in einer schlichten Pension abgestiegen war, auf begrenzte finanzielle Mittel und schlug dort die Bresche, wo er seiner Ansicht nach am leichtesten eindringen könnte.

„Eine so attraktive Frau wie Sie braucht einen anderen Rahmen!" Seine Stimme, ungefähr eine Oktave herabsinkend, signalisierte Bewunderung. Wieder mal eine der ewig gleichen Methoden, eine Festung sturmreif zu schießen. (Auch von Achim angewendet, bevor er … Aber das gehört wirklich nicht hierher.) Mein Gott, wieso fällt diesen Kerlen seit Höhlenzeiten nichts Besseres ein? Da konnte ich mich vor Lachen ja kaum noch halten. Für wie dämlich hielt er mich eigentlich?

Ole Lübbe, der große Macher, brauchte unbedingt postwendend eine kalte Dusche, sonst versackte er noch in seinen Wunschträumen.

Meine Antwort: „Wieso nicht im ‚Likedeeler' wohnen? Freundliche Vermieter, nette Gäste, ein sauberes Zimmer – was will man mehr? Mir gefällt es dort."

„Ich könnte Ihnen ein günstiges Angebot machen", warf der großzügige Spender einen neuen Köder aus. „Ein Zimmer der ersten Kategorie hier im ‚Admiral Benbow' für den restlichen Aufenthalt. Zu einem symbolischen Preis." Also, entweder war er völlig hemmungslos oder – und dieser Einfall erschien mir sowohl neu als auch einigermaßen plausibel – sehr, sehr einsam.

Ganz gleich, welche Gründe er hatte, dieser Frosch war ein zäher Bursche. Nicht einmal mein Ehering, der mir, weil ich ein Fossil war, noch etwas bedeutete, hielt ihn davon ab, seine Pläne weiter zu verfolgen. Eigentlich hätte ich ihm knallhart eröffnen müssen, dass aus uns beiden nichts werden könne, aber irgendwie brachte ich das nicht übers Herz.

Kaum hatte der Kellner das benutzte Geschirr diskret entfernt, zog ich mich, um wenigstens höflich zu sein, auf beweisbare Fakten zurück.

(Die sollen ja Männer laut eigener Aussage entschieden mehr schätzen als gefühlsgesättigte Darlegungen weiblicher Befindlichkeiten, in deren Mittelpunkt ihr spezielles männliches Ego steht. Bisher hatte ich trotz jahrzehntelanger ehrlicher Bemühungen noch nicht herausgefunden, ob sie wirklich so sachorientiert sind, wie sie beteuern, oder im Gegenteil absolut wild darauf zu erfahren, dass *sie* unvergleichlich sind. Unvergleichlich gut natürlich.)

Was aber ging mich Kermit an, den ich nicht kannte und auch nicht kennen lernen wollte? Deshalb lobte ich nach altem pädagogischen Prinzip nicht *ihn* als Person, sondern sein Werk: „Ihre Küche ist einsame Spitze – sie verdient zwei Sterne im ‚Guide Michelin'". (Dass das Ganze den großzügigen Spender garantiert keinen Cent kosten würde, davon durfte ich dank Uwes nützlichen Informationen ausgehen. *Diese* Tatsache kühlte meine Begeisterung noch um mindestens drei Grad herunter.)

Kermit lächelte geschmeichelt. Allerdings schmolz sein Behagen so rasch dahin wie die Reste des Parfaits auf meiner Dessert-Platte, als ich ein ernüchterndes „Danke für Ihren uneigennützigen Vorschlag, aber ich möchte lieber alles so lassen, wie es ist!" hinzufügte und das Thema wechselte, weil ich endlich „Butter bei die Fische" haben wollte. (Auch an ihm perlte Ironie ab wie Regen an einem Friesennerz.)

Das Papier, das er mir herüberreichte, handgeschöpftes Bütten mit dem Wasserzeichen seines Namens – drunter tat er's nicht – wies drei Henry-Akkermann-Kandidaten nebst Adresse und Alter auf. (Übrigens: Wie hatte er das geschafft trotz Datenschutzgesetz? Wahrscheinlich per Bakschisch und/oder Vitamin B.) Alle nannten sich Henry, einer hätte mein Großvater sein können, der zweite war zu jung und der dritte arbeitete zur Zeit in Frankfurt. Seltsam, diese Blütenlese! Wirkte ja geradezu so, als hätte der geriebene Geschäftsmann absichtlich danebengegriffen.

„Ah, schön!", versuchte ich meine Enttäuschung zu verbergen, „aber ich nehme an, da müsste es doch noch mehr Anwärter geben, oder? Sie hatten das neulich ja angedeutet." *Angedeutet* war gewaltig untertrieben – er hatte es als Tatsache hingestellt!

(Übrigens, Statistiker wollen herausgefunden haben, dass jeder Erwachsene durchschnittlich alle zehn Minuten eine Lüge von sich gibt. Also brauchte ich mich nicht zu schämen; ich blieb weit unter der Norm. Durchschnittlich!)

„Natürlich, natürlich!", bestätigte Kermit hastig, „ich bemühe mich in den nächsten Tagen weiter. Ich lasse sobald wie möglich von mir hören."

„Danke für alles! Bis demnächst", sagte ich unbestimmt, aber mit hoffnungsvollem Unterton, um alle Optionen offen zu halten, und reichte ihm die Hand.

Was ich erwartet hatte, geschah: Er umklammerte sie wie ein Schraubstock.

11. Kapitel: Silberstreifen

Ihr Duft war unverkennbar, kaum dass ich die Tür geöffnet hatte: Teerosen. Meine Lieblingsblumen. (Woher wusste er das? Oder nur purer Zufall?) Sieben Teerosen in voller Blüte. Makellos. Wie gemalt. Davor eine Großpackung „Mon Cherie", an der ein verschlossener Umschlag lehnte. Wer dieses Stillleben geordnet hatte, brauchte ich nicht zu raten.

Fazit: Ole Lübbe hatte nicht die Absicht aufzugeben. Außerdem fand er mich nicht zu dick. Beides ermutigt einen doch, auch wenn ich das nicht gerne zugab. Unvernünftig, aber verständlich, oder?

Ich schlitzte den Umschlag hastig mit meiner Nagelfeile auf.

Die Nachricht war mit der Hand geschrieben.

Liebe Lisa,

was halten Sie von einem weiteren Treffen übermorgen, also Donnerstag? Diesmal jedoch – jahreszeitlich bedingt - vormittags gegen 9 Uhr 30? Ich hole Sie ab.

Wenn ich nichts von Ihnen höre, nehme ich an, dass Sie einverstanden sind.

Herzlichst
Ihr

Ole Lübbe

P. S.: Ich habe neue Nachrichten für Sie!

Ein Meisterstück, dieser Brief. An Raffinesse nicht zu überbieten. Bemerkenswert. Das war meine erste Reaktion. Rein gefühlsmäßig.

Mein Verstand dagegen schlug Alarm. Die unangemessen vertrauliche Anrede irritierte mich. Und mehr noch die zeitige Verabredung.

Wo sollte das Gespräch stattfinden? Wollte Lübbe auf diese Weise Spannung erzeugen oder mich bewusst verunsichern, um seine Überlegenheit zu demonstrieren? Lauter Fragen und keine Antworten.

Da half kein Herumdeuteln: Er hatte mich nach allen Regeln der Kunst ausgebremst.

(Schnelle Entschlüsse lagen mir noch nie. Allerdings – sobald ich mich mal entschieden habe, bleibe ich auch dabei, ohne Rücksicht auf Verluste. Daran hat sich trotz der radikalen Umwälzungen des letzten Jahres bisher nichts geändert.

Diese sogenannte „Verbohrtheit", die ich selbst gerne zur Beharrlichkeit hochstilisiert habe, verdross vor allem meine Familie. Sie erwartete ständig, dass ich, ohne zu klagen, genau das tat, was ihr nützte. Lauter Egoisten, durch die Bank! In diesem Augenblick war ich, hilflos und wütend, fest davon überzeugt, Achim, Nikki und die Zwillinge wären die Verursacher meiner Misere. Eine gängige, sehr bequeme Ausrede, wenn man sich scheut, vor der eigenen Tür zu kehren.)

Bei ruhiger Überlegung, nachdem ich den Brief förmlich in seine Einzelteile zerlegt hatte, wusste ich, wie ich reagieren sollte: Schlicht und einfach abwarten. Denn mein Kalender bewies: Nur noch sieben Tage bis zur Abreise! Und ich hatte bisher nicht ein Jota erfahren, was zu verwerten gewesen wäre.

Ich hätte diesen großspurigen Möchtegern-Eroberer ja anrufen und ihm einen Korb geben können. Doch wofür dann der ganze Aufwand vorher? Ich *musste* folglich die Zähne zusammenbeißen und mich noch einmal mit ihm treffen. Jedenfalls würde ich mich von ihm nicht am Nasenring führen lassen wie ein Tanzbär! Ohne Informationen, die Hand und Fuß hätten, wäre Ende der Vorstellung – aufwendige Geschenke hin oder her!

Trotz dieses Entschlusses, der kein Hintertürchen offen ließ,– hierin unterschied ich mich grundlegend von einem durchschnittlichen Politiker, der, sollte er sein eigenes Vorhaben nachträglich kippen, dann von einer „alternativlosen pragmatischen" Entscheidung schwafeln würde – bereitete ich mich mehrere Tage lang sorgfältig auf diese Begegnung vor.

Das Wetter war umgeschlagen. Ein rauer Ostwind fegte über die Sände und hatte die Priele bei Niedrigwasser mit einer dünnen Eisschicht überzogen, was hier äußerst selten vorkommt. Ich verzichtete nach einem prüfenden Blick von der Promenade darauf, ihre Tragfähigkeit zu testen, blieb in meinem nur ungenügend geheizten Pensions-Zimmerchen und musterte meinen ebenso dürftigen Vorrat an geeigneterr Kleidungsstücken, den ich mangels finanzieller Reserven nicht mehr aufstocken konnte. Dummerweise hatte ich mein Pulver schon zu früh verschossen. Nichts mehr Hoffähiges im Schrank, was ich noch nicht vorgeführt hätte, nichts außer diesem grünen Pullover, den ich beziehungsreich „Pelle" getauft hatte. Ich streifte ihn probeweise über. Wenn ich mich die nächsten drei Tage kasteien, also lediglich von Joghurt und Kaffee ohne Zucker ernähren würde, wäre er, ergänzt durch die Marlene-Hose, tragbar. Hätte mir ja gleichgültig sein können, was dieser Insulaner von mir dächte, doch ich redete mir ein, ich sei es mir schuldig, nicht als Kleinstadt-Tussi verschlissen zu werden.

In der Nacht vor der Entscheidung schlief ich kaum. Das Thermometer war noch einmal um zwei Grad gefallen, und ich zitterte unter der dünnen Zudecke, als hätte ich Schüttelfrost. (Kein Zweifel, der würde mich erwischen, samt Fieber und Lungenentzündung.) Erstens hatte die sparsame Wirtin die Heizung wie üblich um 22 Uhr heruntergefahren – ordentliche Gäste absolvieren lange Strandspaziergänge, sind hinterher erschöpft und gehen früh ins Bett. Zweitens liefert ein leerer Magen nun mal keine Wärme, weil der Mensch funktioniert wie ein Verbrennungsmotor, rein technisch gesehen. Das jedenfalls behauptete Achim und ließ sich davon nicht abbringen, obwohl wir beide, Nikki und ich, gemeinsam auf die Barrikaden gingen. Unter *diesen* Umständen aber hätte ich meinem Mann zugestimmt.

Man hatte mich in der Parfümerie dringend davor gewarnt, am Morgen zu kräftiges Make-up aufzulegen, man wirke dann womöglich maskenhaft. Also meinetwegen, dann nur eingeschränkte Kriegsbemalung. Und derbe Schuhe, passend zum Schneegestöber, meinen gefütterten Anorak und wollene Fäustlinge.

Ich würgte ein Brötchen mit einer Tasse Tee hinunter, und mein Magen signalisierte, mehr als einen Elefanten könne er im Moment beim besten Willen nicht verdauen.

Um 9 Uhr 25 stand ich gestiefelt und gespornt hinter der Haustür, und spähte durch einen Spalt nach draußen, war aufgeregt wie eine 15-Jährige vor dem ersten Stelldichein.

Die Marke der Limousine von außergewöhnlicher Länge, die eine Minute danach lautlos heranglitt, war mir unbekannt. Heraus stieg Kermit, elastisch und jugendlich beschwingt.

Ich ließ ihn zweimal klingeln.

„Ausgezeichnet!", lobte er nach der Begrüßung und musterte mich von oben bis unten. „Sie haben für diese Witterung vorgesorgt. Alles vorhanden, was Sie für unseren Ausflug brauchen."

„Wo soll es denn hingehen?"

„Lass dich überraschen!", zitierte er im Rudi-Carell-Sing-Sang, der gar nicht zu ihm passte. Wollte er die ungute Spannung zwischen uns, die er spürte, dadurch abbauen?

Ich schaute aus dem Fenster und überlegte, wohin er mich entführen würde. Ziemlich weit weg, denn wozu sonst hätte er dieses Luxusgefährt in Gang setzen sollen? Alle renommierten Hotels wären mit einem Fußmarsch von wenigen Minuten vom „Likedeeler" aus zu erreichen gewesen. Oder versuchte er, nur Eindruck zu schinden? Nein, so simpel war er wohl doch nicht gestrickt.

Ein Unternehmer wie er handelt stets nach einem festen Plan, um seine Ziele zu erreichen, sonst steuert er über kurz oder lang in den Konkurs. Das heutige Vorhaben sollte, alle Anzeichen wiesen darauf hin, weit außerhalb des Ortes in die Tat umgesetzt werden.

Kermits körperliche Nähe verunsicherte mich ebenso wie sein anhaltendes Schweigen. Irgendwann erkannte ich auch als Fremde: Er hatte den Weg zum Hafen eingeschlagen. Meine Beklommenheit wuchs mit jedem Meter, den wir zurücklegten.

„Sie heißt Niña!", sagte er plötzlich gedämpft, als verriete er ein streng gehütetes Geheimnis. Ich verstand. Auch ich hatte schon mal von Christoph Kolumbus gehört.

Trotzdem fügte er, um jeden Zweifel auszuschließen, hinzu: „Können Sie segeln? Ich bringe es Ihnen bei!"

„Jetzt im Winter?"

„Zu jeder Jahreszeit, wenn der Wind günstig ist."

Dieser Satz schien seine wahren Absichten zu enthüllen, setzte bei mir etwas in Gang, was ich nicht mehr beherrschen konnte.

Die Vorstellung, auf See den möglichen Angriffen meines Entführers ausgeliefert zu sein, trieb mir den Schweiß aus allen Poren. Mein einziger Gedanke: „Raus aus dieser Falle, bevor es zu spät ist!" Durch die Tür neben mir konnte ich nicht entkommen. Bei dieser Geschwindigkeit hätte ich mein Leben riskiert. Ein eiserner Reifen legte sich um meine Brust, schnürte mir die Luft ab. Und dann schrie ich. Schrie wie eine Wahnsinnige: „Anhalten, sofort anhalten!"

Der Wagen stoppte augenblicklich, schleuderte einen Moment, hielt mit quietschenden Reifen, stand quer auf der Straße. Ein gefährliches Hindernis für andere Fahrzeuge in einer langgezogenen Kurve.

Ole Lübbe saß da wie eine steinerne Statue, die schwarzen Augen weit aufgerissen, sein Gesicht unter der Bräune wachsbleich. Was ging das mich an?

Ich stürzte nach draußen, stolperte, ruderte mit den Armen, hatte Mühe auf den Beinen zu bleiben. Rannte in Richtung Stadt, die weit entfernt im Dunst des frühen Tages lag. Schaute mich nicht um, getrieben von der Angst, dass er mich verfolgen könnte.

Im „Likedeeler" fiel ich angezogen aufs Bett, schlief traumlos bis zum Abend, als hätte man mich narkotisiert.

Das Klingeln meines Handys, das ich gestern vor lauter Aufregung auf dem Nachttisch vergessen hatte, riss mich aus unruhigen Träumen, die mich in der Frühe bedrängt hatten. Käthe! Wie tröstlich.

Kurze Begrüßung, keine Frage nach ihrem Befinden wie sonst üblich. Ich konnte nicht eine Sekunde länger warten, musste augenblicklich loswerden, was mir vorhin zugestoßen war. Ein Strom von Wörtern flutete aus mir heraus, ich redete und redete ohne Punkt und Komma und ließ der Freundin keine Gelegenheit, auch nur eine einzige Bemerkung anzubringen, bis ich endlich leer war und sehr erschöpft.

„Mein armes Mädschen! Das muss schlimm für disch jewesen sein!" Genau das brauchte ich jetzt: liebevolles Verständnis.

„Ein Glück, dass *du* angerufen hast und nicht Achim oder Nikki! *Dir* kann man alles sagen." Vor lauter Rührung fing ich an zu weinen.

Das jedoch war, wie ich hätte wissen müssen, nicht nach Käthes Geschmack. Sie verabscheute schon den geringsten Anflug von Sentimentalität, wich dann auf die sachliche Ebene aus.

„Soweit isch das beurteilen kann", fing sie an zu dozieren, „hattest du eine sojenannte Angstattacke. Die empfinden Außenstehende als unanjemessen, ja als total übertrieben. Darüber habe isch neulisch einen sehr fundierten Artikel in der FAZ jelesen. Freudianer führen sie auf Ereischnisse in der Kindheit zurück. Könnte bei dir daran liejen, dass deine Mutter disch, wenn du was ausjefressen hattest, einjesperrt hat, als wärst du der Mischel aus Lönneberga jewesen."

„Hat sie gar nicht!", protestierte ich.

„Dann hast du womöchlisch in der Pubertät zu viele Abenteujerromane vom Kaliber des ‚Seewolf' jelesen, wo jede Fahrt auf einem Sejelschiff in einer Tragödie endet – oder, oder, oder … Ich fürschte, du müsstest, um mehr zu erfahren, erst eine jahrelange Analyse durschstehen, die, siehe Marilyn Monroe, ziemlich oft zu nichts führt."

„Um Gottes Willen! Bloß das nicht!"

„Dann bleiben wir mal bei den Fakten: Du hast disch selbst außer Jefescht jesetzt, die Kontrolle über disch verloren, aus welschen Jründen auch immer. Jetzt sieht es so aus, als hättest du dir alle Aussischten verbaut. Ob und wie es weitergeht, musst du allein entscheiden. Keiner kann dir dabei helfen, auch isch nischt. Übrijens, die Engländer haben ein Sprischwort, über das nachzudenken sisch lohnt: ,As long there is life there is hope'. Und nun sei mir bitte nischt böse, aber isch muss unbedingt aufhören, denn Karl und isch, wir wollen nach Düsseldorf. In die Oper. Bis bald!"

Alles, was sie gesagt hatte, stimmte. Ich hatte Ole Lübbe auf eine falsche Fährte gelockt mit meiner Strategie des hinhaltenden Sowohl-als auch, statt ihm reinen Wein über meine Absichten einzuschenken. Er musste annehmen, ich sei auf ihn hereingefallen und er könne deshalb mit mir nach Lust und Laune verfahren. Obwohl ich schuld war an diesem Debakel, fühlte ich mich im Stich gelassen von Käthe, auf deren Hilfe ich gesetzt hatte. Sie hatte sich ausgeklinkt aus unserem Pakt und mich mit einem läppischen Sprichwort abgespeist, weil meine Not ihr gleichgültig und sie völlig fixiert war auf diesen Karl, den sie erst durch mich kennen gelernt hatte.

„Das hat man nun von seiner Menschenfreundlichkeit!", sinnierte ich, gleichermaßen wütend und traurig, was ich früher bei anderen als paradox kritisiert und daher roh verspottet hatte.

Und dann tat ich genau das, was ich in jungen Jahren getan hatte, wenn ich am Ende mit meinem Latein war – ich legte mich auf die Seite, schloss die Augen und zog mir die Bettdecke über den Kopf, – ein überdimensionaler Embryo, noch nicht reif genug für dieses Dasein.

Beim Frühstück am Morgen danach war ich Zeuge einer zunächst belanglos erscheinenden Szene. Der Witwer, der sich bisher nie mit nur einer Silbe geäußert hatte, mischte sich in den Zweikampf ein, der sozusagen rituell zwischen Karl und Erna ausgetragen wurde. Mit einem einzigen Satz: „Meine Frau ist vor drei Monaten gestorben."

Karl verschluckte die Antwort, mit der er seine Frau gerade hatte mundtot machen wollen. Auch Erna schwieg. Minutenlange Stille. Dann sagte Karl leise: „Es tut mir leid!", und jeder verstand, wofür er sich eigentlich entschuldigte.

Den anderen Gästen schien der Appetit vergangen zu sein, denn sie verließen den Frühstücksraum unmittelbar danach viel eher als gewöhnlich und verschwanden in ihren Zimmern, während ich sitzenblieb, das restliche Körnerbrötchen mechanisch dick mit Butter und Marmelade bestrich, gedankenlos hineinbiss, es mit einer dritten, viel zu süßen Tasse Kaffee hinunterspülte und dabei über das nachdachte, was ich eben erlebt hatte – und noch ein bisschen weiter.

Wäre mein Achim, wenn ich das Zeitliche segnete, ebenso tief deprimiert wie unser Tischgenosse? Ich hatte da gewisse Zweifel, denn, objektiv betrachtet, waren wir zu oft gegenteiliger Meinung, beispielsweise über Kindererziehung, und stritten uns häufig, dass die Fetzen flogen. Hundertmal habe ich mir im Laufe unserer Ehe die Frage gestellt, welches Sprichwort ich denn für glaubwürdiger halten solle – „Gegensätze ziehen sich an" oder „Gleich und gleich gesellt sich gern" – und kam nie zu einem eindeutigen Ergebnis.

(So aus der Entfernung betrachtet und angefüllt mit überraschenden neuen Erfahrungen, setze ich nun eher auf das zweite.

Wenn ich mir mein Abenteuer mit Kermit, dem Frosch, nüchtern durch den Kopf gehen lasse, kann ich nicht leugnen, dass ich diesen Menschen beeindrucken wollte. Weshalb? Ganz einfach: Weil er mich beeindruckt hatte! Ich war vermutlich einem Ungeheuer auf den Leim gegangen. Einem feinfühligen, höchst intelligenten Ungeheuer, das es beispielsweise geschafft hatte, mich anzustecken mit seiner Eitelkeit. Oder, – und diese Erklärung wäre nicht gerade erhebend – hatte er nur herausgelockt, was schon vorhanden war? Hatte er geahnt, dass wir, beide aus demselben

Holz geschnitzt, ein ideales Paar abgegeben hätten, das sich nichts mehr vormachen muss, weil man den anderen so gut kennt wie sich selbst? Enttäuschung ausgeschlossen? Folglich hätte ich eine günstige Gelegenheit verspielt, die man nur einmal im Leben erhält, verspielt, weil mir das Risiko zu hoch, ich also zu feige war. Zugegeben, ein krauser Einfall, diese Vorstellung von einer solch engen Bindung an einen Menschen, den ich eigentlich nicht ausstehen konnte, und dessen Namen nur zu denken mir jetzt geradezu widerwärtig ist. Sie war, wie ich inständig hoffe, der fast schlaflosen Nacht zuvor und den bösen Träumen am Morgen geschuldet. Einer momentanen Fehlschaltung im Gehirn, wie sie auch anderen zustoßen kann.)

Eines lässt sich nicht abstreiten: Ich war ausgezogen in der Absicht, Henry zu enthüllen, und unter der Hand, so scheint es, war ich mir selbst begegnet. Das Bild, was ich sah, erschreckte mich: Es war voller Schatten.

„Guten Morgen!", rief eine vergnügte Stimme hinter mir. Ich fuhr zusammen. Lissy!

„Na, so alleine?", fragte sie, wartete keine Antwort ab, setzte sich auf den Stuhl mir gegenüber und machte keine Anstalten, den Frühstückstisch abzuräumen. Sah mich an mit einem Blick, wie man ein Kind ansieht, das hingefallen ist und sich die Knie aufgeschlagen hat. Sie verstand, was in mir vorging. Erstaunlich für ein so junges, unerfahrenes Ding.

Ihr nächster Satz erklärte einiges:

„Gestern habe zufällig gesehen, wie Sie mit Lübbe weggefahren und später allein zurückgekommen sind." Sie zögerte, stand auf, drehte mir den Rücken zu, trat ans Fenster und schaute hinaus in den trüben Wintertag. Ich war sicher, sie würde mir gleich etwas anvertrauen, was nicht für jedermanns Ohren bestimmt wäre.

Nein, sie hatte keinen Anlass, um Verzeihung zu bitten, und trotzdem sagte sie: „Es tut mir leid, dass ich Sie an Uwe weitergereicht und

Sie damit in diese Geschichte verwickelt habe. Er hatte keine Ahnung, was meine Kusine mit diesem Menschen erleben musste. So etwas bleibt bei uns in der Familie."

Lissy dramatisierte nichts, verlor sich nicht in unappetitliche Einzelheiten. Gerade diese Nüchternheit überzeugte mich, dass sie nicht log, um ihren Freund zu schützen. Uwe hatte mich ja nicht über Ole Lübbe im Unklaren gelassen, doch ich hatte seine kaum verhüllten Warnungen, eigensinnig, wie ich war, in den Wind geschlagen. Wie konnte ich mich da über die Folgen beklagen?

Fazit: Eine Trickserin hatte ihren Meister gefunden. Aus der Traum. Aufgeben, das war nun die Parole.

Lissy, als hätte sie meine Überlegungen gehört, war eher fürs Durchhalten.

„Ich möchte Ihnen helfen, weil ich etwas gutzumachen habe. Mir wird schon irgendein Ausweg einfallen. Bitte haben Sie etwas Geduld mit mir, ja?"

Dieses Versprechen war ebenso ehrlich wie unbestimmt. Mehr hatte ich nicht.

Am liebsten wäre ich sofort heimgefahren, aber womit sollte ich vor meiner Familie diesen Sinneswandel, der ganz und gar nicht meine Art war, begründen?

Das Wetter war ebenso wie die Tage zuvor „unter aller Kanone", so hätte meine Mutter das ausgedrückt, was ich sogar als Erwachsene nie verstanden hatte. Solche Sprüche, die sie mit Vorliebe in Gegenwart meiner Freunde auftischte, hatte ich als äußerst peinlich empfunden. Mir schleierhaft, weshalb sie mir ausgerechnet jetzt einfielen, als ich, im scharfen Ostwind auf der Promenade zitternd, in die tief unten heranrollenden Wellen starrte, die in der Ferne mit dem ebenso grauen Himmel nahtlos verschmolzen.

Tage wie diesen sollte man am besten im Bett verbringen. „Einfach mal eine Auszeit nehmen, mit sich ins Reine kommen, den Ärger des

Alltags vergessen" – wer druckt bloß Woche für Woche derartigen Unsinn?

Im Bett ging bei mir der Ärger erst richtig los. Nach längstens zehn Minuten, kaum hatte ich den Kampf um meinen inneren Frieden ernsthaft begonnen, klingelte das Telefon. Und weil ich befürchtete, etwas Wichtiges zu versäumen, hob ich ab.

Nikki würdigte mich eines Anrufs, zum ersten Mal während meines Urlaubs.

„Ich halt' das nicht mehr aus, Lila!", schimpfte sie los, ohne sich auch nur mit einem Wort nach meinem Befinden zu erkundigen, „voll krass, der Papa! Behandelt mich, als wär' ich ein Kleinkind! Fragt mich, ob ich die Hausaufgaben schon erledigt hätte, lässt mich nicht mehr in die Stadt fahren, sobald es dunkel ist, will wissen, wo ich hingehe und mit wem. … Also, er nervt, nervt ohne Ende. Dagegen bist *du* echt cool! Wann kommst du heim?"

Endlich hatte sie meine Qualitäten erkannt. Wie tröstlich, weniger lästig zu sein als Achim, vor allem in meiner augenblicklich deprimierenden Lage. Das war immerhin ein erster zaghafter Versuch meines Lieblings, den Canyon zwischen den Generationen zu überwinden.

„Am Samstag", ließ ich sie wissen, was sie mit einem freudigen „Boey" quittierte. Mein eigenes Erschrecken über die erbarmungslos schrumpfende Zeitspanne bis zur Abreise tarnte ich hinter der menschenfreundlich-pädagogischen Aufforderung, sie solle bis dahin ein wenig großzügig mit einem alten Mann sein!

„Mit *der* Masche kannst du bei mir nicht landen. Ich lese auch Statistiken. Er hat rund die Hälfte noch vor sich." Eine herzlose Antwort wie eh und je! Ein Ichling der Extraklasse. Und für den hatte mich ins Zeug gelegt! Undank ist der Welt Lohn. Dass Nikki von meinen ebenso verzweifelten wie fruchtlosen Bemühungen um ihr Wohlergehen nichts wissen konnte, übersah ich geflissentlich. Ich brauchte halt dringend einen Sündenbock, um mich nicht gar so mies zu fühlen.

Die nächsten beiden Tage litt ich trotzdem wie ein Hund. Am Mittwoch dehnte ich die Strandspaziergänge bis zur völligen Erschöpfung aus, hockte hinterher stumpfsinnig in einem trüben Bistro auf der Promenade, stopfte mich voll mit hochkalorigen Grilltellern, reich garnierten Ofenkartoffeln und friesischem Butterkuchen, trank kübelweise Cappuccino, bis mein Magen lauthals protestierte, griff als entschiedene Abstinenzlerin wahrhaftig zu einem Cocktail, der „Sex on the Beach" hieß, wovon zu dieser Jahreszeit sowieso keine Rede sein konnte, und wartete, wartete darauf, dass etwas geschähe.

Den ersten Abend verbrachte ich mit einem Roman, den ich im Aufenthaltsraum der Pension aus einer Krabbelkiste gefischt hatte, Ewings „Abbitte", dessen Titel meiner augenblicklichen Verfassung angemessen erschien, legte ihn jedoch enttäuscht beiseite – zu entmutigend. Natürlich träumte ich Grausiges und wäre dankbar gewesen für jede telefonische Unterbrechung des Horrortrips, meinetwegen sogar durch eine gewisse Frau Schnibbe, die sich über meine unmögliche Familie beklagen wollte, aber niemand tat mir den Gefallen. Das kommt davon, wenn man nicht mindestens 1000 sogenannte Freunde in „Facebook" sein Eigen nennt.

Morgens war mir speiübel von der ungewohnten Völlerei, und ich begnügte mich daher in meiner stillen Klause zum Frühstück mit ein paar Zwiebäcken und Kamillentee. Nach Gesellschaft verspürte ich kein Verlangen mehr.

Eine südliche Strömung von Land her hatte die Kälte gebrochen. Hunderte von Kurgästen schwärmten gleichzeitig aus, zogen ihre Bahn wie ferngelenkt an der Wasserlinie entlang, schwangen sich auf geliehene Fahrräder und drängten die Fußgänger an den Rand der abschüssigen Promenade, auf der das Radfahren auch noch ausdrücklich verboten ist, aber keiner sich um die Einhaltung des Verbots kümmert. Ich nahm Anstoß, ließ mich jedoch vorsichtshalber auf keine verbale Auseinandersetzung ein, die ich bestimmt verloren hätte, eroberte eine der geschützten, seewärts gerichteten Nischen aus Beton und döste ausdauernd vor mich hin. Für die Analyse meines Verhaltens, die ich nach der Affäre Lübbe für nötig gehalten hatte, war ich zu schlapp. Auch die Schale Reisbrei mit Milch von den „glücklichen Kühen" des Borkumer Ostlands änderte nichts an meinem Zustand.

„Der Mensch ist, was er isst", wie Feuerbach behauptet hat? Daran hatte ich nicht nur damals gewisse Zweifel.

Im Flur vor meinem Zimmer stieß ich auf Lissy, die einen Stapel frischer Bettlaken auf ihren Armen balancierte, hinter dem sie beinahe verschwand. Sie lud ihre schwankende Last kurzerhand auf meinem Bett ab, setzte sich daneben und lächelte. Ich schicke ein Stoßgebet zum Himmel.

„Hallo, Frau Romeike", begann sie förmlich, um die Wichtigkeit ihrer Ausführungen zu unterstreichen, „mir ist tatsächlich etwas eingefallen, was Sie brauchen könnten. Aber garantieren kann ich leider für nichts."

„Bitte, Lissy, spannen Sie mich nicht auf die Folter!"

Sie lächelte erfreut, atmete tief ein und holte dann aus: „Also, meine alte Lehrerin, eine echte Insulanerin, ist jetzt schon längst in Rente. Sie kannte alle Borkumer Grundschüler zumindest mit Namen, denn sie war mit Leib und Seele Pädagogin und betrachtete die fremden Kinder als ihre eigenen.

„Ich sehe Land am Horizont", sagte ich seemännisch-kühl, wie es hier üblich ist, obwohl mein Blutdruck garantiert pathologische Werte aufwies. „Wo kann ich sie finden?"

„Nichts einfacher als das. Sie arbeitet ehrenamtlich in unserem Heimatmuseum, dem „Dykhus". Im Winter ist dort nicht so viel los, da gibt es bestimmt eine Möglichkeit zu einem kleinen Snack, wie man hier sagt. Ich suche nachher den Prospekt mit den Öffnungszeiten heraus und lege ihn auf Ihren Platz im Frühstücksraum. Soll ich Wiebke Hansen mal anrufen und fragen, wann sie Dienst hat?"

Wenn ihr armer, vergesslicher Vater wüsste, was er für eine hilfsbereite und kluge Tochter hat! Unsere Nikki könnte sich von ihr getrost eine dicke Scheibe abschneiden. Am liebsten hätte ich Lissy herzhaft umarmt, beließ es vorläufig jedoch bei einem kargen Dankeschön. Man soll den Koch nicht vor dem Abendessen loben!

Selbstverständlich machte ich mich rechtzeitig auf zum Heimatmuseum. Unterwegs verlor ich die Orientierung, obwohl der alte Leuchtturm als Wahrzeichen der Insel tatsächlich überragend ist – in des Wortes umfassender Bedeutung. Das Dykhus läge in seiner unmittelbaren Nähe, versicherte mir die die Verkäuferin in der Bäckerei, wo ich anstandshalber hastig eine Tasse Kaffee trank, und beschrieb mir den Weg in allen Einzelheiten. Überraschend strandete ich nach zehn Minuten zum zweiten Mal vor demselben Laden. Ich war im Kreis gelaufen. Also folglich an der nächsten Ecke nach rechts abbiegen statt nach links wie zuvor. Und überraschend tauchte vor mir ein sehr altes, aber hervorragend restauriertes Haus auf, umgeben von einem windschiefen Zaun. Dessen geborstene, ausgeblichene Latten hatte ich in glücklicheren Zeiten für verwittertes Holz gehalten und das auch lauthals verkündet.

„Walkinnladen!", hatte Beate mich lakonisch korrigiert und auf die Tafel mit einer umfänglichen Information über das Leben und Wirken des berühmtesten Walfänger-Kapitäns der Insel namens Meyer gedeutet, die dort befestigt war.

„Sieht aber genau wie Holz aus!" Darauf hatte ich beharrt.

Meine Schwester und Harald hatten gelacht, als wäre ich ein dummes Kind. Dieses Lachen habe ich ihnen nie verziehen. So bin ich nun mal. Keiner kann aus seiner Haut. Übrigens – auch Binsenwahrheiten sind Wahrheiten.

Unzulässig trübe Gedanken eigentlich, wenn in der nächsten halben Stunde womöglich das große Geheimnis enthüllt werden könnte, das mich monatelang so hartnäckig in Atem gehalten hatte. Ich war endlich auf dem rechten Weg. Ein Blick auf die Uhr bewies: Noch war ich pünktlich.

Entschlossen marschierte ich durch den Bogen aus hier erstaunlich intakten Walkinnladen, stieß die Tür des aus roten Backsteinen gefügten Friesenhauses auf und traf auf einen einladend geöffneten Schalter, hinter dem ein Mann und eine Frau auf zahlende Besucher warteten.

Die Frau murmelte etwas in Richtung des Mannes, was ich nicht verstehen konnte, streckte ihren Kopf durch den Rahmen und fragte: „Frau Romeike?", stand auf, als ich bejahte, kam auf mich zu. Ihre blauen Augen in dem von Falten durchzogenen Gesicht sahen mich freundlich an. Lissys Werk! Die alte Lehrerin, eine hochgewachsene, schlanke Frau, reichte mir die Hand und wies den Gang hinunter, der von Vitrinen voller Ausstellungsstücke gesäumt war, die ich ignorierte, und führte mich an einem riesigen Walskelett vorbei in ein puppenstubenkleines Büro unter niedrigen dunkelbraunen Deckenbalken.

„Frau Hansen", fiel ich mit der Tür ins Haus, „ich brauche dringend Ihre Hilfe!"

Sie setzte sich hinter einen auf gedrechselten Löwenfüßen ruhenden Schreibtisch, erwiderte lediglich: „Lissy hat mich in großen Zügen informiert", und stellte danach ihre Bedingungen:

„Wir haben nur eine halbe Stunde, also bis 3 Uhr dreißig. Dann muss ich Fokke ablösen. Es tut mir leid, aber das ist so ausgemacht. Also bitte keine lange Einleitung."

Am liebsten hätte ich ihr die Wahrheit gesagt, die Wahrheit über Haralds Tod und über meine Schwester und ihr kleines Mädchen, meine dritte Tochter, doch genau **das** konnte ich nicht. Woher sollte ich wissen, was Lissy ihr erzählt hatte? Also war ich gezwungen, auch ihr die erprobte Version meines Anliegens einschließlich des ins ethisch Wertvolle zurechtgebogenen Motivs aufzutischen. Das ging mir leicht von der Zunge. Unter ihrem forschenden Blick wurde ich nicht einmal rot.

Sie quittierte meine Mär mit einem knappen „Aha", stützte ihr Kinn in beide Hände und schloss die Augen. Die antike Halbkastenuhr hinter ihr tickte aufdringlich. Ich beobachtete den Minutenzeiger, der auf zehn nach 3 vorrückte und verlagerte mein Körpergewicht auf dem unbequemen geflochtenen Sitz meines ebenfalls löwenfüßigen Stuhls, rutschte hin und her, schlug die Beine übereinander.

Um 3 Uhr fünfzehn öffnete Wiebke Hansen die Augen und forderte zusätzliche Informationen, um den Gesuchten zweifelsfrei zu ermitteln. Beispielsweise sein ungefähres Alter, sein Aussehen, seine Ausbildung, eventuelle Eigenheiten, alles, was ich über ihn wüsste. Sie glich einer Kriminalbeamtin bei der Vernehmung eines Zeugen.

Warum sollte ich mich darüber aufregen? Ich hatte mich ja gestern selbst konditioniert. Mit einer dem Autogenen Training ähnlichen Methode – indem ich mir folgende Sätze eingehämmert hatte:

„Ich habe von meinem Schwager erfahren, was ich über seinen Kollegen weiß. Es ist nicht besonders viel, weil ich ihn nie gesehen, nicht einmal mit ihm telefoniert habe."

Genau diese Sätze spulte ich zum Auftakt unseres Dialogs ab.

Mein Gegenüber wartete, ob noch mehr käme, sah mahnend auf ihre Armbanduhr.

„Wenn ich mich richtig erinnere – es ist doch schon fast zwei Jahrzehnte her – also der Kollege, den ich suche, soll nach Aussage meines Schwagers in einem Internat irgendwo auf dem Festland Abitur gemacht und danach in Hamburg studiert haben. Archäologie, meine ich, mit Schwerpunkt Numismatik, und anschließend wie der Vater meiner Adoptivtochter als Schatzsucher für eine renommierte Bergungsfirma gearbeitet haben, ich glaube, vorwiegend in der Karibik."

„Sehr interessant", kommentierte meine Zuhörerin. „Und wie alt war er damals ungefähr?"

Mir brach der Schweiß aus, obwohl das altersschwache Heizöfchen den Raum nur unzureichend erwärmte.

Auf diese Frage hatte ich keine Antwort parat. Wie in der Biologie-Reifeprüfung, als man mich am Schluss aufgefordert hatte, das Prinzip der Fotosynthese in Kurzfassung zu erläutern. Wie damals hustete ich ausgiebig, rang nach Luft und bat, wieder zu Atem gekommen, um ein Glas Wasser, das kein mitfühlender Mensch einem je abschlagen wird. Ich trank in kleinen Schlucken, und das Adrenalin tat auch jetzt seine Wirkung.

„Vielleicht so um die 30?", sagte ich zögernd, setzte akustisch drei Fragezeichen, räusperte mich und runzelte nachdenklich die Stirn. „Leider habe ich nur eine ziemlich verschwommene Erinnerung an ein Foto, auf dem die ganze Crew zu sehen war. Der große, schlanke Mann neben Harald wird wohl sein Freund gewesen sein, denn er hatte ihm die Hand vertraulich auf die Schulter gelegt, was mein Schwager sonst bestimmt nicht geduldet hätte. Ob sein Haar von Natur aus blond oder nur von der Sonne ausgebleicht war, kann ich nicht beurteilen, aber er hatte auf jeden Fall einen Pferdeschwanz, über den ich mich mit meiner Schwester lustig machte. Wie er heute aussehen könnte, muss ich aber offenlassen. Innerhalb von 20 Jahren verändern sich Menschen, nicht wahr?"

„Das ist doch immerhin einiges, was die Identifizierung des Mannes, den Sie suchen, möglich macht", fasste Wiebke Hansen meine Aussagen zusammen. „Rufen Sie mich morgen im Laufe des Vormittags an; ich bin fast sicher, dass ich Ihnen sagen kann, um wen es sich handelt."

Um 3 Uhr 37 händigte sie mir ihre Visitenkarte aus, erhob sich etwas steif, wehrte meinen Dank, den ich vorschnell äußerte, ab. Ein fester Händedruck, und schon stand ich im Flur. Bei Fokke zahlte ich nachträglich Eintritt, kaufte ein Heft mit zahlreichen Bildern und Erläuterungen über die Ausstellungsstücke, an denen ich auch auf dem Rückweg zum Ausgang gleichgültig vorbeigegangen war und spendete – der Teufel ritt mich – unter kräftigem Gehuste fünf EURO für den Heimatverein, murmelte „chronische

Bronchitis" und bedankte mich für seine Geduld. Beides quittierte er mit einem Nicken.

Im Stadtcafé gönnte ich mir ein mächtiges Stück Ostfriesentorte. Das hatte ich mir *ehrlich* verdient.

Womit ich den restlichen Tag und die folgende Nacht herumbrachte, hat mein Gedächtnis nicht aufbewahrt, außer dass ich vor lauter Aufregung unentwegt im Bett rotierte. Zu unchristlicher Zeit stand ich auf, packte, indem ich meine Siebensachen wahllos in den Koffer quetschte, erschien am Frühstückstisch, den Lissy gerade erst deckte – die anderen Gäste ließen sich, wie erfreulich, noch nicht blicken – trank einen Kaffee in der Hoffnung, er würde mich aufmuntern, zog mich danach in mein Zimmer zurück und legte bis 10 Uhr die Hände in den Schoß.

Wiebke Hansen meldete sich beim ersten Klingelton: „Meine Ahnung hat mich nicht getrogen. Der Mann, den sie suchen, heißt eigentlich Hasso Akkermann. Aber das ist kein Grund, sich aufzuregen", beruhigte sie mich. „Ich habe ihn vor einiger Zeit bei der Beerdigung seines Onkels getroffen, mit dessen Schwester ich befreundet bin. Wir saßen beim Mittagessen zufällig nebeneinander, und er erzählte mir, was er nach dem Abitur erlebt hat. Wirklich ein abenteuerliches Schicksal! Er ist über Borkum hinausgewachsen, hat seine Bindungen zur Heimat weitgehend gekappt. Auch seinen Vornamen hat er abgelegt, denn man hatte ihn schon in der Schule dauernd damit gehänselt, wenn kein Lehrer in Hörweite war – der Hund unseres Hausmeisters hieß zufällig ebenfalls Hasso. Jetzt nennt er sich, Sie erraten es …"

„Henry Akkermann!", brachte ich mit Mühe heraus.

„Übrigens, er wohnt seit längerem wieder in Deutschland, irgendwo am Niederrhein. Er hat mir zwar seine Karte gegeben, aber leider habe ich die verlegt", gestand sie, „das Alter fordert eben seinen Tribut. Irgendwann werde ich sie schon aufstöbern. Jedenfalls wünsche ich

Ihnen, dass Sie ihn bald ausfindig machen können. Das wird nicht besonders schwierig sein, nehme ich an."

„Bestimmt nicht!", versicherte ich. Und das war ausnahmsweise mal nicht gelogen.

12. Kapitel: Erleuchtung

Bisher wurde ich zu oft, besonders, wenn ich gerade so schön im Schwung war mit meiner Biographie, abgerufen. Zu irgendeiner wahrscheinlich überflüssigen Sitzung. Doch man hatte mir auf meinen Protest gegen solche Störungen hin kühl erklärt, ich solle mir doch bitte keine Extrawurst braten lassen. Das gäbe nur böses Blut bei den anderen und sei außerdem für mich selbst nicht vorteilhaft. Letzteres zog ich zwar in Zweifel, aber den äußerte ich selbstverständlich nicht, weil ich ja angewiesen bin auf die Gunst der Leute, die hier am längeren Hebel sitzen.

Heute habe ich jedoch per Zufall festgestellt, dass in unserer Abteilung ein Streit über die Folgen meiner literarischen Beschäftigung schwelt. Die Teeküche, in der sich die Fachleute ab und zu bei einem kleinen Imbiss entspannen, ist vom Flur nur durch eine Schwingtür abgetrennt, die keinen Schutz gegen etwaige Lauscher bietet. Die zwei Frauen — um wen es sich handelte, konnte ich nicht feststellen — die sich dort gegenseitig davon zu überzeugen versuchten, dass ihre Ansicht über meine Therapie die allein richtige wäre, hatten sich so ineinander verbissen, dass keine der anderen die Oberhand lassen wollte. Sie erwähnten mehrfach meinen Namen und schlugen einander dabei lateinische Fachausdrücke, die ich nur teilweise verstand, mit steigender Lautstärke um die Ohren, bis schließlich die eine wutentbrannt unter dem Ausruf „Du hast doch von nichts eine Ahnung!" durch die rückwärtige Schwingtür hinausrannte, während die andere hohnlachend zurückblieb.

Dieser Konflikt ist Wasser auf meine Mühlen. Ich werde meinen Protest gegen die Torpedierung meiner zugegeben ungewöhnlichen Beschäftigung so lange betreiben, bis die Parteien den Kampf aufgeben, weil sie es leid sind, ihre Zeit mit einem angeblich hoffnungslosen Fall zu vergeuden.

***Ich**, Lisa Romeike, gebe **nicht** so leicht auf!*

„Wer aufgibt, hat schon …" Bitte nicht! Dieser Spruch hat einen Bart wie Kaiser Barbarossa. Sowas verbreitet nur Langeweile. Und ich möchte

doch, dass wenigstens Nikki meine Beichte (denn es ist eine, ich bestehe darauf!) liest.

Diesen sogenannten Experten werden die Augen aufgehen, wie erfolgreich ich bin mit meiner Eigen-Therapie. Wieso sollte jemand anders denn besser beurteilen können, was für mich gut ist, als ich selbst?

Im Augenblick sitze ich am Schreibtisch und nage an meinem Bleistift wie ein Biber am Baumstamm. Diese Marotte hat mich, woran der aufmerksame Leser sich erinnert, schon in alten Zeiten beflügelt, sobald der Fall heikel war.

Heikel ist die Aufgabe, die ich mir gestellt habe, allerdings, weil ich mich gnadenlos zu meinen Schwächen (oder meinetwegen auch Sünden) bekennen muss. Jeder scheut das, weil er nicht sicher sein kann, dass man ihm verzeiht.

Was ich gerade geschrieben habe, wirkt entschieden geschwätzig. Aber das ist, psychologisch betrachtet, nur die Folge meiner Angst. Manche verstummen, ich verbreite mich eben.

Eigentlich hätte ich mir selbst auf die Schulter klopfen müssen vor lauter Begeisterung über den Schuss ins Schwarze, der mir am Ende meiner Borkumer „Ermittlungen" geglückt war. Doch keine Spur von Triumph, nicht einmal von Erleichterung, als ich mit der Fähre Richtung Emden schipperte. Mein Erfolg beruhte, nüchtern betrachtet, das konnte ich drehen und wenden, wie ich wollte, auf Zufällen, und brachte mich nur einen Trippelschritt weiter. So muss es einem Autor ergehen, der sich einen originellen Helden und eine überzeugende Handlung ausgedacht hat und sich dann unverhofft vor einer Wand wiederfindet, die er mangels Größe nicht übersteigen kann. Der Gedanke aufzugeben wäre für einen vernünftigen Menschen naheliegend und würde ihn dazu bringen, einen ordentlichen Job, beispielsweise als Busfahrer, anzunehmen oder einen IT-Kurs zwecks Weiterbildung zu buchen. Aber wie man inzwischen wohl erkannt hat, bin *ich* von Natur aus nicht vernünftig.

Der Wind hatte aufgefrischt, und ich vermied vorsichtshalber nach dem *ersten* Blick durch die Panoramascheiben jeden weiteren auf die heranrollenden Wellen, die an die Bordwand klatschten. Der eine jedoch genügte, um, kombiniert mit dem Geruch von Kaffee und Pommes frites, der aus der geöffneten Kombüse herüberwehte, bei mir alle Symptome einer Seekrankheit auszulösen und mich zwang, schleunigst aus ihrem Dunstkreis zu flüchten, um ein zweites, wahrscheinlich noch viel unangenehmeres Missgeschick als bei der Anreise zu verhindern.

Beim Händewaschen in der Toilette schaute ich prüfend in den Spiegel. Nein, die Behauptung, ich hätte mich auf Borkum erholt, würde sich daheim kaum aufrechterhalten lassen.

Reisen mit der Deutschen Bahn sei zu jeder Jahreszeit ein ungetrübtes Vergnügen – das kann nur jemand behaupten, der es noch nie versucht hat. Ich verordnete mir eisernes Schweigen über das, was ich mir selbst damit aufgebürdet hatte. Jeder ist schließlich seines Glückes Schmied!

Meine Lieben, guten Glaubens von mir bereits in Düsseldorf per Handy bestellt, warteten schon 40 Minuten bei null Grad im steifen Nordost auf dem Bahnsteig, da der angekündigte Regionalzug wegen einer sogenannten „betriebsbedingten Störung" (was immer das bedeutete) ausgefallen war.

„Ach, da bist du ja endlich!" stellte Achim fest, und Nicole lamentierte lauthals über ihre kalten Füße.

Zu erschöpft, um mich für diese warme Begrüßung zu bedanken, hatte ich nur einen Wunsch: Acht Stunden Schlaf in meinem eigenen Bett.

Am nächsten Morgen reckte und streckte ich mich genüsslich unter meinem von der lieben Schnibbe frisch bezogenen, nach Weichspüler duftenden Deckbett, und überlegte, welche Borkumer Erlebnisse für meine Familie tabu wären, und kam, wie befürchtet, zu dem Ergebnis: nahezu alle! Bis auf die Schilderung der so sympathischen Insulaner, der grandiosen Natur, der Tischgespräche im „Likedeeler" und meiner Einkaufstouren. Also modifiziertes Lügen durch Weglassen nach Medienart und geschmeidiges Ausweichen bei kritischen Themen wie ein Politiker. Mit meiner Erfahrung eine Lappalie.

Leider gab es einen Schwachpunkt: Meinen wachsenden Wunsch, jemandem, dem ich vertraute, alles zu erzählen – ohne Beschönigung! (*Dieser selbstzerstörerische Drang hat schon manchen Kriminellen ans Messer geliefert.*) In meinem Fall Käthe als Beichtschwester? Ja, falls ich sie gelegentlich mal für ein Stündchen von Karl hätte loseisen können. Ansonsten blieb mir nur Frau Doktor Sulz oder irgendein Seelendoktor, wie traurig.

Doch es kam anders als gedacht. Nikki saß einsam am Küchentisch und knabberte, als ich die Tür öffnete, an einem trockenen Toast. Den ließ sie kurzerhand auf den Tisch fallen, sprang auf, fiel mir um den Hals, wobei sie mich fast erwürgte, tätschelte mein Gesicht und gab mir dann wahrhaftig einen Kuss, genauer, einen herzhaften Kleinkind-Schmatzer mitten auf den Mund. Wie hätte Achim über diese rührende Familienszene gespottet, wenn er dabei gewesen wäre!

Doch er war, wie angenehm, noch im Krankenhaus, und Nikki konnte die Litnanei seiner Fehlleistungen während meiner Abwesenheit, die sie bei ihrem Anruf aus Borkum begonnen hatte, ungehemmt und umfassend fortsetzen. Ihre eigenen überging sie großzügig.

Das Fazit dieses Redeschwalls: Die beiden hatten sich pausenlos gestritten, sobald sie zusammengetroffen waren. Meine Aufgabe hatte sich also in den letzten Jahren vorwiegend darin erschöpft, die Kontrahenten quasi als Schaumstoff-Puffer auseinanderzuhalten. Und daran würde sich auch in Zukunft so schnell nichts ändern. Sollte ich mich nun geehrt oder herabgesetzt fühlen?

Keine Möglichkeit, über diese Grundsatzfrage nachzugrübeln; denn Nikkis Jammerarie ging ohne Unterbrechung weiter, allerdings mit einer anderen Besetzung. Diesmal drehte sie sich um Henry und sein mehr als eine Woche lang anhaltendes Schweigen. Erstaunlich, dass meine dritte Tochter diesmal sogar zugab, ihr Gewissen nach eigenem Fehlverhalten durchleuchtet, aber nichts Anstößiges gefunden zu haben. Sie litt, litt sichtbar unter dieser Kontaktsperre. Ich nahm sie tröstend in den Arm, und gab, soweit ich mich erinnere, ein oberflächliches „Wird schon wieder werden!" von mir, wofür ich mich augenblicklich schämte.

Dass Henry, soweit ich ihn durchschaut hatte, genau der Typ war, der durch Schweigen das Bedürfnis einer Verliebten nach Beachtung und Zuwendung zu befeuern sucht, um sein Ziel zu erreichen, darüber wollte ich sie nicht aufklären. Damit hätte ich nicht nur unsere augenblickliche Harmonie gefährdet, sondern wäre auch auf taube Ohren gestoßen. Ach, meine Kleine war eben immer noch ein Schäfchen, darin musste ich Achim beipflichten.

Wodurch sie ablenken von ihrem Kummer? Zwar hatte ich, ganz und gar konzentriert auf das Thema Henry, keinen Gedanken an ein Mitbringsel für sie verschwendet, aber wozu hatte ich mich denn mit all dem Zeug in meiner schauderhaften neuen lila Tasche abgeschleppt, weil keine andere preiswerte zu kriegen war?

Eine Stunde später fand Achim uns im Schlafzimmer vor. Die sichtlich angeregte Nikki saß auf dem Doppelbett. Sie schlüpfte gerade in meinen grünen Pullover, prophezeite, den Kopf noch unter dem Kragen, seine Fledermausärmel und der für ihre Figur mehr als legere Schnitt würden in ihrer Schule todsicher *der* „Trendsetter" des Monats, und wühlte, nachdem sie die Augen wieder frei hatte, in dem sie umgebenden Berg von Kleidungsstücken nach weiteren Schätzen. Trotz meines dilettantischen Versuchs, es unter meinem Schlafanzug zu verstecken, fiel ihr kurz danach das lederne Kosmetik-Köfferchen mit dem überteuerten Inhalt in die Hände, den sie umgehend ausprobierte, sich vor meinem Spiegel hin- und her drehte und das Ergebnis ihrer Bemühungen mit „Is doch geil, was?" zusammenfasste.

Ich konnte mir die Antwort sparen, denn mein Mann, unvermutet im Türrahmen stehend, fragte spöttisch: „Bin ich hier aus Versehen im Zirkus gelandet?", musterte meine Nichte kopfschüttelnd und räumte augenblicklich das Feld, im Flur „Verrückte Weiber!" knurrend.

Es stimmte: Nikki sah aus wie ein Clown. Unter dem Vorwand, sie müsse sich abschminken, um ihren grünen Pullover vor bleibenden Flecken zu schützen, schickte ich sie ins Bad.

Sie gehorchte ohne Widerspruch!

Die Rolllade rasselte in Achims Büro herunter; ein Signal, dass er nach dem Nachtdienst seine Ruhe haben wollte, was ihm nicht zu verdenken war.

Welche Erleichterung für mich: Keine peinliche Nachfrage, womit ich denn die faulen Tage auf Borkum ohne meine Lieben herumgebracht hätte. Diese Klippe war umschifft, wenigstens fürs Erste!

Abends, ich hatte ausgepackt, war natürlich noch lange nicht fertig mit dem Chaos, das meine Familie während meiner Abwesenheit angerichtet hatte, rief Käthe an, fragte obenhin, ob es mir gut ginge und wollte wissen, ob ich denn morgen wieder meine Arbeit in der Buchhandlung übernähme.

Das war ein Schlag ins Kontor.

„Aber, … eigentlich wollte ich …", stotterte ich.

Eine verlegene Pause am anderen Ende der Leitung.

Danach die Erklärung: „Du darfst mir meine Frage nicht übelnehmen, aber du müsstest schon kommen, weil wir Mittwoch in die Karibik fliegen. Da ist noch eine Menge vorzubereiten. Wie das eben so ist, wenn man drei Monate verreist."

„Das sehe ich ein. Grüße Karl von mir. Schöne Reise für Euch beide", das war alles, was ich herausbrachte. Und sie antwortete mit einer ähnlichen Floskel.

Es gab kein Wir mehr, das mich einschloss. Ich hatte sie verloren. Weil ich, besessen von einer fixen Idee, zu viel von ihr erwartet und nicht beachtet hatte, was *sie* brauchte.

Sie zahlte mir nun mit gleicher Münze zurück, womöglich sogar von Karl, der sie ganz für sich haben wollte, dazu angestiftet. (*Eine aus der Luft gegriffene Vermutung, die nichts weiter bewies als mein ausuferndes Misstrauen, für das ich keine hinreichende Begründung finden kann. Auch wenn es mir damals so vorkam – nicht jeder Mann ist ein Ole Lübbe!*)

Über viele Jahre war Käthe meine verlässliche, rücksichtsvolle Freundin gewesen. Und die hatte ich leichtfertig eingetauscht gegen einen lächerlichen Hunde-Namen, der nichts bewies und mich zurückwarf in das Reich der Vermutungen.

Von diesem Tag an wurde ich Einzelkämpferin, die sich nicht einmal über ihre nächsten Schritte im Klaren war, die sich treiben ließ und auf eine Erleuchtung hoffte. (*Oder, ich gestehe es nicht gerne, auch nachts, wenn ich hochfuhr aus unruhigen Träumen, auf das Eingreifen des Himmels wartete, um das Schlimmste zu verhüten, was als Schreckgespenst in meinem Kopf umging. Achim ahnte von all dem nichts, denn er verrichtete weiterhin Nachtdienst.*)

Welche Schwierigkeiten ich trotz dieser Belastung in der Familie und im Geschäft zu bewältigen hatte, will ich nicht im Einzelnen aufzählen. Ich reagierte meistens rein automatisch, so ähnlich, wie eine versierte Köchin nicht über jeden Handgriff mehr nachdenken kann, wenn sie das Essen rechtzeitig auf den Tisch bringen will.

Käthe und Karl war auch mit schlechtestem Willen nichts vorzuwerfen. Sie hatten mich professionell vertreten, sogar ein Plus erzielt, das wohl dem unwirtlichen Wetter zu verdanken war. Da las man eben doch ab und an ein Buch. Vor allem die Krimiautorinnen waren im Kommen, hatten die Autoren schon fast eingeholt. Und als sich ein lokaler Redakteur auf der Kulturseite über eine sogenannte

„Newcomerin" namens Helen Harder, ich nehme an, eine Engländerin, geradezu hingerissen äußerte, machte die hier das Rennen. Ich beschloss, wenigstens eins ihrer Werke zu lesen, falls ich wieder zu Atem gekommen wäre.

Diese Aussicht bestand im Augenblick nicht.

Elena verabschiedete sich, ausgestattet mit einer Sonderzahlung für treue Dienste, zwei Tage später in den Urlaub. Frau Schnibbe verlangte eine Aufbesserung ihres Stundenlohns um zwei EURO. (*Warum nur habe ich sie über den grünen Klee gelobt, weil sie zwar geputzt und gewaschen, aber sich gegen die Vereinbarung vor dem Aufräumen gedrückt hatte?*) Ich schwieg und zahlte. Um des Kaisers Bart zu streiten war mir zu mühsam.

Achim hatte sich wahrscheinlich im Krankenhaus einen üblen Darminfekt eingefangen, der gerade grassierte, und wurde für drei Tage krankgeschrieben.

Er schlief die meiste Zeit vor lauter Schwäche, trank ab und zu, von mir per Telefon geweckt, Kamillentee aus der Thermosflasche, und ich trichterte ihm während meiner Mittagspause ein paar Löffel dünnes Hafersüppchen ohne Milch und Zucker ein, obwohl er behauptete, das sei nach den neuesten medizinischen Erkenntnissen vollkommen unnötig. Was für ein überflüssiges Gezerre!

Abends klingelte das Telefon, als ich wie üblich über meinen Büchern saß. Hasso!

Erkundigte sich in wohlgesetzten Worten, ob ich mich auf Borkum gut erholt hätte. Aha, da hatte einer seinen Mund nicht halten können, ich tippte auf Nikki.

Was ging ihn meine Gesundheit an? Unangemessen, diese Frage.

Meine Antwort wie aus dem Werbeprospekt: „Das Seeklima ist auch in der kalten Jahreszeit gut für angegriffene Bronchien."

„Da haben Sie recht. Ich war übrigens auch eine Woche nicht im Lande. Dringende Geschäfte in Amerika." Das hätte er mal besser meiner Nichte mitteilen sollen!

„Ach ja, interessant!" Die Ironie überhörte er, denn er ließ sich nicht abwimmeln.

„Ist Nikki zu sprechen?"

Abgeschmettert! Sie war nicht da!

Jetzt musste er aufgeben.

Wenn dieser zudringliche Kerl gewusst hätte, was **ich** wusste! (*Ein solcher Informationsvorsprung baut einen doch auf, sogar wenn er auf wackligen Füßen steht, nicht wahr? Dass Hasso mich nur aushorchen wollte, wäre mir nicht mal im Traum eingefallen.*)

Achim erholte sich allmählich, fuhr zum Dienst und traf eine unwiderrufliche Entscheidung, die er bereits angekündigt hatte. Im nächsten Monat, nach seinem 50. Geburtstag, wäre Schluss mit dem Nachtdienst. Meinen Segen hatte er.

Was er mir erst später verriet: Der Personalchef hatte ihn für den Posten des Palliativ-Beauftragten des Krankenhauses vorgesehen. Der Pferdefuß an der Sache: Voraussetzung war ein berufsbegleitender zehnmonatiger Fernkurs mit Zertifikat einer staatlich anerkannten Akademie. Die Folge: Bis zur bestandenen Prüfung musste Achim seinen ungeliebten Nachtdienst durchstehen. Auch das wollten wir mit der Aussicht auf ein normales Familienleben gemeinsam hinter uns bringen.

Ohne Elenas Hilfe hetzte ich zwischen Buchhandlung, Haushalt und Einkäufen hin und her, so dass ich eigentlich einen 36-Stunden-Tag gebraucht hätte, um alle meine Pflichten zu erfüllen.

„Perfektionistin! Lass doch mal fünf grade sein!", schlug Achim vor und rückte gleich mit einem neuen Vorschlag heraus.

„Ich bin es den Kollegen und Freunden schuldig, einen Empfang zum Fünfzigsten zu geben. Und gleichzeitig wäre das ja auch mein Ausstand. Das ist bei uns im Team so üblich. Keine große Sache!", beruhigte er mich – mein Gesicht sprach gewiss Bände. „Nur ein kaltes Buffet gegen Mittag, das können wir bei ‚Jansens Party-Service' bestellen, und du hast kaum Arbeit damit!"

Kaum Arbeit! Wo lebte dieser Mann bloß!

„Außerdem kann Nikki dir helfen. Es gibt dann doch Osterferien!"

„Ich sehe ja ein, dass du im Zugzwang bist. Aber du hast etwas vergessen: Nikki muss die Sozialstunden, die der Richter ihr wegen der Rollatorbrigade aufgebrummt hat, im Altenheim ableisten, sonst kriegt sie Schwierigkeiten."

„Du bist also gegen die kleine Party?"

„Das habe ich nicht gesagt!"

„Aber gedacht!"

„Die Gedanken sind frei! Ich erwarte jedenfalls von dir, dass du wenigstens für die Getränke und die Sitzgelegenheiten sorgst."

„Meinetwegen! Um des lieben Friedens willen!" Er grinste zufrieden. Wie üblich hatte er den besseren Teil erwählt.

Ach ja, übrigens „kleine Party"! Genauso hatte ich das erwartet: Die Gästeliste wuchs von Tag zu Tag. Als sie die 29 erreicht hatte, drohte ich mit Streik.

„Sei froh, dass ich so bescheiden bin und nur 30 einlade!", lobte er sich selbst. „Noch einen möchte ich unbedingt dabei haben", und fügte ganz unten Henrys Namen hinzu, bevor er einen dicken schwarzen Doppelstrich zog. Ich seufzte und gab auf.

Elena war endlich braungebrannt und voller Tatendrang aus dem Urlaub zurückgekehrt und schrieb mir zuliebe die fälligen Einladungen auf dem heimischen Computer. Der Jubilar stellte sich als hervorragender Organisator heraus – diese Eigenschaft hatte er bisher wohlweislich vor mir verborgen – „Wer et kann, muss et donn!", so ein Niederrheinisches Sprichwort. Ich hatte mit Hängen und Würgen meinen Part erledigt. Nikki leistete auch ihren Beitrag: Sie quälte sich und mich zwei Wochen lang mit der Auswahl ihrer Kleidung, wobei sie darauf bestand, es genüge vollkommen, wenn sie das Fest durch ihre Anwesenheit verschönere. (*Hatten wir das nicht schon so ähnlich vor dem Straßenfest durchexerziert? Keine Fortschritte im Reifungsprozess! Achim hätte mir die Schuld daran gegeben. Deshalb verschwieg ich ihm diese Episode.*)

Am Tag vor dem großen Ereignis war wider Erwarten alles bereit. Sogar die Zwillinge hatten sich eingefunden, als es nichts mehr zu helfen gab. Sie hatten sich, wie heute oft üblich, von uns abgenabelt. Wir waren ihnen fremd geworden. Drei Gäste hatten aus dringenden Gründen abgesagt. Henry war nicht darunter.

„Läuft wie am Schnürchen, du Pessimistin", flüsterte Achim mir zu und betrachte stolz die sorgsam verpackten Geschenke, die sich auf dem Tisch im Flur stapelten. (*Ich hatte ihm den Prachtband „Gärtner aus Liebe" gewidmet, in der Hoffnung, er würde sich in Zukunft mehr der Pflege der Natur zuwenden. Pustekuchen! Er begann, Briefmarken aus dem deutschen Kaiserreich zu sammeln, ein teures Hobby für Eigenbrötler.*)

Nach diesem Monolog wandte er sich erneut seinen Besuchern, nein, eigentlich nur Henry zu, den er an seiner Seite links neben Nikki in ihrem wadenlangen, rosenholzfarbenen A-Linien-Kleid platziert hatte, die die anderen „Gästinnen" im wahrsten Sinne des Wortes überstrahlte.

Als Hausfrau war ich gezwungen, auch mit diesem Menschen, dem ich nicht über den Weg traute, ein paar Worte zu wechseln. Auf Borkum kam er nicht zurück, er mied es, obwohl naheliegend, krampfhaft, was mir merkwürdig erschien – immerhin hatte er neulich so distanzlos danach gefragt. Jetzt war er die Zurückhaltung in Person, antwortete einsilbig und sah mich nicht an, als ich, weil mir nichts Besseres einfiel, übers Wetter und die Grippewelle faselte. Landläufig würde man sagen, dass er überraschend fremdelte. Irgendetwas Entscheidendes musste geschehen sein, das sein Verhalten so grundlegend verändert hatte. Mit Nikki lachte und turtelte er, als hätten sie sich nie über seine unangekündigte Abwesenheit gestritten, und Achim gegenüber verhielt er sich, obwohl fast gleichaltrig, wie ein Muster von Sohn, nämlich respektvoll. Schleierhaft, das Ganze. Und als er sich verabschiedete, drückte mein Mann ihm warm die Hand und sagte launig, was auch dem Alkohol zu verdanken war: „Schön, dass du gekommen bist, Henry. Lass dich bald mal wieder sehen, ja?" (Soweit war es schon gekommen: Sie duzten sich bereits.)

Daraufhin bedankte Hasso/Henry sich artig für alles Schöne an diesem Tag, wobei er Nikki mit einem beifälligen Blick bedachte – und die errötete auch noch prompt. War hier etwa eine Verschwörung gegen mich im Gange, weil ich als Hemmschuh einer möglichen Verbindung betrachtet wurde? (*Was ich, nebenbei bemerkt, ja auch war, weil ich besser Bescheid wusste über den Kandidaten als der Rest der Familie.*)

Meine Verwirrung, meine Hilflosigkeit nahmen jeden Tag zu, bis ich sogar erwog, Achim umfassend einzuweihen, dies aber als die falscheste aller möglichen Entscheidungen augenblicklich verwarf.

Ich brauchte unbedingt einen äußeren Anstoß, um zu handeln.

Eines Abends im März, es begann gerade erst zu dämmern, trat ich vor die Haustür, um Luft zu schöpfen und dem Abendlied der Amsel zu lauschen, die sich auf der altertümlichen, baumähnlichen Fernseh-Antenne unseres Nachbarn niedergelassen hatte und sich das Herz aus dem Leibe sang aus lauter Sehnsucht.

Das Auto, das um die Ecke bog, gehörte eindeutig Henry. Neben ihm, meinem Widersacher, befand sich (*ich schreibe bewusst „befand sich"*) meine Nikki, die, wie sie mir vor ein paar Minuten mitgeteilt hatte, gerade bei ihrer Freundin Mathematik paukte für die nächste Klausur. Klarer Fall: Also knutschte hier ihr Astralleib mit dem Besitzer des Autos in einer Weise herum, von der selbst ich, in jungen Jahren auch kein Kind von Traurigkeit (*wie im Anfangskapitel nachzulesen ist*), noch allerlei hätte lernen können. Sie war zwar ein Schäfchen, was die Eroberungs-Strategien erwachsener Männer betraf, aber durchaus kein Unschuldslamm. Bisher hatte ich mir gewisse Einzelheiten lediglich vorgestellt, doch noch nie mit eigenen Augen sehen müssen. Das ist ein gewaltiger Unterschied. Ich war geschockt. (*Das sage ich rundheraus, und bezichtige mich damit einer kaum glaublichen Naivität. Wo lebte diese Frau namens Lisa eigentlich?*)

Ich schloss leise die Tür – Licht hatte ich nicht eingeschaltet, um die Amsel nicht zu stören, wäre deshalb von der Straße aus nicht zu sehen gewesen – falls man mir überhaupt nur die geringste Beachtung geschenkt hätte.

Jetzt musste ich handeln, um das Schlimmste zu verhüten. Ein verwegener Entschluss, aber wie ihn in die Tat umsetzen?

Auch der angestrengte Blick in den schon im Schatten liegenden verwahrlosten Garten half mir nicht weiter. (*Weshalb hätte ich die Vorhänge zuziehen sollen, wenn der Spion längst enttarnt war?*) Um dem Fass den Boden auszuschlagen stöckelte Nikki gegen neun Uhr an meiner geschlossenen Tür vorbei und verkündete, sie hätte noch „ein bisschen was für die Schule zu tun" und ich solle ruhig schon ins Bett gehen.

Diese unverschämte Heuchelei verschlug mir zunächst die Sprache, versetzte mich aber danach innerhalb von Sekunden in fieberhafte Aktivität. Ich erkannte, dass es nur eine einzige erfolgversprechende Aussicht geben könne, Henrys neuerdings abweisendes Verhalten mir gegenüber zu enträtseln:

Kein unlösbarer Fall für mich. Wozu hatte ich mindestens tausend Krimis gelesen? Dieses Rüstzeug und der gesunde Menschenverstand würden genügen. (*So ermutigt man sich selbst – durch Galgenhumor!*)

Käthes einstigem Beispiel folgend; das an den Realitäten gescheitert war, notierte ich zunächst, was mir an Gründen spontan einfiel. Ein Sammelsurium, wie zu erwarten war. (*So etwas heißt heutzutage „Brainstorming". Es wird hier in dieser Einrichtung ausgiebig betrieben. Um die Zeit totzuschlagen? Das ist eine ketzerische Behauptung, mit der ich mich sicher unbeliebt machen würde. Sollte ich sie lieber löschen?*)

Danach benutzte ich das klassische Ausschlussverfahren mithilfe des Rotstifts. Auf dem Fußboden häuften sich die Entwürfe, die ich für nicht „zielführend" hielt. (*Auch ein Schlagwort, das sich verbreitet wie die Sommergrippe.*)

Dieser aufwendige Prozess dauerte bis gegen 1 Uhr.

Sein Ergebnis füllte gerade ungefähr eine halbe DIN-A4-Seite, die ich auf meinem alten Computer, über den ich nicht mehr verfügen kann, unter dem Stichwort „**Die Schlinge zieht sich zu**" gespeichert hatte.

(*Ich versuche, es aus dem Gedächtnis zu rekonstruieren.*)

VORLÄUFIGE BEWEISAUFNAHME
Unter Berücksichtigung aller bisher bekannten Tatsachen bin ich zu folgenden Schlüssen gelangt:

Grundannahme: Hasso/Henry verschleiert seine Absichten, d. h., er ist ein Lügner.

Folge: Er fürchtet ständig, enttarnt zu werden.

Aktuelle Situation: Sein verändertes Verhalten beweist, dass er etwas erfahren hat, was ihn bedroht.

Art der Bedrohung: Sie *muss* mit meiner Person zusammenhängen, weil er nur *mir* gegenüber auf Abstand geht.

Schlussfolgerung I: Ich habe Grund anzunehmen, dass Hasso/Henry über meine Recherche in Borkum Bescheid weiß.

Schlussfolgerung II: Über diese Recherche kann ihn nur die

Lehrerin Wiebke Hansen informiert haben, denn sie besaß seine Visitenkarte.

Meine Begeisterung über dieses Ergebnis, das durchaus den Gesetzen der Logik entsprach, war grenzenlos. Bis zum nächsten Morgen. Im Licht des Tages (so gegen 11, ich hatte verschlafen) stellte sich heraus, dass ich noch immer nichts Greifbares in der Hand hatte.

Ich lag in mit angezogenen Beinen (*in Embryonalhaltung!*) unter meiner Daunendecke und suchte. Suchte nach einem Absprung aus dieser schneller und schneller sich drehenden Berg- und Talbahn, in die ich in Überschätzung meiner Widerstandsfähigkeit freiwillig eingestiegen war.

Im Morgenrock flüchtete ich nach einem kargen Frühstück fröstelnd zu meinem Rechner, rief meine hochtrabend als „Vorläufige Beweisaufnahme" gespeicherte Liste auf und kam, nachdem ich sie noch einmal konzentriert gelesen hatte, zu dem Schluss, dass Wiebke Hansen ohne Zweifel der Dreh- und Angelpunkt der jüngsten Entwicklung im Fall Hasso war, weil sie ihren ehemaligen Schüler angerufen hatte, was offenkundig war. (*Ein kluger Stratege war Henry zum Glück nicht. Man wiegt doch seinen Gegenspieler in Sicherheit, statt ihn aufzuscheuchen! Angst ist eben ein schlechter Berater. Wenigstens einen vernünftigen Schluss hatte er aus ihrem Anruf gezogen – dass ich ihm auf den Fersen war. Wie dicht, ahnte er nicht. Woher hätte er auch von Haralds Brief oder von Beates selbstmörderischem Test wissen können? Diesen traurigen Teil unserer Familiengeschichte hatten wir selbstverständlich auch Nikki vorenthalten, denn wir hatten sie nicht unnötig belasten wollen.*)

Hatte seine alte Lehrerin meinen Besuch nur beiläufig erwähnt oder sich womöglich erkundigt, ob ich ihn ausfindig gemacht hätte? Oder hatte sie mich, im Nachhinein misstrauisch geworden, als dubios angeschwärzt? Das wenigstens annähernd herauszufinden fiel mir nur eine Möglichkeit ein: Die nüchterne, umfassende Analyse des Gesprächs im Borkumer Dykhus.

Ich griff fürs Erste daneben. Denn gerade war ich mit meinen Überlegungen soweit gediehen, brach eine wachsbleiche Nikki in mein Allerheiligstes ein, ohne anzuklopfen, klagte über Brechreiz und erreichte mit knapper Not das Bad, bevor sich der Segen über meinen chaotischen Schreibtisch ergoss. Danach war es notwendig, dem armen Ding das Gesicht zu waschen, es ins Bett zu befördern wie in Kleinkindzeiten, es beruhigend zu streicheln und vorsichtshalber eine Waschschüssel für alle weiteren Unglücksfälle bereit zu stellen, bis sich der Aufruhr gelegt hätte. Besorgt blieb neben ihr sitzen, bis sie erschöpft eingeschlafen war.

Wie zu erwarten war schlief **ich** nur oberflächlich. Um halb acht rappelte ich mich raus, trank einen Pott Kaffee mit viel Zucker (Süße Sünde!), entschuldigte meine dritte Tochter für heute und morgen bei der Schule. Danach fütterte ich die Waschmaschine – Hausfrauen, ratet mal, womit!

Achim erledigte an seinem freien Tag währenddessen, was ich ihm als Pflichten aufgehalst hatte: Eine bestimmt 50 Zentimeter lange Einkaufsliste abarbeiten, einen Satz Batterien besorgen, das Auto waschen lassen und volltanken, so in dieser Preislage.

Sage keiner, die heutige Jugend sei reifer als unsere Generation. Auf peinliche Befragung hin beichtete Nikki am nächsten Abend Folgendes: Sie und drei ihrer Freundinnen hatten nach einer „scheißschweren" Mathe-Klausur „voll den Frust gekriegt", was bedeutete, dass sie sich nach einem „Döner Spezial" plus eiskalter Doppel-Cola auch noch einen MAXXI-Eisbecher (ja, einen mit zwei X!) bei ihrem Lieblingsitaliener einverleibt hatten. Welcher durch monatelange strikte Diät geschrumpfte Magen hält das schon aus? Sie gelobte Besserung. Ich hörte die Botschaft zwar, nur fehlte mir der Glaube an ihre Umsetzung.

(Man sollte öfter mal in der Bibel lesen. Da steht es schwarz auf weiß: Der Geist ist willig, aber das Fleisch ist schwach.)

Am Freitag hatte ich mir durch unermüdlichen Einsatz während der Woche wahrhaftig einen Abend für mein so rüde verhindertes Vorhaben freischaufeln können.

Bedauerlicherweise existierte keine Aufzeichnung über die Unterhaltung mit Frau Hansen, nicht einmal ein Gedächtnisprotokoll – ich war ja keine Hellseherin. Daher musste ich mich bei der Rekonstruktion auf meine schon früher mal in aller Bescheidenheit erwähnte Fähigkeit verlassen, einen Vorgang in allen bedeutsamen Einzelheiten wiederaufleben zu lassen. Ich drückte gewissermaßen auf einen virtuellen Knopf und schon hörte ich, wie ich die rührende Mär, die ich im Vorhinein doch ausgiebig geprobt hatte, ohne Zögern abspulte und dabei sehr überzeugend wirkte.

Und dann folgte die einzige Frage, auf die ich nicht vorbereitet war. Was blieb mir anderes übrig, als zu improvisieren? Irgendetwas zu erfinden, was meine bisherigen Aussagen untermauern würde. Und unter diesem Druck ersann mein Hirn, als hätte es nur darauf gewartet, dieses Foto von Henry, das mich davor bewahrte, als Lügnerin enttarnt zu werden. Ich hatte die Krise glänzend bewältigt.

Frau Hansen hatte mir geglaubt, da meine Fabelei auf Lebenserfahrung beruhte. Sie war realistisch, wie jede akzeptable Lüge. Jeder fürsorgliche Ehemann und Vater, ob Forscher, Soldat oder Monteur, hätte doch vor zwanzig Jahren, als die Elektronik noch in den Kinderschuhen stand, dann und wann ein Bild von sich und seiner Arbeitsstelle nach Hause geschickt, um die Verbindung zu seinen Lieben während einer monatelangen Abwesenheit aufrecht zu erhalten.

Auch Harald hatte sich, ob aus Berechnung oder aus Überzeugung, häufiger auf diese Weise gemeldet. Beate hatte mir mehrere dieser Fotos gezeigt. Durchaus möglich, dass auch Henrys Konterfei auf mindestens einem zu sehen war.

Ich war lange blind gewesen. Nun jedoch erschien vor meinen Augen ein Pfad in hellem Licht. Diesem Pfad der Erkenntnis musste ich folgen.

Nicht der Zufall würde diesmal Regie führen wie bei der Entrümpelung in „Kraut und Rüben", sondern eine gezielte Suche. Die Suche nach einem Foto der Mannschaft, die vor rund 20 Jahren auf der „Cap Hoorn" gearbeitet hatte.

13. Kapitel

Es geschehen noch Zeichen und Wunder! Vorige Woche hat sich der Chefarzt dieser Klinik in den Ruhestand verabschiedet. Angeblich aus Gesundheitsgründen, aber ich bin mit einigen meiner „LeidensgenossInnen" der Ansicht, dass er schlicht keine Lust mehr hatte, sich zu ruinieren. Sein 12-Stunden-Arbeitstag, Patienten, bei denen trotz aller Mühe Hopfen und Malz verloren war, die Zänkereien zwischen den Anhängern der verschiedenen psychiatrischen Lehrmeinungen, die ewigen Querelen mit den privaten Krankenkassen – all das hatte seine Kräfte vorzeitig aufgezehrt.

Der neue Leiter, so um die 40, entschlossen, sich voller Elan sämtlichen Herausforderungen zu stellen, ein jungenhafter Typ, bei dem Frauen jeden Alters leicht ins Schwärmen geraten, erwies sich schon zwei Tage später als rechter Glücksfall für mich. (Neugierige Frage am Rande: Woran liegt es nur, dass Kliniken in aller Regel von Männern geleitet werden?)

Dr. Dr. Boll ließ sich jeden Patienten vorführen – getreu dem Sprichwort von den neuen Besen.

Und ausgerechnet in mir entdeckte er seinen Idealfall. Weil ich meine Lebensgeschichte schrieb und so seine Auffassung bekräftigte, das sei die beste Voraussetzung für eine baldige Genesung. Damit hatte ich Oberwasser. Niemand würde es jetzt noch wagen, mich zu behindern. Und ich käme endlich, endlich dazu, alles aufzuklären, was mich aus der Bahn geworfen hatte.

Kein Zweifel: Ich war damals am Niederrhein seit rund einem Jahr einer Zwangsvorstellung anheimgefallen, die sich meiner Person zuerst gleichsam spielerisch, dann aber despotisch fordernd bemächtigt, mein Denken, mein Fühlen und zuletzt auch mein Handeln derart verändert hatte, dass ich mich selbst nicht mehr wiedererkannte. Ich durchschaute, was geschah –und war trotzdem zu schwach, mich gegen diese Obsession zu wehren.

Das bestätigen auch die letzten Sätze des 12. Kapitels, die ich vor zwei Tagen niedergeschrieben habe. Sie geben exakt meinen damaligen Zustand wider: Das Hochgefühl, das ich empfand, hatte nur einen minimalen Bezug zur Realität.

Nach Beates Tod hatten wir ihren Nachlass, soweit er brauchbar war, an karitative Organisationen verschenkt, ihr Auto verkauft.

Weil niemand sonst dafür in Frage kam, hatte ich mich unter schweren Bedenken bereit erklärt, Privates und Vertrauliches wie Korrespondenzen oder Fotos, die später für Nikki von Wert sein könnten, zusammenzutragen und in einer verschließbaren Truhe im dunkelsten Winkel des Kellerflurs aufzubewahren, ohne sie vorher zu ordnen oder gar im Einzelnen zu sichten. Das wäre über meine Kräfte gegangen.

Im Lauf der Jahre verschwand die Truhe allmählich aus meinen Augen und damit aus dem Gedächtnis. Achim hatte sie unter einem Berg von sorgsam aufgeschichteten Pappkartons begraben, die er für den Fall der Fälle, der niemals eintrat, hortete.

Sobald ich allein zu Hause war, betrat ich eines Samstags Jahre später den „Pfad der Erkenntnis". (*Lieber Himmel! Den betreffenden Abschnitt schleunigst löschen? O nein, zu diesem Kitschfaktor stehe ich!*) Für alle sachlich orientierten Leser: Ich machte mich unverdrossen im Keller an die Fahndung nach einem Bild, das rein hypothetisch in dieser Truhe liegen konnte.

Wenn ich geahnt hätte, welche Plackerei mir bevorstand, hätte ich womöglich die Finger davon gelassen.

Eine Kleinigkeit, zunächst die Kartons beiseite zu räumen, eine Geduldsprobe dagegen, den passenden Schlüssel zu finden, der an einem Bund mit ungefähr 20 unterschiedlichen Exemplaren unbekannter Herkunft hing, die ich alle nacheinander ausprobieren musste, um die Truhe zu öffnen.

Ich schaute hinein und erschrak: Eine abgespeckte Variante von „Kraut und Rüben" tat sich auf.

Drei Stunden danach erkundigte sich Achim überraschend hinter meinem Rücken:„Was treibst du denn da?"

„Ich schäle gerade Kartoffeln, siehst du das nicht?", gab ich übellaunig zurück.

„Wühlst du schon wieder in der Vergangenheit? Das nimmt allmählich Formen an, dass ich um dich Angst bekomme!"

„Bitte lass mich in Ruhe ja? Ich habe meine Gründe".

„Hoffentlich vernünftige!"

Ich zuckte gleichgültig mit den Schultern. Er gab es auf, mit mir zu diskutieren, zog sich zurück, um den Stoff seines Fernkurses zu pauken, und ich schichtete weiter Unterlagen, die für meine Recherche infrage kämen, rechts neben mir auf, wobei ich die Fotoalben, in denen ich am ehesten fündig würde, griffbereit für sich legte. Dann ging ich zu Bett. Der Hausherr konnte sich doch mal ein Brot schmieren, wenn er Hunger hatte, oder etwa nicht?

Am nächsten Tag strich ich den Mittagsschlaf und machte mich über die Fotoalben her. Alle Bilder fein chronologisch geordnet und mit Datum und Ort des Entstehens in Schönschrift untertitelt – vom Hochzeitsfoto des Paares über gemeinsame Ferienaufenthalte mit uns bis zu zahlreichen Kinderfotos, die Nikkis Entwicklung festhielten. Also nichts, was aus dem Rahmen der üblichen Familienalben herausgefallen wäre.

Warum aber gab es kein einziges Foto von Harald auf der „Cap Hoorn"? Beispielsweise in Taucherkluft, gerade eben dem Meer entstiegen, voller Stolz seine reiche Beute dem Betrachter präsentierend? Und sonderbarerweise auch keins von der Mannschaft, mit der er immerhin einen beträchtlichen Teil seines Berufslebens verbracht hatte.

Mag ja sein, dass ich diese neuerliche, endgültige Niederlage nicht ertragen konnte und deshalb an meiner These, es **müsse** solche Bilder geben, unbeirrt festhielt – jedenfalls erklärte ich diese Lücke für widersinnig, weil sie ganz und gar nicht zu *dem* Harald passen wollte, den ich kannte.

Ich beförderte die nutzlosen Alben achtlos zurück in die Truhe, saß hinterher mit hängenden Armen und krummem Rücken auf meinem unbequemen Hocker und wartete auf eine Eingebung, wie ich weiter verfahren sollte. Als sich nichts in dieser Richtung tun wollte, griff ich nach der Versandtasche im DINA3-Format, die zuoberst auf dem Haufen ähnlicher gelandet war, um sie den Alben hinterherzuwerfen. Und was las ich da in Beates akkurater Handschrift auf der Vorderseite?

Korrespondenz, Kollegen! Unbrauchbar für meine Zwecke, aber nichtsdestotrotz der zündende Funke! Nach den Gesetzen der Logik musste ich mich einfach nur bücken, um die private Korrespondenz meiner Schwester in Händen zu halten, gespickt mit den fehlenden Fotos. Ach was, Fotos! Ein *einziges* mit dem Gesicht des Mannes, den ich verfolgte, hätte genügt, um Nikki vor ihm zu bewahren.

Meine Suche dauerte bis tief in der Nacht.

Ich fand keine nützlichen Fotos, wie ich gehofft hatte, und auch keinerlei Briefwechsel zwischen meiner Schwester und ihrem Mann.

Die Jagd war beendet. Eine Frau von fast 50 sollte deswegen nicht so hemmungslos weinen wie ein kleines Mädchen, dem man seinen Kuschel-Bären weggenommen hat. Ich tat es trotzdem und schämte mich nicht einmal. Vor wem auch?

Am Morgen jedoch, nach einigen Stunden unruhigen Schlafs, gestand ich mir ein, was ich nicht hatte wahrhaben wollen.

„Na, sieht man dich auch mal wieder?", stichelte Achim, bei einem kargen Frühstück sitzend, und rieb sich die verquollenen Augen.

„Wer im Glashaus sitzt …", zu mehr konnte ich mich nicht aufschwingen.

„Also, bitte, jetzt kein Zausestündchen, sondern zur Sache. Wonach hast du denn da unten so verbissen gefahndet?"

„Wie dir nicht bestimmt nicht entgangen ist, wird Nikki demnächst volljährig. Wäre doch nicht schlecht, wenn sie zu diesem Anlass etwas mehr über ihre Eltern erfährt, oder? Beispielsweise in Form von Briefen und auch Fotos, die für sie besonders wertvoll wären, weil sie beide kaum gekannt hat."

„Gute Idee, danach zu suchen! Was gefunden?"

„Nichts! Kein Brief vorhanden und auch kein Foto von Harald außer solchen, die wir ebenfalls haben. Absolut nichts Neues! Mir unbegreiflich. Dabei habe ich doch selbst eine ganze Anzahl von Beates Briefen an Harald in den Kasten geworfen, ganz abgesehen von den zahlreichen Schreiben mit ausländischen Marken, die ich an meine Schwester weitergeleitet habe."

Gar keine verwerfliche Methode, fand ich, dieses elegant An-der-Wahrheit-Vorbeisegeln, weil es einem guten Zweck diente. Und wenn man den anderen durch den Verzicht auf ein eigenes Urteil auch noch dazu anregt, selbständig Schlüsse zu ziehen, ist man ein gewiefter Stratege.

Gleich danach lieferte mein Mann mir eine Steilvorlage, die ich nutzen musste.

„Wieso unbegreiflich?" korrigierte er mich. „Es gibt, so sehe ich das, nur eine Erklärung für dieses Vakuum. Beate hat alle Fotos des Schatzsuchers Harald und den gesamten Briefwechsel mit ihm systematisch vernichtet, bevor sie im Namen der Wissenschaft Selbstmord beging. Alle Briefe außer dem einen, den du vor wenigen Monaten bei der Entrümpelung in „Kraut und Rüben" entdeckt hast. Er erschließt doch ihr Tatmotiv. Sie hatte wohl gewichtige Gründe, dem Denunzianten zu glauben. Ist dir dieser Zusammenhang nicht aufgefallen?"

„Doch, doch, schon, aber ich war mir nicht ganz sicher! Wenn du das sagst, klingt das durchaus überzeugend, ändert allerdings kein Jota an meinem Dilemma. Ohne deine tatkräftige Hilfe komme ich nicht weiter. Könntest du nicht mal, wo du dich doch damals so brennend für die Schatzsucherei interessiert hast und außerdem alles aufhebst, was nicht niet- und nagelfest ist, und das über Jahre und Jahrzehnte, in deinem geheimen Fundus nachsehen, ob sich dort womöglich …"

Achim lächelte geschmeichelt. Dass ich, die so tüchtige, selbständige Lisa ihn brauchte, kam selten vor.

„Probieren kann ich das immerhin. Allerdings muss ich erst zusehen, dass ich diese lästige Zwischenprüfung ohne Panne über die Bühne bringe. Könnte also eine Weile dauern, bis ich dir den Gefallen tun kann. Also nicht drängeln, ja?"

„Danke! Wie lieb von dir! Und so eilig ist es nun auch wieder nicht. Wie sagte meine Mutter doch gleich? ‚Gut Ding will Weile haben.'"

(Dass ich nicht lache! „Gut Ding!" Davon kann unter diesen Umständen nur jemand reden, dem das Wasser bis zum Hals steht.)

Neuerdings werde ich jede Woche mindestens einmal zur Therapie beim Chefarzt zugelassen. Zum wachsenden Missvergnügen anderer Patienten. Ursulas beispielsweise, die darauf besteht, eine Wiedergeburt Kleopatras zu sein, sich entsprechend ausstaffiert und mich nur noch als „Bolls Schoß-hündchen" verunglimpft, seitdem der Flurfunk gemeldet hat, dass der Chef frisch geschieden ist.

Ich freue mich auf dieses Gespräch, denn mein Ansprechpartner kennt sich aus in der deutschen Literatur. Einen solchen Arzt kann man höchstwahrscheinlich in einer Psychiatrie mit der Lupe suchen.

Beim letzten Treffen hat Dr. Boll eine Bitte geäußert, die mir einiges Kopfzerbrechen bereitet. Ob ich denn wohl bereit wäre, ihm ein beliebiges Kapitel meiner Familien-Biographie auszuhändigen. Natürlich steckte eine berufliche Absicht dahinter, doch hatte ich den Eindruck, dass er sich auch noch nebenbei wirklich für meine Geschichte interessiert, was mir mittlerweile wichtig ist. Ich habe um Bedenkzeit gebeten, obwohl ich augenblicklich beschlossen hatte, seine Bitte zu erfüllen. Das binde ich ihm freilich nicht auf die Nase. Sonst nimmt er womöglich noch an … na ja, was sich Männer manchmal so einbilden, wenn man gleich zu allem Ja und Amen sagt.

Worauf hatte ich mich da nur wieder eingelassen! Die Auswahl des passenden Kapitels war mühselig. Wer ist schon bereit, einem nahezu Fremden, auf dessen Urteil man dennoch Wert legt, die eigenen Charakterfehler so mir nichts, dir nichts auf silbernem Tablett zu servieren? Ratlos blätterte ich in meinem Manuskript, las mich fest, vertrödelte die Zeit mit der Korrektur belangloser Rechtschreibfehler und verfiel nach Stunden auf die Idee, nach bewährtem Muster eine Liste aller bereits abgeschlossenen, womöglich geeigneten Kapitel anzulegen. Verteilte Sternchen nach Brauchbarkeit, strich, fügte hinzu, quälte mich, bis ich, noch immer mit Bauchgrimmen, entschied, das 2. Kapitel auszudrucken, in dem ich die Lebensgeschichte meiner Schwester Beate und ihr tragisches Ende für ihre Tochter festgehalten habe.

Nun tat sich eine neue Schwierigkeit auf: Wie sollte ich den Stoß mit den sauber getippten Blättern und ihrem heiklen Inhalt an den Mann bringen? In der nächsten Therapiestunde auf keinen Fall, denn womöglich finge Boll sofort an, darin zu schmökern. Wie peinlich, ihm dabei zusehen zu müssen. Ein großer verschlossener Umschlag, der Sekretärin eher beiläufig mit der Bitte um Weiterleitung in die Hand gedrückt, wäre weit diskreter.

Was für eine Enttäuschung, als mir die Stationsschwester gestern mitteilte, die fällige Therapiestunde müsse leider ausfallen. Begründung? Keine! Hatte ich etwas falsch gemacht? Ich erforschte mein Gewissen, doch fand nichts Anstößiges.

Die Woche bis zum nächsten Termin erschien mir endlos wie einem Kind der langersehnte Geburtstags-Besuch seiner geliebten Großmutter. Warten bedeutet für mich die schmerzhafteste aller Strafen.

Warten musste ich auch, nachdem sich die „Aktion Truhe" als ein Schlag ins Wasser herausgestellt hatte. Warten, bis Achim sich entschlösse, in seinem sogenannten „Fundus" mühsam nach diesem in seinen Augen überflüssigen Beleg zu suchen, nur um einer meiner

Schrullen nachzugeben. Für ihn war das bestimmt Schnee von gestern, das wusste ich. Trotzdem hoffte ich auf eine Wendung, die alles ins Lot brächte.

Eine, mit der ich nie gerechnet hatte, erfolgte in diesem Frühjahr tatsächlich. Nikki, vom Richter zu diesen üblichen Sozialstunden verdonnert, deren Wirksamkeit ich stark bezweifelte, hatte einen (leider einseitigen, wie wir enttäuscht feststellten) Entwicklungsschub zu verzeichnen. Sie äußerte sich begeistert über ihre Tätigkeit im Altenheim, und begeistert waren nicht nur die Fachleute, sondern, wie sie behauptete, auch die Bewohner. Nachdem einige Zeit verstrichen war, fasste ich mir ein Herz und erkundigte ich mich dort, wie sie denn „einschlüge" und erfuhr tatsächlich nur Positives. „Ein reizendes Mädchen!", so lautete die einhellige Meinung.

Achim und ich konnten dem nur zustimmen: Manchmal reizte sie **uns** immer noch bis zur Weißglut. Auf ihre schlimmste Drohung, „Wartet nur, bis ich volljährig bin!", reagierten wir wie abgesprochen nicht mehr mit erzieherischen Maßnahmen, die nur die Fronten verhärtet hätten, sondern mit der Faust in der Tasche. Mich aber versetzte sie in Panik. Eine gut ausgebildete Phantasie kann auch eine Bürde sein.

Ich musste mich, weil sich die Konflikte aus nichtigstem Anlass häuften, der Frage stellen, weshalb meine Nichte zu Hause auch jetzt noch auf die Barrikaden ging. Unsere Zwillinge hatten sich im gleichen Alter ganz anders benommen, nämlich pflegeleicht!

War Nikki etwa der Typ „Gassenengel und Hausdrachen", den meine Mutter in mir zu erkennen glaubte und offen verabscheute? Könnte ja sein, dass sich dieses janusköpfige Verhalten im Laufe der Jahre noch abmilderte oder sogar verschwände. Im Laufe der Jahre!

„Bitte Geduld, liebe Lisa!", mahnte mein zweites Ich sanft, und das erste seufzte ein ums andere Mal.

Dann folgte es dieser Aufforderung, aus rein taktischen Erwägungen: Achim sollte nicht darauf gestoßen werden, wie dringend seine Ermittlung nötig war.

Boll kam mir eine Woche später bis zur Tür entgegen, drückte warm meine Hand und sagte: „Hoffentlich sind Sie mir nicht böse, dass unsere letzte Behandlung ausgefallen ist. Tut mir wirklich leid, aber ich wollte mich erst einmal intensiv mit dem Probekapitel Ihrer Familienchronik beschäftigen."

Kunstpause. Ich ließ sie verstreichen. Diese Eröffnung konnte doch nicht alles gewesen sein. Viel zu nüchtern, wo ich zumindest ein bescheidenes Lob für meine Courage erhofft hatte. Ich muss wohl sehr enttäuscht ausgesehen haben, denn Boll, ein geübter Beobachter, fügte gleich danach hinzu:

„Ihre kluge Entscheidung hat mir gezeigt, auf welche Weise wir gemeinsam die Therapie in die richtige Richtung fortsetzen und zu einem guten Ende bringen können, nein, sogar bringen werden, wenn Sie weiterhin so vertrauensvoll mit mir zusammenarbeiten."

Soviel Ermutigung in einem einzigen Satz bringt nur ein Profi unter. Er hatte mich richtig eingeschätzt. Wie wunderbar, auch ohne Worte verstanden zu werden! (Dabei vergaß ich vor lauter Begeisterung, dass ich tatsächlich rund 20 Seiten dafür gebraucht hatte.)

Um das Maß seiner Güte voll zu machen hatte er, ausgestattet mit den gerade gewonnenen Erkenntnissen über meine Psyche, sofort einen völlig neuen Behandlungsplan entworfen, an den sich sämtliche mit meinem Fall befassten Fachleute zu halten hätten.

Was wollte ich mehr? Beschwingten Schrittes verließ ich das Sprechzimmer. Ich hatte mein Schicksal in die eigenen Hände genommen. Wieder einmal, um es treffend auszudrücken!

An einem der längst vergangenen, grundsätzlich therapiefreien Wochenenden – genauer kann ich das aus Mangel an zuverlässigem Zeitgefühl nicht angeben — war Nikki wie so oft überraschend hereingeschneit. Freiburg, wo sie Sozialpädagogik studiert, eine willkommene Spätfolge der „Affäre Rollatorbrigade", ist nur 30 Kilometer entfernt, mit dem Auto ein Katzensprung.

Sie plauderte mit mir unbefangen über die Zustände in ihrer WG, die mir bedenklich erscheinen, als wäre ich in ihrem Alter ein rechtes „Kräutchen-Rühr-mich-nicht-an" gewesen. Sie teile mit ihrem derzeitigen „Lover" René, einem gleichaltrigen Mathematiker, ein geräumiges Zimmer und fände das „voll geil".

Ich fragte nicht nach, wie sie das meinte — sie ist schließlich volljährig. Und jeder, aber wirklich jeder ist besser als Hasso. Über das Studium verliert sie nie ein Wort, was jedoch nichts Negatives bedeuten muss. So sind die jungen Leute heute eben. Auch über Achim schweigt sie sich aus. Dieses Thema ist zwischen uns tabu, seitdem ... Aber davon vielleicht später.

Wie üblich wollte sie wissen, wie viele Seiten Familienchronik ich seit ihrem letzten Besuch vor drei Wochen zu Papier gebracht hatte, war nicht zufrieden mit der Ausbeute und löcherte mich mit ihrer Forderung, endlich mal ein Kapitel daraus vorzulesen. Meine Weigerung begründete ich fadenscheinig, ich hätte neuerdings Probleme mit der Zeitenfolge oder erhebliche Gedächtnislücken wegen der Psychopharmaka, obwohl Boll die schon auf ein Minimum reduziert hat. In Wahrheit halte ich Nikki für noch nicht reif genug, um meine Enthüllungen zu verkraften. Oder bin ich es etwa selbst, die noch nicht stabil genug ist für derartige Bekenntnisse? Wäre ein fesselndes Thema für eine Therapiestunde, nehme ich an. Könnte ich demnächst versuchsweise in die Debatte werfen. Manchmal verkehrt Boll mit mir nämlich „auf Augenhöhe", wenn es in sein Konzept passt.

Dieses Konzept gefällt mir, denn es gewährt mir erheblich mehr Freiheit als das vorherige. Nun darf ich widersprechen, falls mir eine Aussage falsch vorkommt, kann einen der vor kurzem eingestellten Behandler ablehnen, wenn „die Chemie" zwischen uns nicht stimmt, ohne zur Strafe gleich aus der literarisch-musikalischen Kaminrunde am Sonntag verbannt zu werden wie unter seinem Vorgänger. Man akzeptiert mich, und erwartet offenbar im Gegenzug, dass ich mich selbst akzeptiere.

Das hört sich simpel an, ist aber in meinem Fall unerhört schwierig. Denn ich bin abhängig. Seit Jahrzehnten. Abhängig von meinen Lügen wie ein Alkoholiker von der Flasche. Wie er schäme ich mich in Grund und Boden, wenn ich wieder schwach geworden bin – trotz bester Vorsätze. Ich nenne es Katzenjammer, die Fachleute sprechen von Depression.

Boll wird, ja muss mir helfen, meine Sucht zu beherrschen. Unter der Voraussetzung, dass ich mit ihm an einem Strang ziehe. Er ist meine letzte Chance, hier jemals wieder herauszukommen.

Kurz vor der Zwischenprüfung war Achim nach Nikkis Überzeugung „echt von der Rolle". Ich ging ihm soweit wie möglich aus dem Weg, wenn er, die Lehrsätze murmelnd, die er sich eingetrichtert hatte, durch das Haus marschierte, sobald sein Dienst beendet war. Sonst ein starker Esser, stocherte er lustlos in seinem Teller herum, ließ sogar das Pokalspiel von Borussia im Fernsehen sausen, stöhnte im Traum und verkündete am Morgen des entscheidenden Tages düster, dass die Sache auf jeden Fall schiefgehen würde. Beruhigendes Zureden meinerseits zwecklos.

Nachmittags klingelte das Telefon. Meine stillen Gebete hatten gefruchtet. Als Zweitbester bestanden, trotz seines vorgerückten Alters. Die kleine Siegesfeier mit den anderen erfolgreichen Prüflingen nahm ich ohne Protest hin, obwohl ich gerne mitgefeiert hätte. Wer, der noch bei klarem Verstand ist, lässt schon wegen einer solchen Lappalie seine letzte Chance fahren, den Fall Henry zu lösen! (*Erstaunlich, auch damals schon eine sogenannte „letzte Chance". Wie sich die Bilder gleichen!*)

Jetzt würde wenigstens vorläufig Ruhe bei uns einkehren, und Achim hätte Zeit, sein Versprechen einzulösen, das er mir gegeben hatte. Dachte ich! Doch „Der Mensch denkt, Gott lenkt!", hörte ich im Geiste Mama zitieren.

Eine zunächst harmlos erscheinende Sommer-Viruserkrankung nahm im Rheinland epidemische Formen an und füllte die Klinik mit problematischen Fällen, mit der Folge, dass Achims Kollegen anschließend selbst reihenweise ausfielen und er bis zur Erschöpfung „Vertretung schieben" musste. Hinterher nahm er acht Tage Urlaub, und nun stand ihm der Sinn nach körperlicher Ertüchtigung. „Bewegung, Bewegung", das war seine Devise, und zwar in Form von Radtouren bis weit hinein in die Niederlande und tagelangen Wanderungen mit ehemaligen Schulkameraden und/oder Kollegen, wobei es, wie er schon früher unumwunden bekannt hatte, recht feuchtfröhlich zuging.

Während er sich also amüsierte, saß ich auf glühenden Kohlen, weil sich Nikkis Volljährigkeit mit Windeseile näherte. (Sie hatte übrigens ihre Beziehung zu Henry maßlos intensiviert, verbrachte, nachdem ihre Strafe im Altenheim abgeleistet war, jedes Wochenende mit ihm. Keine Silbe über das, was sie so alles „unternahmen". Ein besonders verdächtiger Umstand!)

Bei seiner Rückkehr forderte der Urlauber, ich solle Verständnis haben, wenn er sich zunächst von dieser Strapaze – die er sich selbst aufgeladen hatte – erholen müsse.

„Meinetwegen", sagte ich. Er sah mich prüfend an, die Augenbrauen in die Höhe gezogen.

„Is was?"

„Nein, überhaupt nichts!" Die Ironie prallte an ihm ab wie ein Gummiball an einer Garagenwand.

Im Briefkasten lag eine bunte Karte. Käthe und Karl ließen mich wissen, wie sehr sie ihren Urlaub genossen. Vor allem die Sonne und das gute Essen. Wie originell! Ich zerriss die Karte und warf sie in den

Restmüll. Danach gab es nichts mehr zu tun. Nichts mehr – außer zu warten.

Am nächsten Tag kurz nach Zwölf, als ich überlegte, was ich wohl zum Mittagessen kochen sollte, betrat Achim, der sich immerhin schon angezogen und gekämmt hatte, die Küche und präsentierte mir sein Mitbringsel, dessen Verpackung mir irgendwie vertraut war.

„Lass mich mal raten! Mandeln aus Daun! Stimmt's?

„Die isst du doch so gern!"

Ich protestierte nicht, obwohl ich diesen in Kakao gewälzten Kalorienbomben nichts abgewinnen konnte, fischte mit spitzen Fingern eine oder zwei aus der weißen Plastikdose und stellte sie ganz unten im Vorratsschrank hinter die Reserveflasche Balsamico. Sollten die mich vielleicht als sogenanntes „Drachenfutter" besänftigen, weil mein Gatte sich vor der Sucherei weiterhin drücken wollte? Oder, noch schlimmer, hatte er meine bescheidene Bitte einfach vergessen? Mein Wut-Pegel stieg so rasant wie der Wasserstand im Rhein nach der Schneeschmelze.

Jeder Mensch von Geschmack und Bildung würde das Folgende rundweg als Schnulze bezeichnen. Ich stimme dem zu, aber ist das Leben nicht manchmal selbst abgrundtief kitschig? Wer bösartig ist, könnte mir auch vorwerfen, es wäre an den Haaren herbeigezogen, weil mir nichts Besseres eingefallen sei. Diese Beleidigung weise ich allerdings entschieden zurück. Schade, dass ich als ausgewiesene Lügnerin nicht auf Glaubwürdigkeit pochen darf. Doch in diesem besonderen Fall ist jede Einzelheit, die ich schildern werde, ebenso wahr wie die nachprüfbare Tatsache, dass ich jetzt in Schloss Herrentann entspannt an meinem Computer sitze.

Wenn sie mit ihren Nöten nicht allein zurande kommt, greift Nikki neuerdings wie in Kindertagen auf ihre gute alte Lila zurück. Meine Krankheit – oder das, was von ihr noch übrig ist – scheint für sie offensichtlich belanglos zu sein.

Vorgestern, ich hatte mich gerade zu einem Mittagsschläfchen hingelegt, klopfte sie zweimal energisch an meine Zimmertür, wartete nicht auf eine Antwort, sondern brach herein und lud ohne Vorrede ab, was sie bedrückte. Beziehung zu René unrettbar gescheitert.

„Dieser verlogene Hund hat sich eine andere geangelt!", schäumte sie. „Ausgerechnet eine meiner besten Freundinnen, die immer auf harmlos gemacht hat und nicht mal hübsch ist. So einem … einem Boxenluder habe ich voll vertraut! Mein Gott, was für eine Enttäuschung!"

„Und wie hast du reagiert?" wagte ich einzuwerfen.

„Nimmst du etwa an, ich würde noch eine einzige Minute lang zu diesem Verräter ins Doppelbett kriechen? Ich habe den beiden an den Kopf geknallt, was ich von ihnen halte und danach meine Klamotten in den Trolley geworfen – und ab die Post!"

„Verständlich, aber wo willst du denn jetzt wohnen?"

„Kein Problem! Wer gut zahlt, kriegt auch was. Ich teile mir ab sofort ein Appartement mit einer Kommilitonin, die auch die Nase voll hat von den Männern. Mit denen sind wir fertig! Endgültig!"

„Die Botschaft hör' ich wohl – allein mir fehlt der Glaube."

„Du meinst, ich halte das nicht durch? Da irrst du dich aber gewaltig! Gebranntes Kind scheut das Feuer!"

„Warten wir es ab!", sagte ich milde und tätschelte ihre Wange, worauf sie mich so stürmisch küsste wie seit Jahren nicht mehr.

Ich war glücklich: Sie hatte mir verziehen.

Ausnahmsweise begleitete ich sie bis zum Schlosstor. Bewegung wird ja allenthalben gegen nahezu jede Krankheit dringend empfohlen, was mich als strikter Gegner jeder Bevormundung eigentlich von derartigen Unternehmungen abhält.

Wir spazierten über die akkurat geharkten Wege, die gesäumt sind von üppig blühenden Beeten, an die ich keinen Blick mehr verschwende, weil ich sie aus meinem Fenster ausgiebig bewundern kann. Gerade mühte ich mich, ein paar Kieselsteine aus meinen Sandaletten zu klauben, als sich hinter uns energische Schritte näherten.

„Guten Abend, die Damen! Kleiner Spaziergang an frischer Luft?", sagte Boll munter, als käme er geradewegs von einem gemütlichen Plauderstündchen mit Tee und Muffins, was bestimmt nicht der Fall war. (Am Wochenende arbeitet er nämlich wie besessen an diversen Artikeln für angesehene Fachzeitschriften, wie mir seine Sekretärin unter dem Siegel der Verschwiegenheit verraten hat.)

Ich fühlte mich veranlasst, ihm Nikki vorzustellen. Er reichte ihr die Hand, schaute sie an und vergaß augenblicklich, dass es mich gab. Beide entfernten sich unvermittelt synchron in Richtung Parkplatz, wobei sie miteinander redeten und lachten, als wären sie alte Bekannte. Mir blieb nur der Anblick ihrer Rücken, denn ich konnte nicht schnell genug folgen. Versuchte ich auch gar nicht, denn wenn ein dermaßen vielbeschäftigtes Schicksal nicht die Mühe gescheut hatte, mir diese niederträchtigen Steinchen unter die Fußsohlen zu praktizieren, durfte ich ihm doch nicht ins Handwerk pfuschen, oder?

Kaum hatte ich mich zum Abendbrot im Speisesaal niedergelassen, klingelte mein Handy, was hier während der Mahlzeiten absolut verpönt ist. Nikki informierte mich noch während der Heimfahrt, dass Dr. Boll ihr ein bezahltes Praktikum in den kommenden Semesterferien angeboten hatte.

„Natürlich habe ich zugesagt, weil es sowieso Pflicht ist. Warum also nicht in deiner Nähe?", meinte sie obenhin.

Mir verschlug es zunächst die Sprache. Dann lachte ich. „Selbstverständlich in **meiner** Nähe. Ich fühle mich enorm geschmeichelt."

Sie lachte ebenfalls. **Sie** hat Sinn für Ironie.

Kaum war das Gespräch beendet, schimpfte mein Gegenüber, der Oberamtsrat Wolf-Dietrich Rumpelmaier aus Traunstein, los: „Immer dieselben, die sich nicht an die Regeln halten"!

Ausgerechnet dieser „Pfifferling", den ich neulich hatte abblitzen lassen, als er mir (sagen wir es mal beschönigend) zu nahegetreten war, hat es wirklich nötig, sich aufzublasen! Er ist nämlich wegen seines Pfeifzwangs *hier gelandet, mit dem er seine Umgebung und mich im Besonderen seit Monaten quält.*

„Na und?", antwortete ich spitz und holte mir noch eine zweite Doppel-Portion Mousse au Chocolat vom Buffet. Dieser Tag musste unbedingt gefeiert werden!

Achims Leib- und Magen-Mannschaft Borussia hatte zur Verwunderung aller Experten tatsächlich mal ein Spiel gewonnen, und mein Mann warf sich in die Brust, als hätte er die Tore selbst geschossen. Ich duldete das ausnahmsweise nicht nur wortlos, sondern servierte ihm einen Strammen Max aus zwei Spiegeleiern auf Serrano-Schinken plus Speewaldgürkchen und ein kühles Alt, getreu dem Wahrspruch meiner Mutter „Ein satter Mann ist ein friedlicher Mann".

Anschließend war er sichtbar bester Stimmung. Die wollte ich nutzen, um ihn möglichst diplomatisch an sein Versprechen zu erinnern. Diplomatisch, wohlgemerkt, was so viel bedeutet wie geschickt oder auch verbindlich. Ein Kunststück, wenn man seine Enttäuschung kaum noch unter der Decke halten kann.

„Was hast du denn in den nächsten Tagen vor?", schlich ich zunächst um den heißen Brei.

„Nett, dass du fragst. Die letzten der Urlaubstage sind schon komplett verplant. Morgens ausgiebig Zeitung lesen, wenn du im Geschäft bist, das Auto gründlich säubern, die Garage aufräumen, fällige Überweisungen ausfüllen, zum Kollegen-Kegeln fahren … na, eben all das, was in der letzten Zeit wegen der Prüfung ausfallen musste."

„Dann bist du ja an und für sich ausgebucht. Aber fändest du denn trotzdem nebenbei ein oder zwei Stündchen, um das zu erledigen, worum ich dich gebeten habe? Du erinnerst dich vielleicht …" (*War das nun behutsam genug?*)

„Aber selbstverständlich! Das Foto suchen, auf das du so erpicht bist.

Du gibst wohl nie auf, was? Also gut, damit die Sache ein Ende hat: Morgen! Irgendwann morgen!"

„Ich verlasse mich auf dich!"

Dieser Satz mit drohendem Unterton – ich hatte mich nicht mehr recht im Griff – löste Kopfschütteln aus, stellvertretend für ein verletztes „Womit habe ich das verdient?"

Eine ehrliche Erwiderung wäre kontraproduktiv gewesen. Man muss auch schweigen können.

Am nächsten Tag – ich hatte Elena als Vertretung bestellt, obwohl ich mir das nicht leisten konnte – rührte ich mich nicht mehr aus dem Haus, versuchte, die Unordnung, die bei uns eingerissen war, auf ein erträgliches Maß zu begrenzen. Gegen 13 Uhr war ich es satt, das Dienstmädchen für jedermann zu spielen und machte mich über das halbe Brat-Hähnchen von vorgestern her. „Kampf dem Verderb!" Stammte zwar aus der Nazizeit, aber ist noch durchaus im Sinne der Ökos.

Achim ließ sich weder hören noch sehen. Nach dem Mittagsschlaf schaltete ich das Fernsehen an und geriet in eine dem Leben nachempfundene Gerichtsverhandlung, in der sich eine Mittfünfzigerin wegen besonders grausamen Gattenmordes zu verantworten hatte. Ich war sofort bereit, ihr einen Freispruch zu wünschen. Aus Solidarität! Sie bekam lebenslänglich.

Genau dann öffnete sich die Tür, und Achim warf ein Bündel gehefteter Blätter auf den Couchtisch – außerhalb meiner optischen Reichweite.

„Hier hast du alles, was ich aufgetrieben habe. Hoffentlich gibst du jetzt endlich Ruhe. Sonst muss ich nämlich annehmen, dass du nicht mehr alle Kerzen auf dem Christbaum hast."

Aus den Lautsprechern, seine Warnung untermalend, ertönte das Schluchzen der Mörderin. Er griff zur Fernbedienung und ließ sie verstummen.

Ich hatte nur noch Augen für seinen Fund, sprang auf, riss ihn an mich und brachte uns in meinem Büro in Sicherheit.

Auf dem Umschlag der Broschüre ein Schiff mit dem Namen „Cap Hoorn". Darunter eine einzige Zeile: Investieren Sie Ihr Geld in eine sichere Anlage!

Auf der zweiten Seite Reklame für die angeblich lukrative Beteiligung an der Suche nach versunkenen Schätzen.

Daneben ein Foto der Stamm-Besatzung. In der Mitte Harald. Und in einer Lücke hinter ihm ein blonder Mann mit lockigem Haar. Jünger zwar als heute und doch eindeutig zu erkennen: Hasso Akkermann, der sich jetzt Henry nannte.

14. Kapitel: Entscheidung

Nach ein paar Stunden geradezu rauschhafter Begeisterung über diesen Triumph stürzte ich aus Wolkenkuckucksheim ziemlich unsanft auf den Erdboden, als mir aufging, dass mir das Schicksal (*oder wer sonst dafür verantwortlich war*) mir zwar einen Schatz beschert hatte, mit dem ich im Augenblick nicht das Mindeste anfangen konnte.

Niemand wäre an meiner Stelle jetzt noch so naiv gewesen, Henrys Anwesenheit in unserer Nachbarschaft für einen harmlosen Zufall zu halten. Er verfolgte, davon war ich überzeugt, einen perfiden Plan, den ich nur leider noch immer nicht durchschaute, der jedoch laut Warnung meines Mutterinstinkts um Nikki kreiste und sie bedrohte.

Ich musste den Fuchs, den ich schon so lange vergeblich gejagt hatte, aus seinem Bau locken, ihn in die Falle treiben.

Nur – wie sollte ich ihn, der mich seit Achims Geburtstag gemieden hatte wie die Pest, ohne vernünftige Begründung zu einem Gespräch unter vier Augen zwingen?

Ich hatte nur einen Beweis gegen ihn in der Hand: den Prospekt. Ziemlich dürftig, um einen so versierten Lügner festzunageln, was? Und ich hatte keine Zeit, denn die Wochen und Tage, die mir noch vor Nikkis 18. Geburtstag blieben, flossen mir wie Wasser durch die Finger.

Jeden geschlagenen Morgen stand ich vor dem Wandkalender in meinem Büro und starrte auf das Datum, an dem sich alles ändern würde. An dem ich nichts mehr gegen ihren Willen für meine dritte Tochter tun könnte … wenn nicht ein Wunder geschähe.

An erholsamen Schlaf war nicht zu denken. Mit unangenehmen Folgen für andere. Sobald ich irgendwo auftauchte, begann die Luft zu vibrieren wie vor einem Gewitter.

Ich geriet sogar mit Elena in einen überflüssigen Wortwechsel, beleidigte Frau Schnibbe nachhaltig, verärgerte Achim mit der Aussage, er vernachlässige den Garten systematisch, woraufhin er behauptete, ich liefe herum „wie eine gegeißelte Katze", was sicher nicht aus der Luft gegriffen war, und schaffte es sogar, unsere gleichmütigen Zwillinge, die auf dem Weg nach Ameland mal bei uns hereinschauten, umgehend wieder hinauszuekeln, was ich hinterher bereute. In dieser Galerie unschuldiger Opfer fehlte allerdings bis zuletzt Nikki, weil sie sich seit zwei oder drei Wochen nur noch sporadisch zu Hause blicken ließ.

An einem Freitag lange nach Mitternacht – (ich hatte, gleichzeitig besorgt und wütend, auf sie gewartet) – tat sie mir den Gefallen und servierte mir den heiß ersehnten Anlass auf silbernem Tablett.

Sie öffnete die Tür zum Wohnzimmer, und ich stellte fest, dass sie offensichtlich „high" war. Wovon? Da gab es eine reiche Auswahl. Alkohol? Haschisch, Kokain oder eine dieser vielen synthetischen Drogen? Ich tippte eher auf verminderte Zurechnungsfähigkeit infolge einer momentanen Östrogenschwemme. Präziser, einer sogenannten „Liebestollwut", die mir meine Mutter unter ähnlichen Umständen vorgeworfen hatte. (*Ich hasste sie dafür jahrelang von ganzem Herzen. Abbitte bedauerlicherweise nicht mehr möglich.*)

Wie richtig ich lag, bewies das Gestammel, das Nikki als Erklärung für ihr Fernbleiben von sich gab.

„Wir waren in einem tollen Film! Echt geil!", schwärmte sie, „und für danach hatte er beim teuersten Italiener von Düsseldorf einen Tisch für zwei bestellt, und direkt neben uns saß die dicke Grüne, die neulich im Landtag … "

„Wen meinst du mit *er*?", fragte ich, obwohl ich die Antwort schon kannte.

„Henry natürlich! Der ist voll super! Ein irrer Typ!", flötete sie mit Blick zur Zimmerdecke. Benutzten wir eigentlich noch dieselbe Sprache?

„Und deswegen versetzt du mich in Angst und Schrecken, wenn du ganz gegen jede Abmachung dermaßen spät heimkommst? Das gibt gewaltigen Ärger, auch mit Papa!" Eine solche Zurechtweisung trieb sie auf die Barrikaden.

„Komm mal runter, ja? In Wirklichkeit bist du ja bloß eifersüchtig! Übrigens – der Ärger mit euch ist mir scheißegal!" (*Mein Gott, wie unpassend die jungen Leute sich doch heutzutage ausdrücken! Was hatte ich als Mutter nur falsch gemacht?*) Ich ignorierte das diesmal zwar eisern, wegen der negativen Bestätigung, griff aber zu einem bewährten Trick, dem Stich ins Wespennest, der sie aus der Deckung locken würde:

„Wie kann man sich nur derart in jemanden vergaffen, den man gar nicht richtig kennt!" Das saß!

„Vergaffen? **Vergaffen!!!** Ich raff' es nicht! Echt krass! Du hast doch keine Ahnung! Ich *liebe* ihn!!! Und er *mich*! Außerdem – demnächst habt ihr mir bekanntlich gar nichts mehr zu sagen! Und damit du es als Erste erfährst: Wir werden uns dann verloben!" Sagte es triumphierend und rauschte hinaus. Diesmal ohne Türenknallen, wahrscheinlich aus Angst vor Achim, der sehr ungnädig reagierte, wenn man ihn aus dem Schlaf riss. Er hatte den entscheidenden Moment verschlafen, in dem ich fast sicher war, nun das Heft in der Hand zu halten.

Tatsächlich traten unmittelbar danach für mein Vorhaben so günstige Umstände ein, dass ich es nicht mehr länger aufschieben wollte.

Nikki fuhr mit ihrem Französisch-Kurs für eine Woche in die Normandie, und Achim absolvierte gleichzeitig eine verbindliche dreitägige Palliativ-Fortbildung. Eine solche Konstellation käme vermutlich nie wieder. Freie Bahn für mich – falls Henry sich nicht mit einer faulen Ausrede vor einem Treffen drücken würde.

Ich rief ihn umgehend am Feierabend an, entschlossen, es diesmal gleich mit der Wahrheit zu versuchen.

„Hallo, Henry, hätten Sie vielleicht heute oder morgen eine halbe Stunde Zeit für mich? Ich möchte gerne mit Ihnen sprechen", sagte ich äußerst höflich, aber kalt. (*Ich weiß, das ist von Wilhelm Busch, aber weil ich keinen Doktortitel verlieren kann, darf ich hemmungslos abkupfern, oder?*)

Schweigen am anderen Ende der Leitung. Dann ein zögerliches „Ginge das nicht auch telefonisch?"

„Ich denke, nein!“

„Dann meinetwegen morgen so gegen acht.“

Hatte er Lunte gerochen? Spielte keine Rolle. Wie auch immer er sich verhielte, ich, Lisa Romeike, war auf alles gefasst.

Er kam zehn Minuten zu spät. Sein Gesicht drückte Unmut aus. Ich reichte ihm flüchtig die Hand.

„Leider erwarte ich noch heute einen wichtigen Anruf aus dem Ausland. Er ließ sich nicht mehr stoppen“, eröffnete er den Dialog.

Plump gelogen! Er hatte tatsächlich Angst. Vor mir!

Großartig!

„Dann sollten wir nicht lange um den heißen Brei herumreden“, gab ich zur Antwort. „Sie haben, wie ich höre, die Absicht, sich mit unserer Nikki zu verloben, sobald sie volljährig ist.“

„Beunruhigt Sie das?“ (*Hatte er etwa angenommen, ich würde darauf ehrlich antworten?*)

„Sie verstehen sicher, dass wir als Eltern unbedingt mehr über unseren künftigen Schwiegersohn erfahren möchten als bisher!“, wich ich dieser Fangfrage aus.

Seine Antwort: „Ich wüsste nicht, was es noch Wesentliches über mich zu berichten gäbe!“

„Dann erklären Sie mir doch bitte, wie Ihr Bild in diesen Katalog gelangt ist.“

Er griff mit spitzen Fingern zu, schüttelte den Kopf und murmelte: „Die alte Hansen hätte früher den Mund halten sollen!“ Und nun schaltete er auf Angriff:

„Was wollen Sie denn mit diesem Bild beweisen? Ich habe nie bestritten, dass ich auf der ‚Cap Hoorn‘ mit Harald Wiedeking gearbeitet habe.“ (*Das stimmte und war doch nur einer seiner Winkelzüge.*)

Ich antwortete nicht. Wartete geduldig. Schwieg. Und wie ich gehofft hatte, wurde er unvorsichtig.

„Wissen Sie eigentlich, was für ein übler Kerl Ihr Schwager war?“

Kopfschütteln meinerseits, mehr nicht. Die Stille zwang ihn zu reden. Laut und heftig.

„Er war ein Schwein! Ein notorischer Fremdgänger, sobald wir irgendwo anlegten."

Nun brauchte ich nicht mehr zu spekulieren, welcher Denunziant, dessen Spuren ich nach fast 20 Jahren in „Kraut und Rüben" gefunden hatte, für den Tod meiner armen Schwester verantwortlich war. Der Mann, den Nikki liebte oder zu lieben meinte, hatte sich soeben selbst enthüllt.

Dass er der Schreiber des anonymen Briefs gewesen sein könnte, hatte ich nie für möglich gehalten, obwohl ich ihm schon bald nicht mehr über den Weg traute. Mein Instinkt hatte mich im Stich gelassen. Unverständlich! Hatte ich Henry geschont, weil eine Krähe der anderen kein Auge aushackt? Oder gefiel er mir besser, als ich je zugegeben hätte, nicht einmal vor mir selbst? Könnte auch pure Dummheit gewesen sein, die macht bekanntlich blind und taub. Ich möchte es unbedingt wissen, will aber Doktor Boll nicht fragen, denn das Ergebnis seiner Analyse könnte peinlich sein für mich und außerdem ein schlechtes Licht auf Nikki werfen, die sich ihn ja grade ... Nein, das schiebe ich lieber auf, bis er darauf besteht, mein vollständiges Manuskript zu lesen.

Also zurück zu meinem „Gespräch" mit Henry, in dem er vor allem monologisierte.

Weshalb hatte er Harald derart gehasst?

Hasso, den wir Henry nannten, gab auch auf diese Frage, die ich gar nicht gestellt hatte, eine Antwort:

„Harald Wiedeking betrog nicht nur seine Frau. Ich hatte ihn schon lange in Verdacht, dass er als Münzexperte wertvolle Stücke beiseite schaffte, denn meine Gewinnbeteiligung fiel trotz erfolgreicher Fischzüge seit längerem ziemlich mager aus, konnte ihm aber nichts nachweisen. Oh ja, er war raffiniert, doch für mich nicht raffiniert genug. Eines Nachts drang ich in seine Kabine ein, ohne anzuklopfen, und ertappte ihn, als er gerade eine besonders seltene Dublone, die ich selbst unter Lebensgefahr aus der Tiefe des Ozeans geholt hatte, sorgsam in Seidenpapier wickelte. Leugnen war zwecklos. Daher bot mir Harald flüsternd eine Partnerschaft an, wenn ich über seine Unterschlagungen nichts verlauten ließe. Ich forderte ebenso leise 24 Stunden Bedenkzeit." Henry stockte, schaute an mir vorbei hinaus in den Garten, ohne etwas wahrzunehmen, versank im Sumpf der Vergangenheit.

Ich verbarg mein Entsetzen über das, was er da preisgab, atmete lautlos. Jede noch so unbedeutende Störung hätte ihn irritieren können oder auch ein für allemal verstummen lassen. Wofür dann all meine Irrwege?

Es war sehr still im Zimmer. Die Sekunden dehnten sich zu Minuten.

Und dann, ich hatte die Hoffnung schon beinahe aufgegeben, sprach der Mann, der stets alles exakt plante, weiter.

„Wir trafen uns auf Deck, wo uns niemand hören konnte. Der Wind hatte mächtig aufgefrischt, der Vollmond schien. Ich erklärte mich bereit, gemeinsame Sache mit Harald zu machen. Unter einer Bedingung – fifty-fifty, obwohl er dabei immer noch eindeutig in der Vorhand blieb, da ich nicht wusste, wie viel er schon beiseite geschafft hatte. Trotzdem versuchte er mich herunterzuhandeln, mit der läppischen Begründung, er hätte doch Familie. Ich ließ mich nicht umstimmen, beharrte auf dem Anteil, der mir zustand. Er fing an, mich wüst zu beschimpfen, geriet außer sich vor Wut. Nahm plötzlich Anlauf. Stürmte wie ein Verrückter auf mich zu. Ich war auf der Hut, wich im letzten Moment aus. Er stürzte über die Bordwand in die Tiefe. Schrie auf und versank. Keine Chance, ihn herauszufischen. Nicht bei diesem Wetter. Wir waren nie gut miteinander ausgekommen – alle wussten das. Wer hätte mir schon geglaubt, dass es ein Unfall war?"

„Und Sie erwarten von mir, dass ich Ihnen das glaube?"

„Das können Sie halten, wie Sie wollen! Es gibt keine Zeugen, niemand kann mir irgendeine Schuld in die Schuhe schieben, davon können Sie ausgehen!"

„Und Nikki?"

„Sie ist reizendes Ding, ein Bonus, mit dem ich nicht gerechnet hatte. Ist in mich verschossen, hält jedes Wort von mir für grundehrlich. Wenn Sie annehmen, Sie hätten noch den mindesten Einfluss auf sie, liegen Sie schief. Wir werden auf jeden Fall heiraten. Gibt es sonst noch etwas zu besprechen?"

Ich schüttelte noch einmal den Kopf. Er war leer wie ein Bildschirm, sobald jemand die Löschtaste gedrückt hat.

Inzwischen ist klar, dass ich für diese Leere gesorgt hatte, um mich vor einem geistigen oder meinethalben auch „seelischen" Zusammenbruch zu bewahren. Ich habe mich im Laufe meiner Therapie zu einem Typ entwickelt, den man in Fachkreisen unter dem ironisch gefärbten Begriff „Psycholehrling" einordnet. Den betrachte ich keineswegs als diskriminierend, denn ich bin einigermaßen bewandert in komplexen Vorgängen, die ich selbst erlitten habe. Expertin bin ich aber deshalb noch lange nicht! Erst gestern habe ich das wieder einsehen müssen. Ich nannte den einmaligen Ausfall meines Erinnerungsvermögens hochtrabend „Seelenblindheit", worauf mein Freund, der Buchhändler, bei dem ich schon mal ab und an aus dem Nähkästchen plaudere – ohne Erwähnung der „Affäre Henry", versteht sich! – spottete: „Seele? Ich höre immer Seele! Was soll das? Hat einer die jemals gesehen? Ist in Wirklichkeit alles bloß Chemie! Pure Chemie! Das ist längst schon sonnenklar!" Ich fürchte, er hat recht!

Es dauerte nach Henrys Geständnis jedenfalls rund 24 Stunden, bis ich seinen Inhalt, den ich, volkstümlich ausgedrückt, verdrängt hatte, gewissermaßen aus dem Papierkorb an seinen angestammten Platz zurückbefördern konnte, um seine Botschaft zu entziffern und schließlich anzuerkennen.

Als ich soweit gekommen war, hielt ich das Ergebnis meiner Bemühungen unmittelbar danach in einem Protokoll fest.

(Ich gebe es hier in der originalen Fassung wieder, obwohl mein alter Computer vom Niederrhein längst verschrottet ist. Nein, ich flunkere nicht und verfüge auch nicht über ein fotografisches Gedächtnis wie ein Eidetiker. Des Rätsels Lösung – Nikki ! Aber davon später.)

Dieses Protokoll war kurz und beschönigte nichts:

1. Henry hatte gelogen, dass sich die sprichwörtlichen Balken bogen, vor allem, was seine Anwesenheit hier und seine wahren Absichten betraf, aber womöglich auch über seine Rolle bei Haralds Tod. (Übrigens: Ich werte das Verschweigen von Tatsachen auf jeden Fall als Lüge.)
2. Harald war ihm ebenbürtig, sein zweites Ich, – **falls** man Henry glaubt!

Für seine Aussagen über meinen Schwager gibt es indessen, und das ist der Haken daran, **keinen einzigen stichhaltigen Beweis.**

3. Die Wahrheit über all diese Vorgänge, das sehe ich ein, wird sich nicht mehr ermitteln lassen. Eine weitere Recherche meinerseits in dieser Richtung wäre also unsinnig.
4. Nikki ist für Henry/Hasso nur ein Mittel zum Zweck. Seine Sprache hat ihn verraten, als er sie als „Ding" und als „Bonus" bezeichnete. Er besteht auf seinem Recht, ohne Rücksicht auf die Bedürfnisse anderer – ein moderner Michael Kohlhaas.
5. Ich bin aufgerufen, nein, **verpflichtet**, meine dritte Tochter vor der Heirat mit einem **solchen** Mann zu bewahren.

Unter diese Forderung schrieb ich damals in Blockbuchstaben:

UND WIE SOLL ICH NUN, BITTE SEHR, ZUWEGE BRINGEN, WAS ICH VON MIR VERLANGE???

Alle Achtung, Lisa Romeike! Du hast mit dieser einzigen Frage bewiesen, dass du auch früher schon – freilich in Grenzen! – lernfähig warst, weil du dich realistischer eingeschätzt hast. Selbsterkenntnis, verstehst du? Weiter so! Das könnte irgendwann dazu führen, dass ich mich mit dir, der Lisa von damals, aussöhne. Wenn ich mich nicht täusche, sieht mein Therapeut das wohl ähnlich, nämlich als Anzeichen der Gesundung, obwohl er das bis jetzt nicht geäußert hat. Er vermeidet Spekulationen, bleibt bei der Sache, redet nicht „über ungelegte Eier" wie ich.

*Doch ich **kann** noch keinen klaren Kurs halten. Wenn ich nüchtern, so, als wäre ich eine Fremde, lese, was ich vorhin geschrieben habe, dann stelle ich fest, dass ich ständig abweiche von der geraden Linie, im Zickzack laufe. Mich verbreite, in unwichtigen Einzelheiten verliere, die andere langweilen. Weil ich mich nicht mit dem befassen möchte, was ich nach der Forderung, die ich mir selbst auferlegt hatte, getan oder unterlassen habe. Ich habe Angst. Angst, meine Schwächen zu dokumentieren. Es gibt nur ein Mittel, sie zu besiegen: Ich muss weiterschreiben. Endlich reinen Tisch machen.*

Da saß ich nun über meinem Protokoll am Computer, las es ein- oder zweimal und wurde davon nicht klüger. So überzeugend ich es auch formuliert hatte – es war nun mal keine Gebrauchsweisung, wie man einen Betrüger ausschaltet, der mit allen Wassern gewaschen ist. Und niemand in Sicht, der mir zur Seite gestanden hätte. Sogar Käthe hätte sich vermutlich an diesem Fall die Zähne ausgebissen. Legal gab es nach Lage der Dinge keine Möglichkeit, Henry aufzuhalten. Oder ehrlicher: Mir fiel keine ein. Und eine illegale, mit anderen Worten: kriminelle? Damit sah es auch nicht besser aus.

Ich hatte mich zwar geschmeichelt gefühlt, als Achim mir vor Jahren eine blühende Phantasie attestierte, doch ich wusste, dass er es gar nicht ernst meinte. Denn trotz meiner farbigen Träume war und bin ich in der Realität ziemlich prosaisch, tauge nicht zur Schriftstellerin. Wahrscheinlich bewunderte und beneidete ich deshalb auch schon seit der Pubertät schreibende Frauen, vor allem solche, die Bestseller

am laufenden Band produzierten wie Ruth Rendell oder ihre Lands-
männin, die ihr neuerdings den Thron der englischen Krimi-Königin
streitig machte, seitdem ihr letzter Roman „Der Stalker" erschienen
war. Wie sie hieß, war mir jedoch im Drang der Ereignisse entfallen.

Anstatt mich nun mit der Befreiung aus meiner eigenen Zwangslage
zu befassen, plagte ich mein Gedächtnis eine geschlagene halbe Stunde
lang mit der Forderung, bitte schön, diesen Namen preiszugeben, als
hinge meine ewige Seligkeit davon ab. Es weigerte sich standhaft. Ich
verzichtete darauf, Elena zu Hause anzurufen – man demütigt sich nicht
vor Angestellten, auch wenn sie noch so tüchtig und hilfsbereit sind.
Trotz eines heftigen Gewitters erreichte ich die Buchhandlung lebend
und fand den gesuchten Roman genau dort, wo ich ihn, wie ich mich
spontan erinnerte, vor vielen Wochen abgelegt hatte, als das Telefon
klingelte: Unter einem Aktenordner mit der Aufschrift „Unerledigtes".
Mit einem Bonbonpapier als Lesezeichen bei Seite 18. Die Autorin, der
sogenannte „Shooting Star" der Feuilletons, hieß Helen Harder.

Die folgende Nacht verbrachte ich lesend, weil ich mittlerweile auf die
Idee verfallen war, dieses Buch könne mir, wie Titel und Einleitung
vermuten ließen, den entscheidenden Anstoß zur Beseitigung unseres
ebenso lästigen wie gefährlichen Nachbarn geben.

Vergebliche Liebesmüh'! Die Heldin, von einem abgehalfterten Le-
bensabschnittsgefährten (LAP) mit steigender Intensität verfolgt, ent-
ledigte sich seiner auf ebenso brutale wie geistlose Art: Tabea-Gloria
klaute ein Nummernschild, schraubte es an ein stillgelegtes Zweitauto
und beseitigt ihn – rein zufällig wohnte er im Gebirge – indem sie
ihn durch rücksichtslose Fahr-Manöver von einer Serpentine drängte,
woraufhin er sein unrühmliches Ende in einem Abgrund von 500
Metern Tiefe und sie nun ihre Ruhe vor dem Störenfried fand. Gefasst
wurde sie nie. Allerdings beruhigte sie ihr schlechtes Gewissen durch
den übermäßigen Konsum von Cognac, natürlich echtem, und starb
an Leberzirrhose.

Abgesehen davon, dass mein Handgeschick gerade dazu reicht, eine defekte Glühbirne auszutauschen, und weder das Gebirge noch das nicht registrierte Zweitauto vorhanden waren, fand ich die Protagonistin unsympathisch, obgleich sie litt, die Handlung abgedroschen und auch grundsätzlich nicht zur Nachahmung geeignet, da das dort geschilderte Delikt bereits von Zehntausenden gelesen und ich vermutlich umgehend enttarnt worden wäre. Ich sah schon die Balkenüberschrift der Bildzeitung in roten Lettern vor meinem geistigen Auge: **Buchhändlerin verhaftet. Ein Bestseller stand Pate bei einem feigen Mord!**

Außerdem – muss man denn unbedingt gleich zum ultimativen Mittel des Mordens greifen, wenn man Gewalt verabscheut? Ich erwog daher ungefähr eine Stunde lang, wie ich die seitenverkehrte Variante von Helen Harders-Stalker-Story in die Tat umsetzen könnte, fand sie jedoch genauso undurchführbar wie die originale Lösung, weil man, wie die Autorin präzise schildert, mindestens ein Jahr benötigt, bis das Opfer nervlich ruiniert ist. Und Henry am Ende seiner Kräfte? Unwahrscheinlich. Viel eher ich selbst.

Ich brauchte, das war klar, schleunigst einen besonders kräftigen Impuls, der mich von Helen Harders Einfällen befreien und zu eigenen Lösungen beflügeln könnte. Manchmal wirkt ja schon ein zeitweiliger Ortswechsel, eine stundenweise Flucht aus dem täglichen Trott, Wunder.

Ich weckte deshalb Elena zu unchristlicher Zeit per Telefon und bat sie, mich heute in der Buchhandlung zu vertreten, da ich einen dringenden Termin wahrnehmen müsse, gönnte mir ein sündig üppiges Frühstück in meinem Lieblingscafé und suchte danach die Frau meines Apothekers auf, kaufte die teuerste aller Cremes „für die reife Haut" und beschloss spontan, mir eine modische Kurzhaarfrisur zuzulegen. Während der unvermeidlichen Wartezeit beim Frisör griff ich zu Frau Jansens aktueller „Apotheken Umschau", für die ich seit der Aktion

Borkum (trotz des noch immer fehlenden Bindestrichs im Titel) eine Vorliebe entwickelt hatte. Ich blätterte sie durch und war enttäuscht. „Abnehmen beginnt im Kopf" – „Sonnenbaden mit Verstand." Lauter alte Hüte. Und die Information über den blutsaugenden Hakenwurm mit seinen sieben Entwicklungsstadien? Ich plante doch keine Reise in die Tropen! Schnell weg mit dieser nutzlosen Werbebroschüre unter den Stapel der zerfledderten Frauenzeitschriften.

Ach ja, ehe ich es vergesse: Achim sparte nicht mit Spott über mein verändertes Aussehen, und Nicki meinte: „Die wachsen ja schnell wieder nach." Sehr tröstlich!

In der folgenden Nacht erlebte ich einen meiner schlimmsten Träume seit meiner Kindheit.

Ich erkannte sie augenblicklich wieder: Sie sah fast genauso aus wie auf dem Klappentext ihres Bestsellers, nur ihr Lächeln fehlte.

„Du bist wirklich unbelehrbar! Stur wie ein Panzer", sagte sie rügend. „Wann entschließt du dich endlich, meine Anregungen zu nutzen und diesen Menschen auszuschalten, der doch allerhand auf dem Kerbholz hat und dich ständig an der Nase herumführt?"

Die Zunge lag bleischwer in meinem Mund, verweigerte mir den Dienst. Was hätte ich auch auf eine solche Attacke antworten können?

„Bist du denn nicht davon überzeugt, dass er den Tod verdient hat?" fuhr Helen Harder fort, während sie zu bedrohlicher Größe anschwoll. Ich starrte sie an und brachte noch immer keine Silbe heraus.

„Du willst dich also nicht äußern? Auch gut! Du hast, soviel ich weiß, gelesen, wie gefährlich so ein Hakenwurm werden kann, sobald er in den Körper eingedrungen ist. Warum hast du diese Information, die als Warnung gedacht war, in den Wind geschrieben? Das war sehr leichtfertig. Dann musst du eben durch Schaden klug werden."

Sie grinste zufrieden, öffnete ihr riesiges Maul, und ihre langen gebogenen Zähne näherten sich meinem Gesicht.

Ich riss beide Arme hoch, sprang auf, um sie abzuwehren ...

Es krachte dumpf, und ich fand mich auf dem Fußboden wieder. Geschockt zwar, aber unverletzt. Glücklicherweise war ich auf meiner Daunendecke gelandet, die vor mir heruntergefallen war.

Nikki, die einen leichten Schlaf hat, riss die Tür auf, fragte besorgt, was ich denn da unten suchte und half mir auf die Beine und wieder ins Bett.

„Träume sind Schäume!", behauptet der Volksmund. Ich muss ihm widersprechen. Mein Traum, so lächerlich er auch daherkam, enthüllte, wie weit es schon mit mir gekommen war.

Ein … ein „Befreiungsschlag" war vonnöten.

Nie vorher und auch nicht danach habe ich ein Buch in den Müll geworfen. Das ist in meinem Beruf ein Frevel und eindeutig kindisch. Und außerdem der Autorin gegenüber undankbar, denn sie hatte mich nachweislich vor dem finanziellen Bankrott bewahrt. *(Dass ich sie auch als Sündenbock benutzte, darüber klärte man mich erst sehr viel später hier in der Klinik auf.)* Meine rüde Maßnahme bereute ich trotzdem keinen Augenblick, da ich überzeugt war, sie würde meinen Kopf frei machen für eigene originelle Ideen.

(Man solle doch das Kind nicht mit dem Bade ausschütten, argumentierte mein Freund, der Buchhändler, als ich meine Untat beichtete, selbstverständlich, ohne den Anlass zu verraten, und mich auch noch dazu verstieg, nie wieder einen Bestseller lesen zu wollen. Obwohl er recht hatte, widersprach ich ihm heftig, doch das tat der Freundschaft keinen Abbruch. Etwas Salz gehört in die Suppe!)

Ich gab es danach tatsächlich ein für allemal auf, mich überhaupt um Anregungen aus der Krimi-Literatur zu bemühen; denn diese literarische Gattung übertreibt aus Prinzip, in jeder Hinsicht und mit voller Absicht, um Spannung zu erzeugen und die Leser bei der Stange zu halten, konstruiert seine Protagonisten und Ereignisse, dass einem die Haare zu Berge stehen, schafft sich eine eigene Welt, die der wirklichen nur sehr entfernt ähnelt und daher als „Blaupause" für reale Krisenbewältigung ungeeignet ist, was der Autor auch gar nicht erwartet.

Übrigens: Krisenbewältigung! Auf mir allein lastete nun die ganze Verantwortung für Nikkis weiteres Wohlergehen, und ich war bereit, das Äußerste zu wagen, nahm jetzt auch Alternativen wie brutalen Mord ins Visier, dessen Durchführung kein Abklatsch von Helen Harders Erfindungsgabe wäre. Und da mir nur noch eine Frist von 10 Tagen blieb, schob ich alles andere beiseite. Spielte jede Möglichkeit, die mir zielführend erschien, theoretisch durch. Ohne den Hauch eines schlechten Gewissens.

Hatte ich damals vielleicht eine Art Robin-Hood-Wahn? Ich wollte Gerechtigkeit schaffen für meine dritte Tochter, und nicht nur für sie, sondern überhaupt. Dazu schien mir zeitweise jedes Mittel recht, über die Verwirklichung zerbrach ich mir nicht den Kopf. Habe mal in Wikipedia nachgesehen, aber eine solche Manie hat die Wissenschaft bisher jedoch nicht festgestellt. Könnte vielleicht ein Thema für eine sensationelle Fallstudie werden, die Doktor Boll den Professorentitel einträgt. Warum sollte ich seine Karriere nicht nach Kräften fördern, wo er und Nikki … Doch vorläufig ist die Angelegenheit noch nicht spruchreif – zuerst muss meine Biografie fertig sein, auf die er sich stützen kann.

Worüber ich mich sehr freue: Nikki besucht mich täglich, seitdem sie in „Haus Herrentann" ihr Praktikum ableistet. Was heißt hier schon „ableisten"? Das erinnert fatal an Pflichtjahr oder Wehrdienst. Von Zwang kann keine Rede sein – sie glüht geradezu vor Begeisterung für diese Beschäftigung, leugnet aber heftig, die hinge auch nur in Ansätzen mit dem derzeitigen Klinikchef zusammen. Diskret, wie ich bin, bohre ich nicht nach. Bis gestern wirkte sie auch noch am späten Nachmittag frisch und munter, redete wie ein Wasserfall. Heute aber wirkte sie bedrückt –

Streit mit Dr. Boll? Endlich rückte sie damit heraus, was sie am Telefon von Achim erfahren hatte: Käthe war gestorben, ohne Vorwarnung, an Herzversagen!

„Ich habe nicht gewusst, wie ich es dir beibringen sollte", sagte meine dritte Tochter und streichelte mir die Hand. „Ihr wart doch immer noch so eng befreundet …"

Da irrte sie sich. Wie das manchmal so geht: Erst schreibt man Briefe über das Woher und Wohin, dann ab und zu eine inhaltsleere Ansichtskarte, telefoniert irgendwann nur noch an hohen Festtagen oder zum Geburtstag, lebt sich nicht nur räumlich, sondern überhaupt auseinander. Ich schwanke auch in meinem Alter noch, ob man sich eher darüber freuen oder beklagen solle, dass nichts so bleibt, wie es ist.

Um Nikki nicht zu enttäuschen, antwortete ich ausweichend, sprach von „leichtem Tod und dem armen Karl", empfand zu meiner eigenen Verwunderung nur ein gewisses Bedauern. Bleiben wird wohl die Erinnerung an eine fröhliche Zeit – und die Befriedigung, dass ich Käthe noch ein paar glückliche Jahre mit Karl, dem Bücherdieb, ermöglicht hatte. Das ist doch wenigstens etwas.

Meine dritte Tochter schien erleichtert über meine gemessene Reaktion, und wir konnten uns anderen Themen zuwenden, die die Gegenwart und auch unsere Zukunft bestimmen würden – wie der Frage, ob das Haus am Niederrhein, in dem wir so lange gemeinsam gewohnt hatten, möglichst schnell verkauft werden solle oder besser später, sobald sich die Verhältnisse geklärt hätten.

Vermutlich setzen die meisten, gefragt nach der wirksamsten weiblichen Mord-Methode, spontan auf die Verabreichung einer giftigen Substanz, vorzugsweise von E 605 oder auch Rattengift, was auch historisch als höchst wirksam belegt ist. Doch dieses Vorgehen musste ich, wie bedauerlich, als nicht durchführbar verwerfen. Erstens, weil es zu leicht nachzuweisen ist, und zweitens, weil ich über keinen schusseligen Großvater mit grünem Daumen und einem Gartenhäuschen voller Blechdosen giftigen Inhalts verfügte, das nach seinem Tode für jedermann zugänglich gewesen wäre.

Außerdem – wie hätte ich Henry das Gift, wenn ich es mir denn anderweitig beschafft hätte, ohne mich selbst zu gefährden, überhaupt beibringen können? Im Kaffee vielleicht? Den hätte er bestimmt mit einer fadenscheinigen Begründung zurückgewiesen oder wenigstens, aus Versehen, klar, übers Tischtuch gekippt.

Blieb also nur unmittelbare körperliche Gewalt, neudeutsch „face to face", beispielsweise in Form einer Messer- oder Baseballschläger-Attacke, von der ich jedoch ebenfalls schleunigst Abstand nahm, als ich erfuhr, dass Hasso in seiner Jugend irgendeine dieser asiatischen Kampfsportarten betrieben hatte, um sich gegen seine fiesen Mitschüler zu wehren, Kung Fu oder sogar Karate, was Nikki entzückte. Mich nicht.

Keine Frau, die noch bei Verstand ist, stürzt sich in einen Zweikampf, der nur mit zerschmetterten Knochen – ihren natürlich – enden wird.

Was nun, Lisa Romeike?
WAS NUN?

Eine Woche vor Nikkis Geburtstag zog ich gegen Mitternacht in der Stille unseres schlafenden Hauses die Summe meiner Anstrengungen. Mit eindeutigem Ergebnis.

Alle meine Pläne, meine dritte Tochter zu retten, waren gescheitert. An meiner Unfähigkeit, sie in die Tat umzusetzen. Vor lauter Angst um mein liebes Ich hatte mir stets eine Hintertür von der Größe eines Scheunentors offen gelassen, durch die ich mich davonstehlen konnte. Und genauso würde es weitergehen. Daran könnte ich nicht ein Jota ändern.

„Lisa, du bist am Ende. Nichts geht mehr. Zieh endlich die Konsequenzen!", sagte eine Stimme. Hörte ich da meine eigene Stimme – oder die einer anderen?

Die Zeit war reif, sich ins Bett zurückzuziehen, das Gesicht zur Wand gerichtet.

Meine Familie versuchte vergeblich, mich zum Aufstehen zu bewegen. Ich sprach nicht mehr, aß und trank nicht mehr, versank in einen Dämmerschlaf.

Irgendwann berührte jemand vorsichtig meine Schulter. Frau Doktor Sulz beugte sich über mich, fühlte meinen Puls, murmelte etwas. Ich sah, dass sie den Kopf schüttelte, hörte, wie sie mit Achim flüsterte, verstand aber nichts. Es war mir gleichgültig.

Später, viel später weckte mich ein älterer Mann mit Bart, stellte Fragen, die ich nicht beantwortete, und gab mir eine Spritze. Vor der Tür redete er auf einen anderen ein, der laut widersprach, während ich die Augen schloss und in einen tiefen Schlaf glitt.

Ein- oder zweimal hatte ich das vage Gefühl, es säße einer neben mir und ich würde irgendwohin gefahren, aber ich war zu müde, um darüber nachzudenken.

Als ich aufwachte, lag ich in einem Zimmer, das ich noch nie gesehen hatte. Es war das Zimmer, in dem ich jetzt seit mehr als einem Jahr wohne.

Schlussakkord

Gestern habe ich Haus Herrentann als geheilt verlassen.

„Ausgewildert!", sagte Nikki, als wäre ich eine mutterlose Robbe, die man erst aufpäppelt und dann dem Meer auf Gedeih und Verderb überlässt. Womit sie meine Bedenken sehr anschaulich beschrieb, denn gelegentlich verläuft eine solche Aktion auch im Tierreich nicht unproblematisch.

Meine dritte Tochter hat mich mit Sack und Pack zu dem Appartement gefahren, das ich mit Stefans Hilfe für den Übergang gemietet habe. (Ach ja, das habe ich im Eifer des Gefechts glatt vergessen: Ich duze Dr. Boll mittlerweile, nicht ungewöhnlich bei einem zukünftigen Schwiegersohn.) Und für den Übergang bedeutet, bis die beiden ihr neues Haus beziehen können, in dem sie mir eine separate Einliegerwohnung reserviert haben. Dieses Arrangement garantiert zugleich Nähe und Freiheit.

Denn ich habe das Bedürfnis, frei zu sein und zu bleiben.

Achim war grundsätzlich anderer Ansicht, wie so oft. Er hat mich nie in Haus Herrentann besucht, nachdem er mich, wie man mir erzählt hat, hier abgeliefert hatte wie eine Retoure für Amazon, und bald die Scheidung vorgeschlagen. Ich habe sofort zugestimmt. Er will das Verhältnis zu seiner Kollegin legalisieren, mit der er schon länger liiert war, was ich wohl als Letzte mitbekommen habe. Es tut nicht mehr weh, die Zeiten sind vorbei.

Wie schon erwähnt, habe ich mich mit dem hiesigen Buchhändler angefreundet, der hat mir neulich einen 450-Euro-Job angeboten, und so werde ich mich nicht langweilen. Von Liebe keine Rede, nur Freundschaft, aber damit bin ich zufrieden, zumindest ist das der augenblickliche Stand der Dinge.

Vor ein paar Wochen, als ich meine fertige Chronik – oder wie man dieses Schriftstück nun nennen mag – meinem Therapeuten Stefan anvertraut habe, hatte er nur eines zu bemängeln: Ich hätte nicht enthüllt, auf welche Weise Nikki diesen unsäglichen Henry losgeworden sei.

Ich seufzte: „Wenn es denn sein muss!", und erzählte ihm das, was ich für unbedingt nötig hielt. Das hörte sich ungefähr so an:

„Wissbegierig, wie unsere Nikki ist, hat sie, sobald der erste Schock wegen meines für sie unverständlichen Zusammenbruchs abgeklungen war, meinen Schreibtisch kurzerhand aufgebrochen, weil der Schlüssel verschwunden war. Dort hat sie alles entdeckt, was ich ihr vorenthalten habe: Den Plan, den ich mit Käthe noch spielerisch ausgeheckt hatte, Haralds Brief aus „Kraut und Rüben", Ole Lübbes anrüchige Botschaften, den Prospekt, den Achim widerwillig beigesteuert hatte und manches andere, was mir auf die Schnelle nicht einfällt. Tja, und das Passwort meines Rechners, es lautete „Rollatorbrigade", hat sie mit Hilfe des bekannten Computer-Freaks aus ihrer Klasse geknackt, womit ihr auch meine streng geheimen Aufzeichnungen über die Affäre Henry in die Hände gefallen sind. Und bevor mein Rechner im Sperrmüll landete, hat sie die auf einem Stick gesichert, für meine Chronik. Zum Glück, denn auswendig hätte ich die vielen Einzelheiten nicht mehr parat gehabt.

Achim über diese sensationelle Entwicklung zu informieren, das hielt sie für total überflüssig. Sie standen tatsächlich ständig Gewehr bei Fuß. Da stimmte eben die Chemie nicht."

Stefan war, wie man das bei einem Wissenschaftler auch erwarten darf, nicht so leicht von seiner Fährte abzulenken. „Sehr aufschlussreich, was du mir da erzählt hast. Aber ich wollte eigentlich etwas anderes wissen, nämlich…"

Jetzt hieß es Farbe bekennen. Ich seufzte wieder. Er trommelte ungeduldig mit seiner Rechten auf den Tisch.

„Also gut, weil du es bist. Obwohl ich es nicht gerne tue. Nikki hat alle Unterlagen kopiert und ausgedruckt, in einen großen Umschlag gesteckt und per Einschreiben mit Rückschein an Henry geschickt."

„Und wie hat er reagiert?"

„Überhaupt nicht! Hat nicht einmal gewagt anzurufen und ist bald auf Nimmerwiedersehen verschwunden."

Ich traute mich nicht, ihn anzusehen, schaute angestrengt aus dem Fenster. Was würde er jetzt über Nikki denken?

Ich hatte mich umsonst geängstigt, denn er fragte mich in seiner „Ich-weiß- schon- alles"-Therapeuten-Manier, die mich früher ziemlich genervt hatte: „Du erwartest wohl jetzt, dass ich entsetzt bin? Ganz im Gegenteil! Nikki hat beherzt das Lügennetz, das viele derart eifrig geknüpft haben, durchgehauen wie Alexander der Große den sagenhaften Gordischen Knoten. So hat sie sich selbst von Henry befreit."

Mir fiel ein Wackerstein vom Herzen. Beinahe hätte ich Stefan vor lauter Dankbarkeit warm beide Hände gedrückt.

Doch war er noch nicht am Ende mit seiner Analyse:

„Was man dabei nicht vergessen darf – du, Nikkis Lila, hast ihr gewissermaßen das Schwert dazu geschmiedet."